LIBRO DE LOS EJEMPLOS
DEL
CONDE LUCANOR
Y DE PATRONIO

Colección Clásicos Universales

LOSADA

Don Juan Manuel

LIBRO DE LOS EJEMPLOS DEL CONDE LUCANOR Y DE PATRONIO

INTRODUCCIÓN Y NOTAS DE
Pedro Henríquez Ureña

LOSADA

Colección Clásicos Universales
Dirección y selección de esta colección: Àlex Broch
Diseño cubiertas: Ferran Cartes / Montse Plass

LIBRO DE LOS EJEMPLOS DEL
CONDE LUCANOR Y DE PATRONIO
Don Juan Manuel

producida y distribuida por OCEANO GRUPO EDITORIAL, S.A.
Milanesat, 21-23
EDIFICIO OCEANO
08017 Barcelona (España)
Teléfono: 93 280 20 20*
Fax: 93 205 25 45
http://www.oceano.com
e-mail: info@oceano.com

ISBN: 84-494-0914-4
Impreso en España - Printed in Spain
Depósito legal: B-12299-98
019804

INTRODUCCIÓN

D*on Juan, hijo del infante don Manuel*, conocido generalmente con el nombre de *Don Juan Manuel* –no era infante él mismo, aunque se le ha llamado así–, perteneció a la familia real de Castilla y León; era nieto de Fernando III *el Santo*, sobrino de Alfonso X el *Sabio*, primo de Sancho IV *el Bravo*, tío de Fernando IV *el Emplazado*. Nació en 1282 y murió en 1348. Como personaje político tuvo mucho mayor importancia que infantes verdaderos: fue uno de los regentes del reino durante la menor edad de Alfonso XI; llegó a tanto poder, que «podía ir del regno de Navarra hasta el regno de Granada posando cada noche en villa cercada et castillos suyos». Dos de sus hijas se casaron con reyes. Su retrato, en figura de orante, junto con el de su hija Juana, mujer del rey Enrique II de Castilla, aparece en el retablo que Barnaba de Módena pintó en Génova para la Catedral de Murcia, donde se conserva.

En la vida pública fue activo y hábil. No estuvo siempre del lado de la justicia. Es hombre del siglo XIV: personifica el momento de transformación de Europa, en que la sociedad caballeresca de la Edad Media principia a convertirse en la sociedad burguesa de los tiempos modernos. La energía y el valor dejan de ser los poderes mayores: habilidad y fortuna empiezan a sobreponérseles, porque las ciudades, con súbito desarrollo, se imponen, alejan de sus cercanías la guerra, y dan nuevo tono a la vida social. La sociedad caballeresca había sido, además, religiosa; la nueva sociedad es práctica y mundana, con pocos ideales, porque la luz del Renacimiento apenas comienza a encenderse en Italia.

En la obra de Juan Manuel hay sabiduría humana. Para los ideales de la Edad Media tiene respeto, pero poco fervor. Es guerrero, que adolescente todavía gana batallas contra los moros; pero se ejercita sobre todo en las estériles e interesadas luchas internas de la monarquía castellana. Hace construir el convento de frailes dominicos en Peñafiel (1318), donde tenía uno de sus castillos. Escribe sobre doctrina religiosa y sobre normas caballerescas, pero lo mejor de su pensamiento está en los consejos de Patronio al Conde.

Escribió unos catorce libros: menciona nueve en las palabras preliminares del principal de todos. Se conservan ocho: los principales, el *Libro de la caza*, pintoresco tratado cinegético según los usos del final de la Edad Media; el *Libro del Caballero y del escudero*, el *Libro de los estados* y el *Libro de los enxiemplos del Conde Lucanor et de Patronio*.

El *Libro del caballero y del escudero*, que subsiste mutilado, contiene en resumen enciclopédico, de tipo muy medieval, nociones de religión, de astronomía y de ciencias naturales, junto con nociones y reglas de caballería; el tejido de la obra es una ligera trama novelesca y una urdimbre de diálogo entre un escudero joven y un caballero anciano. Para el comienzo, Juan Manuel tuvo como modelo el *Libro del orde de cavayleria*, de Raimundo Lulio.

El *Libro de los estados*, la más extensa de sus obras, tiene trama novelesca también procedente del *Lalita Vistara*, narración sánscrita de la vida del Buda, cuyo contenido se difundió en la Europa medieval principalmente a través de la novela griega cristiana *Barlaam y Josafat* (siglo VII). En parte, debió de servirle de modelo el *Blanquerna*, de Lulio, uno de los más hermosos libros de la época: presenta –signo de aquellos tiempos cambiantes– el cuadro de la vida social y de los diferentes estados y clases de los hombres.

El *Libro de los enxiemplos del Conde Lucanor et de Patronio* lo terminó en junio de 1335. De sus cinco partes, la primera es la más larga y la famosa, porque contiene los cuentos, enlazados entre sí por la conversación de los dos personajes que dan título a la obra. El plan proviene de las viejas colecciones de cuentos de la India, como la que lleva el título de *Panchatantra*: una de ellas circulaba en castellano desde el siglo XIII, traducida del árabe, bajo el título de *Calila y Dimna*. Según este plan, dos personajes dialogan, narran cuentos y sacan de ellos conclusiones de moral o de discreción práctica.

El *Libro del Conde Lucanor y de Patronio* es, dice Marcelino Menéndez y Pelayo, «la obra capital de don Juan Manuel, la obra maestra de la prosa castellana del siglo XIV... la que comparte con el *Decamerón* [de Boccaccio] la gloria de haber creado la prosa novelesca en Europa...

»En 1335, trece años por lo menos antes de la composición del *Decamerón* (puesto que la peste de Florencia, con cuya descripción empieza, acaeció en 1348), había terminado don Juan Manuel la memorable colección de cuentos y apólogos que lleva el título de *Libro de Patronio*, y más comúnmente, el de *Conde Lucanor*. No puede haber dos libros más desemejantes por el temperamento de sus autores, por la calidad de las narraciones, por el fondo moral, por los procedimientos de estilo; y, sin embargo, uno y otro son grandes narradores, cada cual a su manera, y sus obras, en cuanto al plan, pertenecen a la misma familia, a la que comienza en la India con el *Calila y Dimna* y el *Sendebar* y se dilata entre los árabes con *Las mil y una noches*. El cuadro de la ficción general que enlaza los diversos cuentos es infinitamente más artístico en Boccaccio que en don Juan Manuel; las austeras instrucciones que el Conde Lucanor recibe de su consejero Patronio no pueden agradar por sí solas como agradan las introducciones de Boccaccio, cuyo arte es una perpetua fiesta para la imaginación y los sentidos. Además, el empleo habitual de la forma indirecta en el diálogo comunica cierta frialdad y monotonía a la narración; en este punto capital, Boccaccio lleva notable ventaja a don Juan Manuel... Y, sin embargo, el que lee los hermosísimos apólogos de don Illán, el mágico de Toledo; de Álvar Fáñez y de doña Vascuñana; de los burladores que hicieron el paño mágico; del mancebo que casó con una mujer áspera y brava y llegó a amansarla; del conde Rodrigo el franco y sus compañeros; de la prueba de los amigos; de la grandeza de alma con que el sultán Saladino triunfó de su viciosa pasión por una buena dueña, mujer de un vasallo suyo, no echa de menos el donoso artificio del liviano novelador de Certaldo, y se encuentra virilmente recreado por un arte mucho más noble, honrado y sano, no menos rico en experiencia de la vida y en potencia gráfica para representarla e incomparablemente superior en lecciones de sabiduría práctica. No era intachable don Juan Manuel, especialmente en lo que toca a la moralidad política, y su biografía ofrece hartos ejemplos de mañosa cautela, de refinada astucia, de inquieta y tornadiza condición y aun de verdaderas tropelías y desmanes que la guerra civil traía aparejada en aquella edad de hierro... Con todo eso, fue quizá el hombre más humano de su tiempo, y lo debió en parte al alto y severo ideal de vida que en sus libros resplandece, aunque por las imperfecciones de la realidad no llegara a reflejarle del todo en sus actos. Criado a los pechos de la sabiduría oriental que adoctrinaba en Castilla a príncipes y magnates, fue un moralista filosófico más bien que un moralista caballeresco. Sus lecciones alcanzan a todos los estados y situaciones de la vida, no a las clases privilegiadas únicamente. En este sentido hace obra de educación popular, que se levanta sobre instituciones locales y transitorias, y conserva un jugo perenne de buen sentido, de honradez nativa, de castidad robusta y varonil, de piedad sencilla y algo belicosa, de grave y profunda indulgencia, y a veces de benévola y fina ironía... Hay en su libro, como en todas las colecciones de apólogos, algunas lecciones que pueden parecer dictadas por el egoísmo o por el principio utilitario, pero son las menos; y ni una sola hay en que se haga la menor concesión a los torpes apetitos que sin freno se desbordan en la parte inhonesta del *Decamerón*... Esta virtud, que lo sería en cualquier tiempo, lo es mucho más en un autor de la Edad Media, laico por añadidura y nada ascético, que pasó su vida en el tráfago mundano como hombre de acción y de guerra. Para no escribir en el siglo XIV como Boccaccio o el Arcipreste de Hita se necesitaba una exquisita delicadeza de alma, una repugnancia instintiva a todo lo feo y villano, que es condición estética, a la par que ética, de espíritus valientes, como el de Manzoni, por ejemplo, y que nada tiene que ver con los ñoños escrúpulos de cierta literatura afeminada y pueril.

»La vida doméstica está concebida en *El Conde Lucanor* como rígida disciplina de la voluntad, pero no como lazo de sumisión servil... Hay que retroceder a las canciones de gesta para encontrar en las Aldas, Jimenas y Sanchas los verdaderos prototipos de las heroínas de don Juan Manuel, que en esto como en otras cosas es continuador de la poesía épica.

»Porque entre los varios aunque no discordes elementos que entraron en la composición del *Libro de Patronio* no fue el último ciertamente la tradición castellana, ya oral, ya contada... Otras historietas, como aquellas en que suenan los nombres de Saladino y de Ricardo Corazón de León, nos transportan al gran ciclo de las Cruzadas... El conocimiento que don Juan Manuel tenía de la lengua arábiga, y no sólo de la vulgar... sino de la literaria, como ya lo indica el *Libro de los estados*, se confirma en *El Conde Lucanor*... Hemos de creer que, además de los libros de cuentos que ya corrían traducidos al castellano, como el *Calila*, o al latín, como la *Disciplina clericalis* [de Pedro Alfonso], manejó don Juan Manuel otras colecciones en su lengua original... Pero don Juan Manuel, como todos los grandes cuentistas, imprime un sello tan personal en sus narraciones, ahonda tanto en sus asuntos, tiene tan continuas y felices intervenciones de detalle, tan viva y pintoresca manera de decir, que convierte en propia la materia común, interpretándola con su peculiar psicología, con su ética práctica, con su humorismo entre grave y zumbón... Ni don Juan Manuel ni Boccaccio tienen un solo cuento original; este género de invención se queda para las medianías; pero el cuento más vulgar parece en ellos una creación nueva...

»La grande y verdadera originalidad de don Juan Manuel consiste en el estilo. No puede decirse que creara nuestra prosa narrativa, porque de ella había admirables ejemplos en la *Crónica general*; pero aquella prosa tenía el carácter de las construcciones anónimas, participaba de la impersonalidad de la poesía épica, y en muchos casos era una continuación..., era la misma epopeya desatada y disuelta en prosa. En sus elementos léxicos y en su sintaxis, la lengua de don Juan Manuel no difiere mucho de la de su tío; es la misma lengua, pulida y cortesana ya, en medio de su ingenuidad, en que se escribieron las *Partidas* y se tradujeron los libros del *Saber de astronomía*; lengua grave y sentenciosa, de tipo un tanto oriental, entorpecida por el uso continuo de las conjunciones. Nada tiene de la redundante y periódica manera con que halaga los oídos la prosa italiana de Boccaccio; en cambio, está libre de todo amaneramiento retórico. Don Juan Manuel era extraño al renacimiento de los estudios clásicos, que tenían en Boccaccio uno de sus más ilustres representantes; nada innovó en cuanto a las condiciones externas de la forma literaria; pero, dotado de una individualidad poderosa, la trasladó sin esfuerzo a sus obras y fue el primer escritor de nuestra Edad Media que tuvo *estilo* en prosa, como fue el Arcipreste de Hita el primero que le tuvo en verso».

El texto que damos del *Libro del Conde Lucanor y de Patronio* va en ortografía antigua, pero con toques que tienden a hacerla uniforme y fácil para la lectura. Se conserva la diferencia entre *s* y *ss*, semejante a la que existe todavía en francés y en italiano; entre *c* o *ç* –aproximadamente *ts*– y *z* –aproximadamente *ds*–; entre *x* –equivalente a *sh* inglesa o *ch* francesa– y *j* o *g* ante *e* o *i* –sonido entre *gi* del italiano y *j* del francés; pero no se conserva el uso indistinto de *u* y *v* como signos de vocal, de *b*, *v* y *u* como signos de consonantes (en estos casos escribimos siempre a la moderna); se escribe la *h*, a la manera moderna, tanto en palabras donde la empleó la Edad Media (así en *hermano*, *hostal*, *huerto*), como en palabras donde no la empleaba generalmente (*home* u *homne*, *haber*...), y en cambio se suprime cuando se agregaba indebidamente (como en *ermitaño*); no se conserva el uso de *y* como vocal en casos en que modernamente se escribe *i*; ni de *q* ante *ua* (como en *quando*, *qual*); ni mucho menos grafías como *n* ante *p* o *rr* después de *n*, u otras semejantes, que sólo representan la vacilación de una escritura todavía distante de su fijeza. La acentuación y la puntuación son, desde luego, modernas.

Tarea interesante sería unificar las formas de las palabras en la obra de Juan Manuel: los manuscritos, y en consecuencia las ediciones modernas, traen variedad de formas, en ocasiones a muy poca distancia una de otra, como *enxiemplo*, *enxemplo* y *exiemplo*, *dezir* y *dizir*, *lugar* y *logar*, *destruir* y *estroír*, *sacar* y *assacar*, *do* y *o*, *estonce* y *entonce*, *contrario* y *contrallo*, *peligro* y *peliglo*, *muriéredes* y *murierdes*, *díxole* y *díxol'*, *feziestes* y *fiziestes*, *sed*, *set* y *seed*... Al autor le preocupaba la pureza del lenguaje, decir las cosas «por muy buenas palabras», como lo manifiesta en las líneas preliminares de

El Conde Lucanor y Patronio –donde explica sus precauciones, que el tiempo al fin hizo vanas, para que sus textos no llegasen adulterados a la posteridad– y en el comienzo del *Libro de los estados* cabe pensar que, de las formas fluctuantes de los vocablos, haya escogido las que le parecieran preferibles, como Juan de Valdés dos siglos adelante, y las haya usado de modo sistemático e invariable en sus libros. Pero la restauración de esta uniformidad hipotética es tema para largos estudios y no cuestión para resolverla apresuradamente.

Pedro Henríquez Ureña

LIBRO DE LOS ENXIEMPLOS DEL CONDE LUCANOR ET DE PATRONIO

Este libro fizo don Johán, fijo del muy noble infante don Manuel, deseando que los homes fiziessen en este mundo tales obras que les fuessen aprovechosas de las honras, et de las faziendas, et de sus estados, et fuessen más allegados a la carrera por que pudiessen salvar las almas. Et puso en él los enxiemplos más aprovechosos que él sopo de las cosas que acaescieron, por que los homes puedan fazer esto que dicho es. Et sería maravilla si de cualquier cosa que acaesca a cualquier homne non fallare en este libro su semejança que acaesció a otro.

Et porque don Johán vío et sabe que en los libros contescen muchos yerros en los trasladar –cuidando por la una letra que es la otra, en escribiéndolo, múdase toda la razón, et por aventura confóndese– et los que después fallan aquello escripto ponen la culpa al que fizo el libro; et porque don Johán se receló desto, ruega a los que leyeren cualquier libro que fuere trasladado del que él compuso, o de los libros que él fizo, que si fallaren alguna palabra mal puesta, que non pongan la culpa a él fasta que vean el libro mismo que don Johán fizo, que es emendado, en muchos lugares, de su letra. Et los libros que él fizo, son éstos que él ha fecho fasta aquí: la *Crónica abreviada*, el *Libro de los Sabios*, el *Libro de la Caballería*, el *Libro del Infante*, el *Libro del Caballero et del Escudero*, el *Libro del Conde*, el *Libro de la Caça*, el *Libro de los Engeños*, el *Libro de los Cantares*. E estos *Libros* están en el monesterio de los Fraires Predicadores que él fizo en Peñafiel. Pero desque vieren los libros que él fizo, por las menguas que en ellos fallaren, non pongan la culpa a la su entención, mas pónganla a la mengua del su entendimiento, porque se atrevió a se entremeter a fablar en tales cosas. Pero Dios sabe que lo fizo por entención que se aprovechassen de lo que él diría las gentes que non fuessen muy letrados ni muy sabidores. Et por ende, fizo todos los sus libros en romance, et esto es señal cierta que los fizo para los legos et de non muy grand saber, como lo él es. Et de aquí adelante comiença el prólogo del *Libro de los Enxiemplos del Conde Lucanor et de Patronio*.

PRÓLOGO

En el nombre de Dios: Amén. Entre muchas cosas estrañas et maravillosas que Nuestro Señor Dios fizo, tovo por bien de fazer una muy maravillosa: ésta es, que de cuantos homes en el mundo son, non ha uno que del todo semeje a otro en la cara; ca comoquier que todos los homes han estas mismas cosas en la cara, los unos que los otros, pero las caras en sí mesmas non semejan las unas a las otras. Et pues en las caras que son tan pequeñas cosas ha en ellas tan grant departimiento, menos maravilla es que haya departimiento en las voluntades et en las entenciones de los homes. Et assí fallaredes que ningún home non se semeja del todo en la voluntad nin en la entención con otro. Et fazervos de algunos enxiemplos por que lo entendades mejor.

Todos los que quieren et desean servir a Dios, todos quieren una cosa, pero non lo sirven todos en una manera, que unos le sirven en una manera et otros en otra. E otrosí, todos los que sirven a los señores, todos los sirven, mas non los sirven todos en una manera. Et los que labran et crían, et trabajan, et caçan, et fazen todas las otras cosas, todos las fazen, mas non las entienden nin las fazen todos en una manera. Et assí, por este enxiemplo, et por otros que serien muy luengos de dezir, podedes entender, que, como quier que los homes todos sean homes, et todos hayan voluntades et entenciones, que tan poco como se semejan en las caras; tan poco se semejan en las entenciones et en las voluntades; pero todos se semejan, en tanto que todos usan et quieren et aprenden mejor aquellas cosas de que se más pagan que las otras. Et porque cada homne aprende mejor aquello de que se más paga, por ende el que alguna cosa quiere demostrar a otro débegelo mostrar en la manera que entendiere que será más pagado el que lo ha de aprender. Et porque a muchos homes las cosas sotiles non les caben en los entendimientos porque non las entienden bien, non toman plazer en leer aquellos libros nin aprenden lo que es escripto en ellos. Et porque non toman plazer en ello, non lo pueden aprender nin saber assí como a ellos cumpliría.

Por ende, yo Don Johán, fijo del Infante Don Manuel, Adelantado Mayor de la frontera et del regno de Murcia, fiz este libro, compuesto de las más apuestas palabras que yo pude, et entre las palabras entremetí algunos enxiemplos de que se podrían aprovechar los que los oyeren. Et esto fiz según la manera que fazen los físicos, que cuando quieren fazer alguna melizina que aproveche al fígado, por razón que naturalmente el fígado se paga de las cosas dulces, mesclan, con aquella melezina que quiere melezinar el fígado, açucar o miel o alguna cosa dulce; et por el pagamiento que el fígado ha de la cosa dulce, en tirándole para sí, lleva con ella la melezina quel' ha de aprovechar. Et esso mismo fazen a cualquier miembro que haya mester alguna melezina, que siempre la dan con alguna cosa que naturalmente aquel miembro la haya de tirar a sí. Et a esta semejança, con la merced de Dios será fecho este libro, et los que lo leyeren, si por su voluntad tomaren plazer de las cosas provechosas que y fallaren, serles ha bien, et aun los que tan bien non entendieren, non podrán escusar que en leyendo el libro, por las palabras falagueras et apuestas que en él fallarán, que non hayan a leer las cosas aprovechosas que son y mescladas, et aunque ellos non lo deseen, aprovecharse han dellas, assí como el fígado et los otros miembros dichos se aprovechan de las melezinas que son mescladas con las cosas de que ellos se pagan. Et Dios, que es complido et complidor de todos los buenos fechos, por la su merced et por la su piedad quiera que los que este libro leyeren, que se aprovechen dél a servicio de Dios et para salvamiento de sus almas et aprovechamiento de sus cuerpos, assí como Él sabe, que yo, Don Johán, lo digo a essa entención. Et lo que y fallaren que non es tan bien dicho, non pongan la culpa a la mi entención, mas pónganla a la mengua del mio entendimiento. Et si alguna cosa fallaren bien dicha o aprovechosa, agradéscanlo a Dios, ca Él es aquel por quien todos los buenos dichos et fechos se dizen et se fazen.

Et pues el prólogo es acabado, de aquí adelante començará la materia del libro, en manera de un grand señor que fablaba con un su consejero. Et dizían, al señor, Conde Lucanor, et al consejero, Patronio.

PRIMERA PARTE

ENXEMPLO I

*De lo que contesció a un Rey con su privado**

Acaesció una vez que el conde Lucanor estaba fablando en su poridad con Patronio, su consejero, et díxol':

–Patronio, a mí acaesció que un muy grande homne et mucho honrado, et muy poderoso, et que da a entender que es cuanto mio amigo, que me dixo pocos días ha en muy grant poridad que por algunas cosas quel' acaescieran, que era su voluntad de se partir desta tierra et non tornar a ella en ninguna manera, et que, por el amor et grant fiança que en mí había, que me quería dexar toda su tierra, lo uno vendido, et lo ál encomendado. Et pues esto quiere, semέjame muy grand honra et grand aprovechamiento para mí; et vos dezitme et aconsejadme lo que vos paresce en este fecho.

–Señor conde Lucanor –dixo Patronio–, bien entiendo que el mio consejo non voz faze grant mengua, pero pues vuestra voluntad es que vos diga lo que en esto entiendo, et vos conseje sobre ello, fazerlo he luego. E primeramente vos digo que esto que aquel que cuidades que es vuestro amigo vos dixo, non lo fizo sinon por vos probar. Et paresce que

* Este cuento es de origen oriental. Otra versión figura en el cap. IV de *Barlaam y Josafat*, novela mística griega en que se adaptó al cristianismo la leyenda del Buda según el *Lalita Vistara* sánscrito. Juan Manuel adaptó en su *Libro de los estados* la leyenda búdica, que debió de llegarle por más de una vía: la árabe (o la hebrea derivada de la árabe) y la latina, ya fuese la traducción hecha en el siglo XII o antes, o el resumen del *Speculum historiale* de Vincent de Beauvais (hacia 1250).

vos contesció con él como contesció a un rey con un su privado.

Et el conde Lucanor le rogó quel' dixiese cómo fuera aquello.

–Señor, dixo Patronio, un rey era que había un privado en que fiaba mucho. Et porque non puede seer que los homes que alguna buena andança han que algunos otros non hayan envidia dellos, por la privança et bienandança que aquel su privado había, otros privados daquel rey habían dél muy grant envidia et trabajábanse del' buscar mal con el rey su señor. Et comoquier que muchas razones le dixieron, nunca pudieron guisar con el rey quel' fiziese ningún mal, nin aun que tomasse sospecha sin dubda dél nin de su servicio. Et de que vieron que por otra manera non pudieron acabar lo que querían, fizieron entender al rey que aquel su privado, que se trabajaba de guisar por que él muriesse, et que un fijo pequeño que el rey había, que fincasse en su poder, et de que él fuesse apoderado de la tierra, que faría cómo muriesse el mozo e que fincaría él señor de la tierra. Et como que fasta entonces non pudieran poner en ninguna dubda al rey contra aquel su privado, de que esto le dixieron, non lo pudo sofrir el coraçón que non tomasse dél recelo; ca en las cosas en que tan grant mal ha, que se non pueden cobrar si se fazen, ningún homne cuerdo non debe esperar ende la prueba. Et por ende, desque el rey fué caído en esta dubda et sospecha, estaba con grant recelo, pero non se quiso mover en ninguna cosa contra aquel su privado, fasta que desto sopiesse alguna verdad.

Et aquellos otros que buscaban mal a aquel su privado dixiéronle una manera muy engañosa, en cómo podría probar que era verdat aquello que ellos dizían, et conformaron bien al rey en una manera engañosa, segund adelante oiredes, como fablasse con aquel su privado. Et el rey puso en su coraçón de lo fazer, et fízolo.

Et estando, a cabo de algunos días, el rey fablando con aquel su privado, entre otras razones muchas que fablaron començól' un poco a dar a entender que se despagaba mucho de la vida deste mundo et quel' parescía que todo era vanidad. Et entonce non le dixo más. Et después, a cabo de algunos días, fablando otra vez con aquel su privado, dándol' a entender que sobre otra razón començaba aquella fabla, tornól' a dezir que cada día se pagaba menos de la vida deste mundo et de las maneras que en él veía. Esta razón le dixo tantos días et tantas vegadas, fasta que el privado entendió que el rey non tomaba ningún placer en las honras deste mundo, nin en las riquezas, nin en ninguna cosa de los bienes nin de los plazeres que en este mundo habíe. Et desque el rey entendió que aquel su privado era bien caído en aquella entención, díxol' un día: que había pensado de dexar el mundo et irse desterrar a tierra do non fuesse conoscido, et catar algún lugar estraño et muy apartado en que fiziesse penitencia de sus pecados, et que por aquella manera pensaba que le habría Dios merced et podría haber la su gracia por que ganasse la gloria del paraíso.

E cuando el privado del rey esto le oyó dizir, estrañógelo mucho diziéndol' muchas maneras por que lo non debía fazer. Et entre las otras díxol': que si esto fiziesse, que faría muy grant desservicio a Dios en dexar tantas gentes como había en el su reino que tenía él bien mantenidas en paz et en justicia, et que era cierto que, luego que él dende se partiesse, que habría entrellos muy grant bollicio et muy grandes contiendas, de que tomaría Dios muy grant desservicio et la tierra muy grant dapno, et cuando por todo esto non lo dexasse, que lo debía dexar por la reína, su muger, et por un fijo muy pequeñuelo que dexaba, que era cierto que serían en muy gran aventura tan bien de los cuerpos como de las faziendas.

Et a esto respondió el rey que antes que él pusiesse en toda guisa en su voluntad de se partir de aquella tierra, pensó en la manera en cómo dexaría recabdo en su tierra por que su muger et su fijo fuessen servidos et toda su tierra guardada, et que la manera era ésta: que bien sabía él que el rey le había criado et le había fecho mucho bien et quel' fallara siempre muy leal et quel' serviera muy bien et muy derechamente, et quél por estas razones fiara en él más que en homne del mundo, et que tenía por bien del' dexar la muger et el fijo en su poder, et entregarle et apoderarle en todas las fortalezas et logares del regno, por que ninguno non pudiese fazer ninguna cosa que fuesse desservicio de su fijo; et si el rey tornasse en algún tiempo, que era cierto que fallaría muy buen recabdo en todo lo que dexasse en su poder; et si por ventura muriesse, que era cierto que serviría muy bien a la reína su muger, et que criaría muy bien a su fijo, et quel' ternía muy bien guardado el su regno fasta que fuesse de tiempo que lo pudiesse muy bien gobernar; et assí, por esta manera, tenía que dexaba recabdo en toda su fazienda.

E cuando el privado oyó dezir al rey que quería dexar en su poder el reino et el fijo, comoquier, que lo non dixo entender, plógol' mucho en su coraçón, entendiendo que, pues todo fincaba en su poder, que podría obrar en ello como quisiesse.

E este privado había en su casa un su cativo que era muy sabio homne et muy grant filósofo. Et todas las cosas que aquel privado del rey había de fazer, et los consejos quel' había de dar, todo lo fazía por consejo de aquel su cativo que tenía en casa.

Et luego que el privado se partió del rey, fuése para aquel su cativo, et contól' todo lo quel' contesciera con el rey dándol' a entender con muy grant plazer et muy grand alegría cuánto de buena ventura era, pues el rey le quería dexar todo el reino et su fijo en su poder.

E cuando el filósofo que estaba cativo oyó dezir a su señor todo lo que le había passado con el rey, et cómo el rey entendiera que quería él tomar en poder a su fijo et al regno, entendió que era caído en grant yerro, e començólo a maltraer muy fieramente, et díxol': que fuesse cierto que era en muy grant peligro del cuerpo et de toda su fazienda; ca todo aquello quel rey le dixiera, non fuera porque el rey hobiesse voluntad de lo fazer, sinon que algunos quel' querían mal habían puesto al rey quel' dixiesse aquellas razones por le probar, et pues entendiera el rey quel' plazía, que fuesse cierto que tenía el cuerpo et su fazienda en muy grant peligro.

E cuando el privado del rey oyó aquellas razones fué en muy grant cuita, ca entendió verdaderamente que todo era assí como aquel su cativo lo había dicho. Et desque aquel sabio que tenía en su casa le vío en tan grant cuita, consejól' que tomasse una manera como podríe escusar aquel peligro en que estaba.

Et la manera fué ésta: luego, aquella noche, fuése a raer la cabeça et la barba, et cató una vestidura muy mala et toda apedaçada, tal cual suelen traer estos homes que andan pidiendo las limosnas andando en sus romerías, et un bordón, et unos çapatos rotos et bien ferrados, et metió entre las costuras de aquellos pedaços de su vestidura una grant cuantía de doblas. Et ante que amaniciesse fuése para la puerta del rey, et dixo a un portero que y falló, que dixiesse al rey que se levantasse por que se pudiesse ir ante que la gente despertasse, ca él allí estaba esperando, et mandól' que lo dixiesse al rey en grant poridad. Et el portero fué muy maravillado cuandol' vío venir en tal manera, et entró al rey et díxogelo assí como aquel su privado le mandara. E desto se maravilló mucho el rey, et mandó quel' dexasse entrar.

E desque lo vío cómo vinía preguntól' por qué fiziera aquello. E el privado le dixo que bien sabía cómo le dixiera que se quería ir desterrar, et pues él assí lo quería fazer, que nunca quisiesse Dios que él desconosciesse cuánto bien le feziera; et que assí como de la honra et del bien que el rey hobiera tomara muy grant parte, que assí era muy grant razón que de la lazeria et del desterramiento que el rey quería tomar, que él otrossí tomasse ende su parte; et, pues el rey non se dolía de su muger et de su fijo, et del regno et de lo que acá dexaba, que non era razón que se doliesse él de lo suyo, et que iría con él, et le serviría en manera que ningún home non ge lo pudiesse entender, et que aun él llevaba tanto haber, metido en aquella su vestidura, que les abondaría assaz en toda su vida, et que, pues que a irse habían, que se fuessen ante que pudiessen ser conoscidos. E cuando el rey entendió todas aquellas cosas que aquel su privado le dizía, tovo que se lo dizía todo con lealtad, et gradesciógelo mucho, et contól' toda la manera en cómo hobiera a seer engañado et que todo aquello le fiziera el rey por le probar. Et assí hobiera a seer aquel privado engañado por mala cobdicia, et quísol' Dios guardar, et fue guardado por consejo del sabio que tenía cativo en su casa.

Et vos, señor conde Lucanor, ha menester que vos guardedes que non seades engañado deste que tenedes por amigo; ca cierto sed que esto que vos dixo, que non lo fizo sinon por probar qué es lo que tiene en vos. Et conviene que en tal manera fabledes con él, que entienda que queredes toda su pro et su honra, et que non habedes cobdicia de ninguna cosa de lo suyo, ca si homne estas dos cosas non guarda a su amigo, non puede durar entre ellos el amor luengamente.

Et el conde se falló por bien aconsejado del consejo de Patronio, su consejero, et fízolo como le consejara, et fallóse ende bien.

Et entendiendo don Johán que este enxemplo era muy bueno, fízolo escribir en este libro, et fizo estos viessos en que se pone la sentencia del enxemplo. Et los viessos dizen assí:

Non vos engañedes nin creades que en donado
faze ningún homne por otro su daño de grado.

Et los otros dizen assí:

Por la piedat de Dios et por buen consejo
sale homne de coita et cumple su deseo.

ENXEMPLO II

*De lo que contesció a un home bueno con su fijo**

Otra vez acaesció que el conde Lucanor fablaba con Patronio, su consejero, et díxol' cómo estaba en grant coidado et en grant quexa de un fecho que quería fazer; ca, si por aventura lo fiziesse, sabía que muchas gentes le trabarían en ello, et otrosí, si non lo fiziesse, que él mismo entendíe quel' podrían trabar en ello con razón. Et díxole cuál era el fecho, et rogól' quel' consejasse lo que entendía que debía fazer sobre ello.

–Señor conde Lucanor –dixo Patronio–, bien sé yo que vos fallaredes muchos que vos podrían consejar mejor que yo, et a vos dió Dios muy buen entendimiento, que sé que mi consejo vos faze muy pequeña mengua, mas pues lo queredes, dezirvos he lo que ende entiendo. Señor conde Lucanor –dixo Patronio–, mucho me plazería que parássedes mientes a un exiemplo de una cosa que acaesció una vegada a un homne bueno con su fijo.

E el conde le rogó quel' dixiesse que cómo fuera aquello.

Et Patronio dixo:

–Señor, assí contesció, que un homne bueno había un fijo; e como quier que era moço segund sus días, era assaz de sotil entendimiento. Et cada que el padre alguna cosa quería

* La versión más antigua que se conoce de este cuento está en las fábulas esópicas.

fazer, porque pocas son las cosas en que algún contrallo non puede acaescer, dizíal' el fijo: que en aquello que él quería fazer, que veía él que podría acaescer el contrario. Et por esta manera le partía de algunas cosas quel' cumplían para su fazienda. Et bien cred que cuanto los moços son más sotiles de entendimiento, tanto son más aparejados para fazer grandes yerros para sus faziendas; ca han entendimiento para començar la cosa, mas non saben la manera como se puede acabar, et por esto caen en grandes yerros, si non han quien los guarde dellos. Et assí, aquel moço por la sotileza que había del entendimiento et quel' menguaba la manera de saber fazer la obra complidamente, embargaba a su padre en muchas cosas que había de fazer. Et de que el padre passó grant tiempo esta vida con su fijo, lo uno por el daño que se le seguía de las cosas que se le embargaban de fazer, et lo ál por el enojo que tomaba de aquellas cosas que su fijo le dizía, et señaladamente lo más, por castigar su fijo et darle exiemplo como fiziesse en las cosas quel' acaesciessen adelante, tomó esta manera según aquí oiredes:

El homne bueno et su fijo eran labradores et moraban cerca de una villa. Et un día que fazían y mercado dixo a su fijo: que fuessen amos allá para comprar algunas cosas que habían mester: et acordaron de levar una bestia en que lo traxiessen: et yendo amos a mercado levaban la bestia sin ninguna carga et iban amos de pie et encontraron unos homes que vinían daquella villa do ellos iban. Et de que fablaron en uno et se partieron los unos de los otros, aquellos homes que encontraron començaron a departir ellos entre sí et dizían que no les parescían de buen recabdo aquel homne et su fijo, pues levaban la bestia descargada et ir entreamos de pie. E el homne bueno, después que aquello oyó, preguntó a su fijo que quél' parescía daquello que dizían. Et el fijo dixo que dezían verdat, que pues la bestia iba descargada, que non era buen seso ir entreamos de pie: et entonces mandó el homne bueno a su fijo que subiesse en la bestia.

Et yendo assí por el camino fallaron otros homnes: et de que se partieron dellos, començaron a dezir que lo errara mucho aquel homne bueno, porque iba él de pie que era viejo et cansado, et el moço que podría sofrir lazeria iba en la bestia. Preguntó entonces el homne bueno a su fijo que quél' parescía de lo que aquellos dizían; et él dixol' quel' parescía que dizían razón. E estonces mandó a su fijo que descendiesse de la bestia et subió él en ella.

Et a poca pieça toparon con otros, et dixieron que fazía muy desaguisado de dexar el moço, que era tierno et non podría sofrir laceria, ir de pie et ir el homne bueno, que era usado de pararse a las lazerias, en la bestia. E estonce preguntó el homne bueno a su fijo que quél' parescíe desto que estos dizían. Et el moço díxol' que segund él cuidaba, que dizían verdat. E estonces mandó el homne bueno a su fijo que subiese en la bestia por que non fuesse ninguno dellos de pie.

Et yendo assí, encontraron otros homes et començaron a dezir que aquella bestia en que iban era tan flaca que a vez podría andar bien por el camino, et pues assí era, que fazían muy grant yerro en ir entramos en la bestia. Et el homne bueno preguntó a su fijo que quél' semejaba daquello que aquellos homes buenos dizían: et el moço dixo a su padre quel' semejaba verdat aquello. E estonces el padre respondió a su fijo en esta manera:

–Fijo, bien sabes que cuando salíemos de nuestra casa que amos veníamos de pie et traíamos la bestia sin carga ninguna: et tú dizías que te semejaba que era bien. Et después fallamos homes en el camino que nos dixieron que non era bien, et mandéete yo sobir en la bestia et finqué de pie; et tú dixiste que era bien. Et después fallamos otros homes que dixieron que non era bien, et por ende descendistes tú et subí yo en la bestia, et tú dixiste que era aquello lo mejor. Et porque los otros que fallamos dixieron que non era bien, mandéte subir en la bestia conmigo; et tú dixiste que era mejor que non fincar tú de pie et ir yo en la bestia. Et agora éstos que fallamos dizen que fazemos yerro en ir entreamos en la bestia; et tú tienes que dizen verdat. Et pues que assí es, ruégote que me digas qué es lo que podemos fazer en que las gentes non puedan trabar; ca ya fuemos entramos de pie, et dixeron que non fazíamos bien; et fuí yo de pie et tú en la bestia, et dixieron que errábamos; et fuí yo en la bestia et tú de pie, et dixieron que era yerro; et agora imos amos en la bestia, et dizen que fazemos mal. Pues en ninguna guisa non puede ser que alguna destas cosas no fagamos, e ya todas las fiziemos, et todas dizen que son yerros. Et esto fiz yo por que tomasses exiemplo de las cosas que te acaesciessen en tu fazienda; ca cierto sey que nunca farás cosa de que todos digan bien; ca si fuere buena la cosa, los malos et aquellos a que se non sigue pro de aquella cosa dirán mal della; et si fuera la cosa mala, los buenos que se pagan del bien non podrían dezir que es bien el mal que tú feziste. Et por ende, si tú quieres fazer lo mejor et más a tu pro, cata que fagas lo mejor et lo que entendieres que te cumple más, et sól que non sea mal, non dexes de lo fazer por recelo del dicho de las gentes, ca cierto es que las gentes a lo demás siempre fablan en las cosas a su voluntad et non catan lo que es más a su pro.

Et vos, señor conde Lucanor, en esto que me dezides que queredes fazer et que recelades que vos trabarán las gentes en ello, et si non lo fazedes que esso mismo farán, pues me mandades que vos conseje en ello, el mi consejo es éste: que ante que comencedes el fecho, que cuidedes toda la pro e el dapno que se vos puede ende seguir, et que non vos fiedes en vuestro seso, et que vos guardedes que non vos engañe la voluntad, et que vos consejedes con los que entendiéredes que son de buen entendimiento et leales et de buena poridat. Et si tal consejero non falláredes, guardat que vos non arrebatedes a lo que hobiéredes a fazer, a lo menos fasta que passe un día et una noche, si fuere cosa que se non pierda por tiempo. Et de que estas cosas guardáredes en lo que hobiéredes de fazer, et lo falláredes que es bien et vuestra pro, conséjovos yo que nunca lo dexedes de fazer por recelo de lo que las gentes podrían dello dezir.

E el conde tovo por buen consejo lo que Patronio le consejaba. Et fízolo assí, et fallóse ende bien.

Et cuando don Johán falló este exiemplo, mandólo escribir en este libro, et fizo estos viessos en que está abreviadamente toda la sentencia deste exiempo. Et los viessos dizen assí:

Por dicho de las gentes, sól que non sea mal,
al pro tenet las mientes et non fagades ál.

ENXEMPLO III

*Del salto que fizo el rey Richalte de Inglaterra en la mar contra los moros**

Un día se apartó el conde Lucanor con Patronio, su consejero, et díxol' assí:

–Patronio, yo fío mucho en el vuestro entendimiento, et sé que lo que vos non entendiéredes o a lo que vos non pudiéredes dar consejo, que non ha ningún otro homne que lo pudiesse acertar, e por ende vos ruego que me consejedes lo mejor que vos entendierdes en lo que agora vos diré. Vos sabedes muy bien que yo non so ya muy mancebo, et acaescióme assí, que desde que fui nascido fasta agora, que siempre me crié et visque en muy grandes guerras, a vezes con cristianos et a vezes con moros, et lo demás siempre lo hobe con reys, mis señores et mis vezinos. Et cuando lo hobe con cristianos, siempre me guardé que non se levantasse ninguna guerra a mi culpa, pero non se podía escusar de tomar grant daño muchos que lo non merescieron. Et lo uno por esto, et por otros yerros que yo fiz contra Nuestro Señor Dios, et otrossí, porque veo que por homne del mundo, nin por nin-

---

* El núcleo de este cuento, según Knust, procede de la narración medieval *De saltu Templarii.* En su origen procede de la India: figura en la vasta selva poemática *Mahabharata* y en la colección narrativa *Çukasaptati.* Es el tema del gran drama atribuido a Tirso de Molina *El condenado por desconfiado* (*véase*, sobre su significación –dos caminos posibles de la virtud– y sobre sus muchas variantes, el trabajo de don Ramón Menéndez Pidal sobre *El condenado por desconfiado*, en sus *Estudios literarios*). El cuento subsiste todavía en el folclore de España.

guna manera, non puedo un día solo ser seguro de la muerte, et so cierto que naturalmente segund la mi edat non puedo vevir muy luengamente, et sé que he de ir ante Dios, que es tal juez de que non me puedo escusar por palabras, nin por otra manera, nin puedo ser judgado sino por las buenas obras o malas que hobiere fecho; et sé que si por mi desventura fuere fallado en cosa por que Dios con derecho haya de ser contra mí, so cierto que en ninguna manera non pudíe escusar de ir a las penas del infierno en que sin fin habré a fincar, et cosa del mundo non me podría tener pro; et si Dios me fiziere tanta merced por que él falle en mí tal merescimiento, por que me deba escoger para ser compañero de los sus siervos et ganar el paraíso, sé cierto que a este bien, et a este plazer, et a esta gloria, non se puede comparar ningún otro plazer del mundo. Et pues este bien et este mal tan grande non se cobra sinon por las obras, ruégovos que segund el estado que yo tengo, que cuidedes et me consejedes la manera mejor que entendiéredes que pueda fazer emienda a Dios de los yerros que contra Él fiz, et pueda haber la su gracia.

–Señor conde Lucanor –dixo Patronio–, mucho me plaze de todas estas razones que habedes dicho, et señaladamente porque me dixiestes que en todo esto vos consejasse segund el estado que vos tenedes, ca si de otra guisa me lo dixiéredes por me probar segund la prueba que el rey fizo a su privado, que vos conté el otro día en el exemplo que vos dixe; mas plázeme mucho porque dezides que queredes fazer emienda a Dios de los yerros que fiziestes, guardando vuestro estado et vuestra honra; ca ciertamente, señor conde Lucanor, si vos quisiéredes dexar vuestro estado et tomar vida de orden o de otro apartamiento, non podríades escusar que vos non acaesciessen dos cosas: la primera que seríades muy mal juzgado de todas las gentes, ca todos dirían que lo fazíades con mengua de coraçón et vos despagábades de vevir entre los buenos; et la otra es que sería muy grant maravilla si pudiéssedes sofrir las asperezas de la orden, et si después la hobiéssedes a dexar o vevir en ella non la guardando como debíades, seervos hía muy gran daño paral alma et grant vergüença et grant denuestro paral cuerpo et para la fama. Mas pues esto bien queredes fazer, plázeme hía que sopiéssedes lo que mostró Dios a un ermitaño muy sancto de lo que había de contescer a él et al rey Richalte de Englaterra.

E el conde Lucanor le rogó quel' dixiesse que cómo fuera aquello.

–Señor conde Lucanor –dixo Patronio–, un ermitaño era homne de muy buena vida, et fazía mucho bien, et sufría grandes trabajos por ganar la gracia de Dios. Et por ende, fízol' Dios tanta merced quel' prometió et le aseguró que habría la gloria de paraíso: e el ermitaño gradesció esto mucho a Dios; et seyendo ya desto seguro, pidió a Dios por merced quel' mostrasse quién había de seer su compañero en paraíso. Et comoquier que el Nuestro Señor le enviasse dezir algunas vezes con el ángel que non fazía bien en le demandar tal cosa, pero tanto se afincó en su petición, que tovo por bien Nuestro Señor Dios del' responder et envióle dezir con su ángel que el rey Richalte de Inglaterra et él serían compañeros en paraíso.

E desta razón non plogo mucho al ermitaño, ca él conoscía muy bien al rey et sabía que era homne muy guerrero et que había muertos et robados et desheredados muchas gentes, et siempre le viera fazer vida muy contralla de la suya, et aún, que parescía muy alongado de la carrera de salvación: et por esto estaba el ermitaño de muy mal talante.

Et desque Nuestro Señor Dios lo vío assí estar, envióľ dezir con el su ángel que non se quexasse nin se maravillasse de lo quel' dixiera, ca cierto fuesse que más servicio fiziera a Dios et más meresciera el rey Richalte en un salto que saltara, que el ermitaño en cuantas buenas obras fiziera en su vida.

E el ermitaño se maravilló ende mucho, et preguntól' cómo podía esto seer.

Et el ángel le dixo: que sopiesse que el rey de Francia et el rey de Inglaterra et el rey de Navarra passaron a Ultramar. Et el día que llegaron al puerto, yendo todos armados para tomar tierra, vieron en la ribera tanta muchedumbre de moros que tomaron dubda si podrían salir a tierra. E estonce el rey de Francia envió dezir al rey de Inglaterra que viniesse a aquella nave a do él estaba et que acordarían cómo habían de fazer. Et el rey de Inglaterra, que estaba en su caballo cuando esto oyó, dixo al mandadero del rey de Francia quel' dixiesse de su parte que bien sabía que él había fecho a Dios muchos enojos et muchos pesares en este mundo et que siempre le pidiera merced quel' traxiesse a tiempo quél fiziesse emienda por el su cuerpo, et que loado a Dios que veía el día que él deseaba mucho; ca si allí muriesse, pues había fecho la emienda que pidiera ante que de su tierra se partiesse, et estaba en verdadera penitencia, que era cierto quel' habría Dios merced al alma, et que, si los moros fuessen vencidos, que tomaría Dios mucho servicio et serían todos muy de buena ventura.

Et de que esta razón hobo dicha, acomendó el cuerpo et el alma a Dios et pidiól' merced quel' acorriesse, et signóse del signo de la santa cruz et mandó a los suyos quel' ayudassen. Et luego dió de las espuelas al caballo et saltó en la mar contra la ribera do estaban los moros. Et como quiera que estaban cerca del puerto, non era la mar tan baxa que el rey et el caballo non se metiessen todos so el agua, en guisa que non paresció dellos ninguna cosa; pero Dios, assí como Señor tan piadoso et de tan grant poder, et acordándose de lo que dixo en el Evangelio, que non quiere la muerte del pecador sinon que se convierta et viva, acorrió entonces al rey de Inglaterra et libról' de muerte para este mundo et diól' vida perdurable para siempre et escapól' de aquel peligro del agua. Et endereçó a los moros.

Et cuando los ingleses vieron fazer esto a su señor, saltaron todos en la mar en pos dél et endereçaron todos a los moros. E cuando los franceses vieron esto, tovieron que les era mengua grande, lo que ellos nunca solían sofrir, et saltaron luego todos en la mar contra los moros. Et desque los vieron venir contra sí, et vieron que non dubdaban la muerte, et que vinían contra ellos tan buenamente, non los osaron asperar et dexáronles el puerto de la mar et començaron a fuir. Et desque los cristianos llegaron al puerto, mataron muchos de los que pudieron alcançar et fueron muy bienandantes, et fizieron desse camino mucho servicio a Dios. Et todo esto bien vino por aquel salto que fizo el rey Richalte de Inglaterra.

Et cuando el ermitaño esto oyó, plógol' ende mucho et entendió quel' fazía Dios muy grant merced en querer que fuesse él compañón en paraíso de homne que tal servicio fiziera a Dios et tanto ensalçamiento en la fe católica.

Et vos, señor conde Lucanor, si queredes servir a Dios et fazerle emienda de los enojos quel' habedes fecho, guisat que ante que partades de vuestra tierra emendedes lo que habedes fecho a aquellos que entendedes que feziestes algún daño. Et fazed penitencia de vuestros pecados et non paredes mientes al ufana del mundo sin pro, et que es toda vanidat, nin creades a muchos que vos dirán que fagades mucho por la valía, e esta valía dizen ellos por mantener muchas gentes et non catan si han de qué lo pueden complir, et non paran mientes cómo acabaron o cuántos fincaron de los que non cataron sinon por esta que ellos llaman grant valía, o cómo son poblados los sus solares. Et vos, señor conde Lucanor, pues dezides que queredes servir a Dios et fazerle emienda de los enojos quel' feziestes, non querades seguir esta carrera que es de ufana et llena de vanidat. Mas, pues Dios vos pobló en tierra quel' podades servir contra los moros tan bien en mar como por tierra, fazet vuestro poder por que seades seguro de lo que dexades en vuestra tierra. Et esto fincando seguro, et habiendo fecho emienda a Dios de los yerros que fiziestes, por que estedes en verdadera penitencia, porque de los bienes que fezierdes hayades de todos merescimiento, et faziendo esto podedes dexar todo lo ál, et estar siempre en servicio de Dios et acabar assí vuestra vida. Et faziendo esto, tengo que ésta es la mejor manera que vos podedes tomar para salvar el alma guardando vuestro estado et vuestra honra. Et debedes crer que por estar en servicio de Dios non morredes ante, nin vivredes más por estar en vuestra tierra. Et si muriéredes en servicio de Dios, viviendo en la manera que vos yo he dicho, seredes mártir et muy bienaventurado, et aunque non murades por armas, la buena voluntad et las buenas obras vos farán mártir, et aun los que mal quisieren dezir non podrían; ca ya todos verían que non dexades nada de lo que debedes fazer de caballería, mas que queredes seer caballero de Dios et dexades de ser caballero del Diablo et de la ufana del mundo que es fallescedera. E agora, señor conde, vos he dicho el mio consejo segund me lo pidiestes, de lo que entiendo cómo podedes mejor salvar el alma segund el estado que tenedes. Et semejaredes a lo que fizo el rey Richalte de Inglaterra en el salto e buen fecho que fizo.

E al conde Lucanor plogo mucho del consejo que Patronio le dió, et rogó a Dios quel' guisasse que lo pudiesse fazer como él dizía et como el conde lo tenía en coraçón.

Et veyendo don Johán que este exemplo era bueno mandólo poner en este libro et fizo estos viessos en que se entiende abreviadamente todo el enxiemplo. Et estos viessos dizen assí:

Qui por caballero se toviere
más debe desear este salto
que non si en la orden se metiere
o se encerrasse tras muro alto.

ENXEMPLO IV

*De lo que dixo un genovés a su alma, cuando se hobo de morir**

Un día fablaba el conde Lucanor con Patronio, su consejero, et contábal' su fazienda en esta manera:

–Patronio, loado a Dios, yo tengo mi fazienda assaz en buen estado et en paz, et he todo lo que me cumple segund mis vezinos et mis eguales, et por aventura más. Et algunos conséjanme que comience un fecho de muy grant aventura, et yo he grant voluntad de fazer aquello que me consejan; pero por la fiança que en vos he, non lo quise començar fasta que fablasse convusco et vos rogasse que me consejássedes lo que fiziesse en ello.

–Señor conde Lucanor –dixo Patronio–, para que vos fagades en este fecho lo que vos más cumple, plazerme hía que sopiéssedes lo que contesció a un genués.

E el conde le rogó quel' dixiesse cómo fuera aquello.

E Patronio le dixo:

–Señor conde Lucanor: un genués era muy rico et muy bienandante segund sus vezinos. Et aquel genués adolesció muy mal, et de que entendió que non podía escapar de la muerte, fizo llamar a sus parientes et a sus amigos; et desque todos fueron con él, envió por su muger et por sus fijos: et assentóse en un palacio muy bueno donde parescía la mar et la tierra, et fizo traer ante sí todo su tesoro et todas sus joyas, et

* Se ha señalado el lema en la *Summa praedicatorum* de Bromyard.

de que todo lo tovo ante sí, començó en manera de trebejo a fablar con su alma en esta guisa:

–Alma, yo veo que tú te quieres partir de mí, et non sé por qué lo fazes; ca si tú quieres muger et fijos, bien los vees aquí delante, tales de que te debes tener por pagada; et si quisieres parientes et amigos ves aquí muchos et muy buenos et mucho honrados; et si quieres muy grant tesoro de oro, et de plata, et de piedras preciosas, et de joyas, et de paños, et de mercandías, tú tienes aquí tanto dello que non te faze mengua haber más; et si tú quieres naves et galeas que te ganen et te traigan muy grant haber et muy grant honra, veslas aquí, o están en la mar que paresce deste mi palacio; et si quieres muchas heredades, et huertas muy fermosas et muy delectosas, veslas do parescen destas finiestras; et si quieres caballos, et mulas, et aves, et canes para caçar et tomar plazer, et joglares para te fazer alegría et solaz, et muy buena posada mucho apostada de camas, et de estrados, et de todas las otras cosas que son y mester; de todas estas cosas a ti non te mengua nada: et pues tú has tanto bien et non te tienes ende por pagada nin puedes sofrir el bien que tienes, e pues con todo esto non quieres fincar et quieres buscar lo que non sabes, de aquí adelante vé con la ira de Dios, et será muy nescio qui de ti se doliere por mal que te venga.

Et vos, señor conde Lucanor, pues, loado a Dios, estades en paz et con bien et con honra, tengo que non faredes buen recabdo en aventurar esto et començar lo que dezides que vos consejan, ca por aventura estos vuestros consejeros vos lo dizen et porque saben que desque en tal fecho vos hobieren metido, que por fuerça habredes a fazer lo que ellos quisieren et que habredes a seguir su voluntad desque fuéredes en el grant mester, assí como siguen ellos la vuestra agora que estades en paz. Et por aventura cuidan que por el vuestro pleito endereçarán ellos sus faziendas, lo que se les non guisa en cuanto vos vivierdes en asosiego, et contescervos hía lo que dezía el genués a la su alma; mas, por el mi consejo, en cuanto pudierdes haber paz et assosiego a vuestra honra, et sin vuestra mengua, non vos metades en cosa que lo hayades todo a aventurar.

E al conde plogo mucho del consejo que Patronio le daba. Et fízolo assí et fallóse ende bien.

Et cuando don Johán falló este exiemplo, tóvolo por bueno et non quiso fazer viessos de nuevo, sinon que puso y una palabra que dizen las viejas en Castiella. Et la palabra dize assí:

Quien bien se siede non se lieve.

ENXEMPLO V

*De lo que contesció a un raposo con un cuervo que tenía un pedaço de queso en el pico**

Otra vez fablaba el conde Lucanor con Patronio, su consejero, et díxol' assí:

–Patronio, un homme, que da a entender que es mi amigo, me començó a loar mucho, dándome a entender que había en mí muchos complimientos de honra et de poder e de muchas bondades. Et de que con estas razones me falagó cuanto pudo, movióme un pleito, que en la primera vista, segund lo que yo puedo entender, que paresce que es mi pro.

Et contó el conde a Patronio cuál era el pleito quel' movía; et como quier que parescía el pleito aprovechoso, Patronio entendió el engaño que yazía ascondido so las palabras fremosas. Et por ende dixo al conde:

–Señor conde Lucanor, sabet que este homne vos quiere engañar, dándovos a entender que el vuestro poder et el vuestro estado es mayor de cuanto es la verdat. Et para que vos podades guardar deste engaño que vos quiere fazer, plazerme hía que sopiéssedes lo que contesció a un cuervo con un raposo.

E el conde le preguntó cómo fuera aquello.

–Señor conde Lucanor –dixo Patronio–, el cuervo falló una vegada un grant pedaço de queso et subió en un árbol por que pudiesse comer el queso más a su guisa et sin recelo et sin embargo de ninguno. Et en cuanto el cuervo assí estaba, pas-

* Fábula oriental. Está entre las latinas de Fedro. La versión moderna más popular es la de La Fontaine.

só el raposo por el pie del árbol, et desque vío el queso que el cuervo tenía, començó a cuidar en cuál manera lo podría levar dél. Et por ende començó a fablar con él en esta guisa:

–Don Cuervo, muy grant tiempo ha que oí fablar de vos et de la vuestra nobleza et de la vuestra apostura. Et comoquiera que vos mucho busqué, non fué la voluntad de Dios nin la mi ventura que vos pudiesse fallar fasta agora, et agora que vos veo entiendo que ha mucho más bien en vos de cuanto me dizían. Et por que veades que non vos lo digo por lesonja, tan bien como vos diré las aposturas que en vos entiendo, tan bien vos diré las cosas en que las gentes tienen que non sodes tan apuesto. Todas las gentes tienen que la color de las vuestras péñolas et de los ojos et del pico et de los pies et de las uñas, que todo es prieto, et porque la cosa prieta non es tan apuesta como la de otro color, et vos sodes todo prieto, tienen las gentes que es mengua de vuestra apostura, et non entienden cómo yerran en ello mucho; ca comoquier que las vuestras péñolas son prietas, tan prieta et tan luzia es aquella pretura, que torna en india como péñolas de pavón, que es la más fremosa ave del mundo; et comoquier que los vuestros ojos son prietos, cuanto para ojos, mucho son más fremosos que otros ojos ningunos, ca la propriedat del ojo non es sinon ver, et porque toda cosa prieta conorta el viso para los ojos, los prietos son los mejores, et por ende son más loados los ojos de la gancela, que son más prietos que de ninguna otra animalia. Otrossí, el vuestro pico et las vuestras manos et uñas son fuertes más que ninguna ave tamaña como vos. Otrossí, en el vuestro vuelo habedes tan grant ligereza, que vos non embarga el viento de ir contra él por rezio que sea, lo que otra ave non puede fazer tan ligeramente como vos. Et bien tengo que, pues Dios todas las cosas faze con razón, que non consintiría que, pues en todo sodes tan complido, que hobiesse en vos mengua de non cantar mejor que ninguna otra ave. Et pues Dios me fizo tanta merced que vos veo, et sé que ha en vos más bien de cuanto nunca de vos oí, si yo pudiesse oír de vos el vuestro canto, para siempre me ternía por de buena ventura.

Et, señor conde Lucanor, parat mientes, que maguer que la entención del raposo era para engañar al cuervo, que siempre las sus razones fueron con verdat. Et set cierto que los engaños et daños mortales siempre son los que se dizen con verdat engañosa.

Et desque el cuervo vío en cuántas maneras el raposo le alababa, et cómo le dizía verdat, creyó que assíl' dizía verdat en todo lo ál, et tovo que era su amigo, et non sospechó que lo fazía por levar dél el queso que tenía en el pico, et por las muchas buenas razones quel' había oído, et por los falagos et ruegos quel' fiziera por que cantasse, abrió el pico para cantar. Et desque el pico fué abierto para cantar cayó el queso en tierra, et tomólo el raposo et fuése con él, et assí fincó engañado el cuervo del raposo, creyendo que había en sí más apostura et más complimiento de cuanto era la verdad.

Et vos, señor conde Lucanor, comoquier que Dios vos fizo assaz mercet en todo, pues veedes que aquel homne vos quiere fazer entender que habedes mayor poder et mayor honra e más bondades de cuanto vos sabedes que es la verdat, entendet que lo faze por vos engañar, et guardatvos dél et faredes como homne de buen recabdo.

E al conde plogo mucho de lo que Patronio le dixo, et fízolo assí. Et con su consejo fué él guardado de yerro.

Et porque entendió don Johán que este exiemplo era muy bueno, fízolo escribir en este libro et fizo estos viessos, en que se entiende abreviadamente la entención de todo este exiemplo. Et los viessos dizen assí:

Qui te alaba con lo que non es en ti
sabe que quiere levar lo que has de ti.

ENXEMPLO VI

*De lo que contesció a la golondrina con las otras aves cuando vío sembrar el lino**

Un día fablaba el conde Lucanor con Patronio, su consejero, et díxol':

–Patronio, a mí dizen que unos mis vezinos, que son más poderosos que yo, se andan ayuntando et faziendo muchas maestrías et artes en que me puedan engañar et fazer mucho dapno; et yo non lo creo, nin me recelo ende; pero, por el buen entendimiento que vos habedes, quiérovos preguntar que me digades se entendedes que deba fazer alguna cosa sobresto.

–Señor conde Lucanor –dixo Patronio–, para que en esto fagades lo que yo entiendo que vos cumple fazer, plazerme hía mucho que sopiéssedes lo que contesció a la golondrina con las otras aves.

E el conde le preguntó cómo fuera aquello.

–Señor conde Lucanor –dixo Patronio–, la golondrina vido que un homne sembraba lino, et entendió por el su buen entendimiento que, si aquel lino nasciesse, podrían los homnes fazer redes et laços para tomar las aves. Et luego fuése para las aves et fízolas ayuntar, et díxoles en cómo el homne sembraba aquel lino et que fuessen ciertas que, si aquel lino nasciesse, que se les seguiría ende muy grant dapno et que las consejaba que, ante que el lino nasciesse, que fuessen allá et

* Fábula esópica.

que lo arrancassen; ca las cosas son ligeras de se desfazer en el comienço et después son muy graves de se desfazer. Et las aves tovieron esto en poco et non lo quisieron fazer. Et la golondrina les afincó desto muchas vezes, fasta que vío que las aves non se sintían desto, nin daban por ello nada; et el lino era ya tan crescido que las aves non lo podían arrancar con las manos nin con los picos. Et desque esto vieron las aves, que el lino era crescido et que non podían poner consejo al daño que se les ende seguiría, arripintiéronse ende mucho porque ante non habían y puesto consejo. Pero el repentimiento fué a tiempo que non podía tener ya pro.

Et ante desto, cuando la golondrina vío que non querían poner recabdo las aves en aquel daño que les vinía, fuése paral homne et metióse en su poder et ganó dél segurança para sí et para su linaje. Et después acá viven las golondrinas en poder de los homnes et son seguras dellos. Et las otras aves que se non quisieron guardar, tómanlas cada día con redes et con laços.

–Et vos, señor conde Lucanor, si queredes ser guardado deste dapno que dezides que vos puede venir, apercebitvos et ponet y recaubdo, ante que el daño vos puede acaescer, ca non es cuerdo el que vee la cosa desque es acaescida, mas es cuerdo el que por una señaleja o por un movimiento, cualquier entiende el daño quel' puede venir et pone y consejo por que nol' acaesca.

Et al conde plogo esto mucho, et fízolo segund Patronio le consejó et fallóse ende bien.

Et porque entendió don Johán que este enxiemplo era muy bueno, fízolo poner en este libro et fizo estos viessos que dizen assí:

En el comienço debe homne partir
el daño que non le pueda venir.

ENXEMPLO VII

*De lo que contesció a una muger quel' dizían doña Truhana**

Otra vez fablaba el conde Lucanor con Patronio su consejero en esta guisa:

–Patronio, un homne me dixo una razón et amostróme la manera como podría seer. Et bien vos digo que tantas maneras de aprovechamiento ha en ella que, si Dios quiere que se faga assí como me lo dixo, que sería mucho mi pro; ca tantas cosas son que nascen las unas de las otras, que al cabo es muy grant fecho además.

Et contó a Patronio la manera como podría seer. Et desque Patronio entendió aquellas razones, respondió al conde en esta manera:

–Señor conde Lucanor, siempre oí dezir que era buen seso atenerse homne a las cosas ciertas et non a las vanas fiuzas, ca muchas vezes, a los que se atienen a las fiuzas, contésceles lo que contesció a doña Truhana.

Et el conde preguntó cómo fuera aquello.

–Señor conde –dixo Patronio–, una muger fué que había nombre doña Truhana et era assaz más pobre que rica; et un día iba al mercado et levaba una olla de miel en la cabeça. Et yendo por el camino, començó a cuidar que vendería aquella olla de miel et que compraría una partida de huevos,

* Fábula de la India: figura en la colección *Panchatantra*. Sobre su evolución existe un famoso estudio de Max Müller, *La emigración de las fábulas*.

et de aquellos huevos nascirían gallinas, et después, de aquellos dineros que valdrían compraría ovejas, et assí fué comprando de las ganancias que faría, que fallóse por más rica que ninguna de sus vezinas.

Et con aquella riqueza que ella cuidaba que había, asmó cómo casaría sus fijos et sus fijas, et cómo iría guardada por la calle con yernos et con nueras et cómo dirían por ella cómo fuera de buena ventura en llegar a tan grant riqueza, seyendo tan pobre como solía seer.

Et pensando en esto començó a reír con grand plazer que había de la su buena andança, et riendo dió con la mano en su frente, et entonces cayól' la olla de miel en tierra et quebróse. E cuando vío la olla quebrada, començó a fazer muy grant duelo, teniendo que había perdido todo lo que cuidaba que habría si la olla non la quebrara. Et porque puso todo su pensamiento por fiuza vana, non se fizo al cabo nada de lo que ella cuidaba.

Et vos, señor conde, si queredes que lo que vos dixieren et lo que vos cuidardes sea todo cosa cierta, cred et cuidat siempre todas cosas tales que sean aguisadas et non fiuzas dubdosas et vanas. Et si las quisierdes probar, guardatvos que non aventuredes nin pongades de lo vuestro cosa de que vos sintades por fiuza de la pro de lo que non sodes cierto.

E al conde plogo de lo que Patronio le dixo, et fízolo assí et fallósse ende bien.

Et porque don Johán se pagó deste exiemplo, fízolo poner en este libro et fizo estos viessos:

A las cosas ciertas vos encomendat
et de las fiuzas vanas vos dexat.

ENXEMPLO VIII

*De lo quel' contesció a un homne que habían de alimpiar el fígado**

Otra vez fablaba el conde Lucanor con Patronio, su consejero, et díxole assí:

–Patronio, sabet que, comoquier que Dios me fizo mucha merced en muchas cosas, que estó agora mucho afincado de mengua de dineros. Et comoquiera que me es tan grave de lo fazer como la muerte, tengo que habré a vender una de las heredades del mundo de que he más duelo, o fazer otra cosa que me será tan grand daño como esto. E haberlo he de fazer por salir agora desta lazería et desta cuita en que estó. Et faziendo yo esto que es tan grant mío daño, vienen a mí muchos homnes que sé que lo pueden muy bien escusar, et demándanme que les dé estos dineros que cuestan tan caros. Et por el buen entendimiento que Dios en vos puso, ruégovos que me digades lo que vos paresce que debo fazer en esto.

–Señor conde Lucanor –dixo Patronio–, paresce a mí que vos contesce con estos homnes como contesció a un homne que era muy mal doliente.

Et el conde le rogó quel' dixiesse cómo fuera aquello.

–Señor conde –dixo Patronio–, un home era muy mal doliente, assí, quel' dixieron los físicos que en ninguna guisa non podía guarescer si non le feziessen una abertura por el costado, et quel' sacassen el fígado por ella, et que lo lavassen

* Procede de la colección medieval *Gesta Romanorum*.

con unas melezinas que había mester, et quel' alimpiassen de aquellas cosas por que el fígado estaba maltrecho. E estando él sufriendo este dolor et teniendo el físico el fígado en la mano, otro homne que estaba y cerca dél començó de rogarle quel' diesse de aquel fígado para un su gato.

Et vos, señor conde Lucanor, si queredes fazer muy grand vuestro daño por haber dineros et darlos do se deben escusar, dígovos que lo podedes fazer por vuestra voluntad, mas nunca lo faredes por el mi consejo.

Et al conde plogo de aquello que Patronio le dixo, et guardóse ende dallí adelante, et fallóse ende bien.

Et porque entendió don Johán que este exiemplo era bueno, mandólo escribir en este libro et fizo estos viessos, que dizen assí:

Si non sabedes qué debedes dar,
a grand daño se vos podría tornar.

ENXEMPLO IX

*De lo que contesció a los dos caballeros con el león**

Un día fablaba el conde Lucanor con Patronio, su consejero, en esta guisa:

–Patronio, grant tiempo ha que yo he un enemigo de que me vino mucho mal, et esso mismo a él de mí, en guisa que por las obras et las voluntades estamos muy mal en uno. Et agora acaesció assí: que otro homne muy más poderoso que nos entramos va començando algunas cosas de que cada uno de nos recela quel' puede venir muy grand daño. Et agora aquel mio enemigo envióme dezir que nos aviniéssemos en uno, para nos defender daquel otro que quiere ser contra nos, ca si amos fuéremos ayuntados, es cierto que nos podremos defender, et si el uno de nos se desvaría del otro, es cierto que cualquier de nos que quiera estroír aquel de que nos recelamos, que lo puede fazer ligeramente. Et de que el uno de nos fuere estroído, cualquier de nos que fincare sería muy ligero de estroír. Et yo agora estó en muy grand duda de este fecho, ca de una parte me temo mucho que aquel mi enemigo me querría engañar, et si él una vez en su poder me toviesse, non sería yo bien seguro de la vida, et si grant amor pusiéremos en uno no se puede escusar de fiar yo en él et él en mí. Et esto me faze estar en grant recelo. E de otra parte, entiendo que si

* A este cuento sólo se le ha encontrado lejana relación con un episodio de la *Crónica de Alfonso X*, en el cual el infante Enrique, hermano del Rey Sabio, se defiende de dos leones que le echa el rey de Túnez.

non fuéremos amigos assí como me lo envía rogar, que nos puede venir muy grand daño por la manera que ya vos dixe. Et por la grant fiança que yo he en vos et en el vuestro buen entendimiento, ruégovos que me consejedes lo que faga en este fecho.

–Señor conde Lucanor –dixo Patronio–, este fecho es muy grande et muy peligroso, et para que mejor entendades lo que vos cumple de fazer, plazerme hía que sopiéssedes lo que contesció en Túnez a dos caballeros que vivían con el infante don Enrique.

Et el conde le preguntó cómo fuera aquello.

–Señor conde –dixo Patronio–, dos caballeros que vivían con el infante don Enrique en Túnez eran entramos muy amigos et posaban siempre en una misma posada. Et estos dos caballeros non tenían más de sendos caballos, et assí como los caballeros se querían muy grant bien, assí los caballos se querían muy grand mal. Et los caballeros non eran tan ricos que pudiessen mantener dos posadas, et por la malquerencia de los caballos non podían posar en una posada, et por esto habían de vevir vida muy enojosa. Et de que esto les duró un tiempo et vieron que non lo podían más sofrir, contaron su fazienda a don Enrique et pediéronle merced que echasse aquellos caballos a un león que el rey de Túnez tenía.

Et don Enrique les gradesció lo que dezían muy mucho e fabló con el rey de Túnez. Et fueron los caballos muy bien pechados a los caballeros. Et metiéronlos en un corral do estaba el león. E cuando los caballos se vieron en el corral, ante que el león saliesse de la casa do yazía encerrado, començáronse a matar lo más buenamente del mundo. Et estando ellos en su pelea, abrieron la puerta de la casa en que estaba el león, et de que salió al corral et los caballos lo vieron, començaron a tremer muy fieramente et poco a poco fuéronse llegando el uno al otro. Et desque fueron entramos juntados en uno, estovieron assí una pieça, et endereçaron entramos al león et paráronlo tal a muessos et a coces que por fuerça se hobo de encerrar en la casa donde saliera. Et fincaron los caballos sanos, que les non fizo ningún mal el león. Et después fueron aquellos caballos tan bien avenidos en uno, que comían muy de grado en un pesebre et estaban en uno en casa muy pequeña. Et esta avenencia hobieron entre sí por el grant recelo que hobieron del león.

Et vos, señor conde Lucanor, si entendedes que aquel vuestro enemigo ha tan grand recelo de aquel otro de que se recela, et ha tan grant mester a vos por que forçadamente haya de olvidar cuanto mal passó entre vos et él, et entiende que sin vos non se puede bien defender, tengo que assí como los caballos se fueron poco a poco ayuntando en uno fasta que perdieron el recelo et fueron bien seguros el uno del otro, que assí debedes vos poco a poco tomar fiança et afazimiento con aquel vuestro enemigo. Et si fallardes en él siempre buena obra et leal en tal manera que seades bien cierto que en ningún tiempo, por bien quel' vaya, que nunca vos verná dél daño, entonces faredes bien et será vuestra pro de vos ayudar por que otro homne extraño non vos conquiera nin vos estruya, ca mucho deben los homnes fazer et sofrir a sus parientes et a sus vezinos por que non sean mal traídos de los otros estraños. Pero si vierdes que aquel vuestro enemigo es tal o de tal manera que desque lo hobiéssedes ayudado en guisa que saliesse por vos de aquel peligro, que después que lo suyo fuesse en salvo, que sería contra vos et non podríades dél ser seguro; si él tal fuer, faríades mal seso en le ayudar, ante tengo quel' debedes estrañar cuanto pudierdes, ca pues viestes que, seyendo él en tan grand quexa, non quiso olvidar el mal talante que vos había, et entendiestes que vos lo tenía guardado para cuando viesse su tiempo que vos lo podría fazer, bien entendedes vos que non vos dexa logar para fazer ninguna cosa por que salga por vos de aquel grand peligro en que está.

E al conde plogo mucho desto que Patronio le dixo, et tovo quel' daba muy buen consejo.

Et porque entendió don Johán que este exiemplo era bueno, mandólo escribir en este libro et fizo estos viessos, que dizen assí:

Guardatvos de ser conquerido del estraño
seyendo del vuestro bien guardado de daño.

ENXEMPLO X

*De lo que contesció a un homne que por pobreza et mengua de otra vianda comía atramuces**

Otro día fablaba el conde Lucanor con Patronio, su consejero, en esta manera:

–Patronio, bien conosco a Dios que me ha fecho muchas mercedes, más quel' yo podría servir, et en todas las otras cosas entiendo que está la mi fazienda assaz con bien et con honra; pero algunas vegadas me contesce de estar tan afincado de pobreza que me paresce que querría tanto la muerte como la vida. Et ruégovos que algún conorte me dedes para esto.

–Señor conde Lucanor –dixo Patronio–, para que vos conortedes, cuando tal cosa vos acaesciere, sería muy bien que sopiéssedes lo que acaesció a dos homnes que fueron muy ricos.

Et el conde le rogó quel' dixiese cómo fuera aquello.

–Señor conde Lucanor –dixo Patronio–, de estos dos homnes el uno dellos llegó a tan grand pobreza quel' non fincó en el mundo cosa que pudiesse comer. Et desque fizo mucho por buscar alguna cosa que comiesse, non pudo haber cosa del mundo sinon una escudiella de atramices. Et acordándose de cuán rico solía ser e que agora con fambre era et con mengua había de comer los atramices que son tan amar-

* Cuento de origen desconocido que Calderón recordó en el acto I de *La vida es sueño*: «Cuentan de un sabio que un día...»

gos et de tan mal sabor, començó de llorar muy fieramente, pero con la grant fambre començó de comer de los atramices et en comiéndolos estaba llorando et echaba las cortezas de atramices en pos de sí. Et él estando en este pesar et en esta coita, sintió que estaba otro homne en pos dél et volvió la cabeça et vío un homne cabo dél, que estaba comiendo las cortezas de los atramices que él echaba en pos de sí, et era equel de que vos fablé de suso.

Et cuando aquello vío el que comía los atramices, preguntó a aquel que comía las cortezas que por qué fazía aquello. Et él dixo que sopiesse que fuera muy más rico que él, et que agora había llegado a tan grand pobreza et en tan grand fambre quel' plazía mucho cuando fallaba aquellas cortezas que él dexaba. Et cuando esto vío el que comía los atramices, conortóse, pues entendió que otro había más pobre que él, et que había menos razón por que lo debía seer. Et con este conorte esforçose, et ayudól' Dios, et cató manera en cómo saliesse de aquella pobreza, et salió della et fué muy bienandante.

Et vos, señor conde Lucanor, debedes saber que el mundo es tal, et aún que Nuestro Señor Dios lo tiene por bien, que ningún homne non haya complidamente todas las cosas. Mas, pues en todo lo ál vos faze Dios merced et estades con bien et con honra, si alguna vez vos menguaren dineros o estudierdes en afincamiento, non desmayedes por ello et cred por cierto que otros más honrados et más ricos que vos estarán afincados, et que se ternían por pagados si pudiessen dar a sus gentes et les diessen aun muy menos de cuanto vos les dades a las vuestras.

Et al conde plogo mucho desto que Patronio le dixo, et conortóse et ayudóse él, et ayudól' Dios, et salió muy bien de aquella quexa en que estaba.

Et entendiendo don Johán que este exiemplo era muy

bueno, fízolo poner en este libro et fizo estos viessos que dizen assí:

Por pobreza nunca desmayedes,
pues otros más pobres que vos veedes.

ENXEMPLO XI

*De lo que contesció a un Deán de Sanctiago con D. Illán, el grand maestro de Toledo**

Otro día fablaba el conde Lucanor con Patronio, su consejero, et contábal' su fazienda en esta guisa:

–Patronio, un homne vino a me rogar quel' ayudasse en un fecho que había mester mi ayuda, et prometióme que faría por mí todas las cosas que fuessen mi pro et mi honra. Et yo comencél' a ayudar cuanto pude en aquel fecho. Et ante que el pleito fuesse acabado, teniendo él que ya el su pleito era librado, acaesció una cosa en que cumplía que la fiziesse por mí, et roguél' que la fiziesse, et él púsome escusa. Et después acaesció otra cosa que pudiera fazer por mí, et púsome escusa como a la otra; et esto me fizo en todo lo quel' rogué quél fiziesse por mí. Et aquel fecho por que él me rogó non es aún librado, nin se librará si yo non quisiere. Et por la fiuza que yo he en vos et en el vuestro entendimiento, ruégovos que me consejedes lo que faga en esto.

–Señor conde –dixo Patronio–, para que vos fagades en esto lo que vos debedes, mucho querría que sopiéssedes lo que contesció a un Deán de Sanctiago con don Illán, el grand maestro que moraba en Toledo.

Et el conde le preguntó cómo fuera aquello.

–Señor conde –dixo Patronio–, en Sanctiago había un

* Cuento semejante figura en la colección árabe *Las cuarenta mañanas y las cuarenta noches*. De la versión de Don Juan Manuel sacó Juan Ruiz de Alarcón su comedia *La prueba de las promesas*.

Deán que había muy grant talante de saber el arte de la nigromancía, et oyó dezir que don Illán de Toledo sabía ende más que ninguno que fuesse en aquella sazón; et por ende vínose para Toledo para aprender de aquella sciencia. Et el día que llegó a Toledo adereçó luego a casa de don Illán et fallólo que estaba leyendo en una cámara muy apartada; et luego que llegó a él, recibiólo muy bien et díxol' que non quería quel' dixiesse ninguna cosa de lo por que venía fasta que hobiesse comido. Et pensó muy bien dél et fízol' dar muy buenas posadas, et todo lo que hobo mester, et diól' a entender quel' plazía mucho con su venida.

Et después que hobieron comido, apartóse con él, et contól' la razón por que allí viniera, et rogól' muy afincadamente quel' mostrasse aquella sciencia et que él había muy grant talante de la aprender. Et don Illán díxol' que él era Deán et homne de grand guisa et que podía llegar a grand estado –et los homes que grand estado tienen, de que todo lo suyo han librado a su voluntad, olvidan mucho aína lo que otrie ha fecho por ellos– et que él, que se recelaba que, de que hobiesse aprendido dél aquello que él quería saber, que non le faría tanto bien como él le prometía. Et el Deán le prometió et le asseguró que, de cualquier bien que él hobiesse, que nunca faría sinon lo que él mandasse. Et en estas fablas estudieron desque hobieron yantado fasta que fué hora de cena. E de que su pleito fué bien assosegado entre ellos, dixo don Illán al Deán que aquella sciencia non se podía aprender sinon en lugar mucho apartado et que luego essa noche le quería amostrar dó habían de estar fasta que hobiesse aprendido aquello que él quería saber. Et tomól' por la mano et levól' a una cámara. Et en apartándose de la otra gente, llamó a una manceba de su casa et díxol' que toviesse perdizes para que cenassen essa noche, mas que non las pusiessen a assar fasta que él ge lo mandasse.

Et desque esto hobo dicho, llamó al Deán: et entraron entramos por una escalera de piedra muy bien labrada et fueron descendiendo por ella muy grand pieça, en guisa que parescía que estaban tan baxos que passaba el río de Tajo por cima dellos. Et desque fueron en cabo del escalera, fallaron una posada muy buena, et una cámara mucho apuesta que y había, do estaban los libros et el estudio en que habían de leer. E de que se assentaron, estaban parando mientes en cuáles libros habían de començar. Et estando ellos en esto, entraron dos homes por la puerta et diéronle una carta quel' enviaba el Arçobispo, su tío, en quel' fazía saber que estaba muy mal doliente et quel' enviaba rogar que, sil' quería veer vivo, que se fuesse luego para él. E al Deán pesó mucho con estas nuevas; lo uno por la dolencia de su tío, et lo ál porque receló que había de dexar su estudio que había començado. Pero puso en su coraçón de non dexar aquel estudio tan aína, et fizo sus cartas de repuesta et enviólas al Arçobispo su tío.

Et dende a tres o cuatro días, llegaron otros homes a pie que traían otras cartas al Deán en quel' fazían saber que el Arçobispo era finado, et que estaban todos los de la eglesia en su eslección et que fiaban por la merced de Dios que esleerían a él, et por esta razón que non se quexasse de ir a la eglesia, ca mejor era para él en quel' esleyessen seyendo en otra parte que non estando en la eglesia.

Et dende a cabo de siete o de ocho días, vinieron dos escuderos muy bien vestidos et muy bien aparejados, et cuando llegaron o él besáronle la mano et mostráronle las cartas en cómo le habían esleído por Arçobispo. Et cuando don Illán esto oyó, fué al electo et díxol' cómo gradescía mucho a Dios por que estas buenas nuevas le llegaran a su casa, et pues Dios tanto bien le fiziera, quel' pedía por merced que el deanadgo que fincaba vagado que lo diesse a un su fijo. E el electo díxol' quel' rogaba quél quisiesse consentir que aquel deanadgo que lo hobiesse un su hermano, mas que él le faría bien en la iglesia en guisa que él fuesse pagado, et que le rogaba que se fuesse con él para Sanctiago et que levasse con él aquel su fijo. E don Illán dixo que lo faría.

E fuéronse para Sanctiago: e cuando y llegaron fueron muy bien recebidos et mucho honradamente. Et desque moraron y un tiempo, un día llegaron al Arçobispo mandaderos del Papa con sos cartas en cómol' daba el Obispado de Tolosa, et quel' daba gracia que pudiesse dar el Arçobispado a qui quisiesse. E cuando don Illán oyó esto, retrayéndol' mucho afincadamente lo que con él había passado, pidiól' merced quel' diesse a su fijo: et el Arçobispo le rogó que consentiesse que lo hobiese un su tío, hermano de su padre: et don Illán dixo que bien entendíe quel' fazía grand tuerto, pero que esto que lo consintía en tal que fuesse seguro que ge lo emendaría adelante. Et el Arçobispo le prometió en toda guisa que lo faría assí, et rogól' que fuesse con él a Tolosa et que levasse su fijo.

Et desque llegaron a Tolosa, fueron muy bien recebidos de condes et cuantos homes buenos había en la tierra. E desque hobieron y morado fasta dos años, llegáronle mandaderos del Papa con sus cartas en cómo le fazía el Papa Cardenal et quel' fazía gracia que diesse el Obispado de Tolosa a qui quisiesse. E entonce fué a él don Illán et díxol' que, pues tantas vezes le había falescido de lo que con él pusiera, que ya aquí non había logar del' poner escusa ninguna que non diesse alguna de aquellas dignidades a su fijo. Et el Cardenal rogól' quel' consentisse que hobiesse aquel obispado un su tío, hermano de su madre, que era homne bueno anciano; mas, que pues él Cardenal era, que se fuesse con él para la Corte, que assaz había en qué le fazer bien. Et don Illán quexóse ende mucho, pero consintió en lo que el Cardenal quiso e fuése con él para la Corte.

Et desque y llegaron, fueron muy bien recebidos de los cardenales et de cuantos en la Corte eran et moraban y muy grand tiempo. Et don Illán afincando cada día al Cardenal quel' fiziesse alguna gracia a su fijo, et él ponía l' sus escusas.

Et estando assí en la corte, finó el Papa: et todos los cardenales esleyeron aquel Cardenal por Papa. E entónces fué a él don Illán et díxol' que ya non podía poner escusa de non complir lo quel' había prometido. E el Papa le dixo que non lo afincasse tanto, que siempre habría lugar en quel' fiziesse merced segund fuesse razón. Et don Illán se començó a quexar mucho, retrayéndol' cuantas cosas le prometiera et que nunca le había complido ninguna, et diziéndol' que aquello recelara él la primera vegada que con él fablara, et pues a aquel estado era llegado et nol' cumplía lo quel' prometiera, que ya non le fincaba logar en que atendiesse dél bien ninguno. E deste aquexamiento se quexó mucho el Papa et començól' a maltraer diziéndol': que si más le afincasse, quel' faría echar en una cárcel, que era herege et encantador, e que bien sabía él que non había otra vida nin otro oficio en Toledo, do él moraba, sinon vivir por aquella arte de nigromancía.

Et desque don Illán vío cuánto mal le gualardonaba el Papa lo que por él había fecho, despedióse dél: et solamente nol' quiso dar el Papa qué comiesse por el camino. E estonce don Illán dixo al Papa que, pues él non tenía de comer, que se habría de tornar a las perdizes que mandara assar aquella noche, et llamó a la muger et díxol' que assasse las perdizes.

E cuando esto dixo don Illán, fallóse el Papa en Toledo deán de Sanctiago, como lo era cuando y vino, et tan grand fué la vergüença que hobo, que non sopo quél' dezir. Et don Illán díxol' que fuesse en buena ventura et que assaz había probado lo que tenía en él et que ternía por muy mal empleado si comiesse su parte de las perdizes.

Et vos, señor conde Lucanor, pues veedes que tanto fazedes por aquel home que vos demanda ayuda et non vos da ende mejores gracias, tengo que non habedes por qué trabajar nin aventurarvos mucho por llegarlo a logar que vos dé tal gualardón como el Deán dió a don Illán.

E el conde tovo esto por buen consejo, et fízolo así, et fallóse ende bien.

Et porque entendió don Johán que era este muy buen exiemplo, fízolo poner en este libro et fizo estos viessos, que dizen assí:

Al que mucho ayudares et non te lo conosciere,
menos ayuda habrás desque en grand honra subiere.

ENXEMPLO XII

*De lo que contesció a un raposo con un gallo**

El conde Lucanor fablaba con Patronio, su consejero, una vez en esta guisa:

–Patronio, vos sabedes que, loado sea Dios, la mi tierra es muy grande et non es toda ayuntada en uno. Et comoquier que yo he muchos logares que son muy fuertes, he algunos que lo non son tanto, et otrossí otros lugares que son ya cuanto apartados de la mi tierra en que yo he mayor poder. Et cuando he contienda con mios señores et con mios vezinos que han mayor poder que yo, muchos homnes que se me dan por amigos et otros que se me fazen consejeros métenme grandes miedos et grandes espantos et conséjanme que en ninguna guisa non esté en aquellos lugares mios apartados, sinon que me acoja et esté en los lugares más fuertes et que son bien dentro en mi poder: et porque yo sé que vos sodes muy leal et sabedes mucho de tales cosas como éstas, ruégovos que me consejedes lo que vos semeja que me cumple de fazer en esto.

–Señor conde Lucanor –dixo Patronio–, en los grandes fechos et muy dubdosos son muy periglosos los consejos, ca en los más de los consejos non puede homne fablar ciertamente, ca non es homne seguro a qué pueden recodir las cosas, ca muchas vezes veemos que cuida homne una cosa et

* Cuento parecido existe en el folclore de España y de América.

recude después otra, ca lo que cuida homne que es mal recude a las vegadas a bien, et lo que cuida homne que es bien recude a las vegadas a mal, et por ende el que ha a dar consejo, si es homne leal et de buena entención, es en muy grant quexa cuando ha de consejar, ca si el consejo que da recude a bien non ha otras gracias sinon que dizen que fizo su debdo en dar buen consejo; et si el consejo a bien non recude, siempre finca el consejero con daño et con vergüença. Et por ende este consejo en que hay muchas dubdas et muchos periglos plazerme hía de coraçón si pudiesse escusar de non lo dar, mas pues queredes que vos conseje, et non lo puedo escusar, dígovos que quería muy mucho que sopiéssedes cómo contesció a un gallo con un raposo.

E el conde le preguntó cómo fuera aquello.

–Señor conde –dixo Patronio–, un homne bueno había una casa en la montaña, et entre las otras cosas que criaba en su casa criaba siempre muchas gallinas et muchos gallos. Et acaesció que uno de aquellos gallos andaba un día alongado de la casa por un campo, et andando él muy sin recelo, víolo el raposo et vino muy ascondidamente cuidándolo tomar. Et el gallo sintiólo et subió en un árbol que estaba ya cuanto alongado de los otros. Et cuando el raposo entendió que el gallo estaba ya en salvo, pesól' mucho porque nol' pudiera tomar et pensó en cuál manera podría guisar quel' tomasse. Et entonces endereçó al árbol et començól' a rogar et a falagar et asegurar que descendiesse a andar por el campo como solía; et el gallo non lo quiso fazer. Et desque el raposo entendió que por ningún falago non le podía engañar, començól' a menazar diziéndol' que pues dél non fiaba que él guisaría cómo se fallasse ende mal. Et el gallo, entendiendo que estaba en salvo, non daba nada por sus amenazas nin por sus seguranças.

Et desque el raposo entendió que por todas estas maneras non le podía engañar, endereçó al árbol et començó a roer en él con los dientes et dar en él muy grandes colpes con la cola. Et el cativo del gallo tomó miedo sin razón, non parando mientes en cómo aquel miedo que el raposo le ponía non le podía empescer, et espantóse de balde et quiso foír a los otros árboles en que coidaba estar más seguro, que non pudo llegar al monte, mas llegó a otro árbol. Et de que el raposo entendió que tomaba miedo sin razón, fué en pos él et assí lo levó de árbol en árbol fasta que lo sacó et lo tomó et lo comió.

Et vos, señor conde Lucanor, ha menester que pues tan grandes fechos habedes a passar et vos habedes de parar a ello, que nunca tomedes miedo sin razón, nin vos espantedes de balde por amenazas nin por dichos de ningunos, nin fiedes en cosa de que vos pueda venir grant daño nin grand periglo, et pugnad siempre en defender et en amparar los lugares más postrimeros de la vuestra tierra et non creades que tal homne como vos, teniendo gentes et vianda, que por non seer el lugar muy fuerte podríedes tomar peligro ninguno. Et si con miedo o con recelo baldío dexardes los lugares de cabo de vuestra tierra, seguro sed que assí vos irán levando de logar en logar fasta que vos saquen de todo; ca cuanto vos et los vuestros mayor miedo et mayor desmayo mostrássedes en dexando los vuestros logares, tanto más se esforçarán vuestros contrarios para vos tomar lo vuestro. Et cuando vos et los vuestros viéredes a los vuestros contrarios más esforçados, tanto desmayaredes más, et assí irá yendo el pleito fasta que non vos finque cosa en el mundo; mas, si bien porfiáredes sobre lo primero, sodes seguro, como fuera el gallo si estudiera en el primero árbol, et aun tengo que cumpliría a todos los que tienen fortalezas si sopiessen este exiemplo, ca non se espantarían sin razón cuando les metiessen miedo con engaños, o con cavas, o con castiellos de madera, o con otras tales cosas que nunca las farían sinon para espantar a los cercados.

Et mayor cosa vos diré por que veades que vos digo verdat. Nunca logar se puede tomar sinon subiendo por el muro con escaleras o cavando el muro: pero si el muro es alto non podrán llegar allá las escaleras. Et para cavarlo bien cred que han mester grand vagar los que lo han de cavar. Et assí todos los logares que se toman o es con miedo o por alguna mengua que han los cercados, et lo demás es por miedo sin razón. Et ciertamente, señor conde, los tales como vos et aun los otros que non son de tan grand estado como vos, ante que comencedes la cosa, la debedes catar et ir a ella con grand acuerdo, et non lo pudiendo nin debiendo escusar. Mas desque en el pleito fuéredes, non ha mester que por cosa del mundo tomedes espanto nin miedo sin razón; siquier debédeslo fazer porque es cierto que, de los que son en los periglos, que muchos más escapan de los que se defienden que non de los que fuyen. Siquier parat mientes que si un perrielo, quel' quiera matar un gran alano, está quedo et regaña los dientes, que muchas vezes escapa, et por grant perro que sea, si fuye, luego es tomado et muerto.

E al conde plogo mucho de todo esto que Patronio le dixo, et fízolo assí, et fallóse dello muy bien.

Et porque don Johán tovo este por buen exiemplo, fízolo poner en este libro, et fizo estos viessos, que dizen assí:

Non te espante por cosa sin razón
mas defiéndete bien como varón.

ENXEMPLO XIII

*De lo que contesció a un homne que tomaba perdizes**

Fablaba otra vez el conde Lucanor con Patronio, su consejero, et díxole:

–Patronio, algunos homes de grand guisa et otros que lo non son tanto me fazen a las vegadas enojos et daños en mi fazienda et en mis gentes, et cuando son ante mí dan a entender que les pesa mucho porque lo hobieron a fazer, et que lo non fizieron sinon con muy grand mester et con muy grant cuita et non lo pudiendo escusar. Et porque yo querría saber lo que debo fazer cuando tales cosas me fizieren, ruégovos que me digades lo que entendedes en ello.

–Señor conde Lucanor –dixo Patronio–, esto que vos dezides que a vos contesce, sobre que me demandades consejo, paresce mucho a lo que contesció a un homne que tomaba perdizes.

E el conde le rogó quel' dixiesse cómo fuera aquello.

–Señor conde –dixo Patronio–, un homne paró sus redes a las perdizes; et desque las perdizes fueron caídas en la red, aquel que las caçaba llegó a la ret en que yazían las perdizes; et assí como las iba tomando, matábalas et sacábalas de la red; et en matando las perdizes, dábal' viento en los ojos tan

* Este cuento es de origen oriental. Figura en las *Fabulae* o *Narrationes* del fraile inglés Odo de Cheriton (siglo XIII), traducidas al castellano a principios del siglo XV con el título de *Libro de los cuentos* (antes llamado *de los gatos*).

rezio quel' fazía llorar. Et una de las perdizes, que estaba viva en la red començó a dezir a las otras:

–Vet, amigas, lo que faze este homne. Comoquiera que nos mata, sabet que ha grand duelo de nos, et por ende está llorando.

Et otra perdiz que estaba y, más sabidora que ella et que con su sabiduría se guardara de caer en la red, respondiól' assí:

–Amiga, mucho gradesco a Dios porque me guardó, et ruego a Dios que guarde a mí e a todas mis amigas del que me quiere matar et fazer mal et me da a entender quel' pesa del mio daño.

Et vos, señor conde Lucanor, siempre vos guardat del que vierdes que vos faze enojo et da a entender quel' pesa por ello porque lo faze; pero si alguno vos fizier enojo, non por vos fazer daño nin deshonra, et el enojo non fuere cosa que vos mucho empesca, et el homne fuer tal de que hayades tomado servicio o ayuda, et lo fiziere con quexa o con mester, en tales logares conséjovos yo que cerredes el ojo en ello, pero en guisa que lo non faga tantas vezes dende se vos siga daño nin vergüença; mas, si de otra manera lo fiziesse contra vos, estrañadle en tal manera por que vuestra fazienda et vuestra honra siempre finque guardada.

E el conde tovo por buen consejo éste que Patronio le daba et fízolo assí et fallóse ende bien.

Et entendiendo don Johán que este exiemplo era muy bueno, mandólo poner en este libro et fizo estos viessos, que dizen assí:

Quien te mal faz mostrando grand pesar,
guisa cómo te puedas dél guardar.

ENXEMPLO XIV

*Del miraglo que fizo sancto Domingo cuando predicó sobre el logrero**

Un día fablaba el conde Lucanor con su consejero Patronio, en su fazienda, et díxole:

–Patronio, algunos homnes me consejan que ayunte el mayor tesoro que pudiere et que esto me cumple más que otra cosa para quequier que me contesca. Et ruégovos que me digades lo que vos paresce en ello.

–Señor conde –dixo Patronio–, comoquier que a los grandes señores vos cumple de haber algún tesoro para muchas cosas, et señaladamente por que non dexedes, por mengua de haber, de fazer lo que vos cumplier, pero non entendades que este tesoro debedes ayuntar en guisa que pongades tanto el talante en ayuntar grant tesoro por que dexedes de fazer lo que debedes a vuestras gente et para guarda de vuestra honra, et de vuestro estado, ca si lo fiziéssedes podervos hía acaescer lo que contesció a un lombardo en Bolonia.

E el conde le preguntó cómo fuera aquello.

–Señor conde –dixo Patronio–, en Bolonia había un lombardo que ayuntó muy grand tesoro et non cataba si era de buena parte o non, sinon ayuntarlo en cualquier manera que pudiesse. E el lombardo adolesció de dolencia mortal, et un su amigo que había, desque lo vío en la muerte, consejól'

* Hay versión anterior de este cuento en el *Libro de los milagros*, de Gregorio de Tours (siglo XVI). En castellano figura también en el libro de *Castigos y documentos*, posterior a *El Conde Lucanor*.

que se confessasse con sancto Domingo, que era estonce en Bolonia. Et el lombardo quísolo fazer.

Et cuando fueron por sancto Domingo, entendió sancto Domingo que non era voluntad de Dios que aquel mal homne non sufriesse la pena por el mal que había fecho, et non quiso ir allá, mas mandó a un fraire que fuesse allá. E cuando los fijos del lombardo sopieron que había enviado por sancto Domingo, pesóles ende mucho, teniendo que sancto Domingo faría a su padre que diesse lo que había por su alma, et que non fincaría nada a ellos. Et cuando el fraire vino, dixiéronle que sudaba su padre, mas cuando compliesse, que ellos enviarían por él.

E a poco rato perdió el lombardo la fabla, et murió en guisa que non fizo nada de lo que había mester para su alma. E otro día, cuando lo levaron a enterrar, rogaron a sancto Domingo que predigasse sobre aquel lombardo. Et sancto Domingo fízolo. Et cuando en la predigación hobo de fablar daquel homne, dixo una palabra que dize el Evangelio, que dize assí: *Ubi est thesaurus tuus ibi est cor tuum*. Que quier decir: *Do es el tu tesoro, y es el tu coraçón*. Et cuando esto dixo, tornóse a las gentes et díxoles:

–Amigos, por que veades que la palabra del Evangelio es verdadera, fazet catar el coraçón a este homne et yo vos digo que non lo fallarán en el cuerpo suyo et fallarlo han en el arca que tenía el su tesoro.

E estonce fueron catar el coraçón en el cuerpo et non lo fallaron y, et falláronlo en el arca como sancto Domingo dixo. Et estaba lleno de gusanos et olía peor que ninguna cosa por mala nin por podrida que fuese.

Et vos, señor conde Lucanor, comoquier que el tesoro, como de suso es dicho, es bueno, guardad dos cosas: la una es que el tesoro que ayuntáredes, que sea de buena parte; la otra, que non pongades tanto el coraçón en el tesoro, por que non fagades ninguna cosa que vos non caiga de fazer, nin dexedes nada de vuestra honra, nin de lo que debedes fazer por ayuntar grand tesoro de buenas obras, por que hayades la gracia de Dios et buena fama de las gentes.

E al conde plogo mucho deste consejo que Patronio le dió, et fízolo assí, et fallóse ende bien.

Et teniendo don Johán que este exiemplo era muy bueno, fízolo escribir en este libro et fizo estos viessos, que dizen:

Gana el tesoro verdadero
et guárdate del fallescedero.

ENXEMPLO XV

*De lo que contesció a don Lorenzo Suárez sobre la cerca de Sevilla**

Otra vez fablaba el conde Lucanor con Patronio, su consejero, en esta guisa:

–Patronio, a mí acaesció que hobe un rey muy poderoso por enemigo; et desque mucho duró la contienda entre nos, fallamos entramos por nuestra pro de nos avenir. Et como quiera que agora estamos por avenidos et non hayamos guerra, siempre estamos a sospecha el uno del otro. Et algunos también de los suyos como de los míos métenme muchos miedos, et dízenme que quiere buscar achaque para ser contra mí; et por el buen entendimiento que habedes, ruégovos que me consejedes lo que faga en esta razón.

–Señor conde Lucanor –dixo Patronio–, éste es muy grave consejo de dar por muchas razones: lo primero, que todo hombre que vos quiera meter en contienda ha menester muy grant aparejamiento para lo fazer, ca dando a entender que quiere vuestro servicio et vos desengaña, et vos apercibe, et se duele de vuestro daño, vos dirá siempre cosas para vos meter en sospecha; et por la sospecha habredes a fazer tales apercibimientos que serán comienço de contienda, et homne del mundo non podrá dezir contra ellos; ca el que dixiere que non guardedes vuestro cuerpo davos a entender que non quiere vuestra vida, et el que dixiere que non labredes et guar-

* Se menciona este hecho en la *Crónica del rey Fernando III* (siglo XIII).

dades et bastescades vuestras fortalezas da a entender que non quiere guardar vuestra heredat, et el que dixiere que non hayades muchos amigos et vasallos et les dedes mucho por los haber et los guardar, da a entender que non quiere vuestra honra nin vuestro defendimiento: et todas estas cosas non se faziendo, seríades en grand periglo, et puédese fazer en guisa que sería comienço de roído; pero pues queredes que vos conseje lo que entiendo en esto, dígovos que querría que sopiéssedes lo que contesció a un buen caballero.

E el conde le rogó quel' dixiesse cómo fuera aquello.

–Señor conde –dixo Patronio–, el sancto et bienaventurado rey don Ferrando tenía cercada a Sevilla; et entre muchos buenos que eran y con él, había y tres caballeros que tenían por los mejores tres caballeros d'armas que entonce había en el mundo: et dezían al uno don Lorenzo Suárez Gallinato, et al otro don García Périz de Vargas, et del otro non me acuerdo del nombre. Et estos tres caballeros hobieron un día porfía entre sí cuál era el mejor caballero d'armas. Et porque non se pudieron avenir en otra manera, acordaron todos tres que se armassen muy bien, et que llegassen fasta las puertas de Sevilla, en guisa que diessen con las lanças a la puerta.

Et otro día de mañana armáronse todos tres et endereçaron a la villa; et los moros que estaban por el muro et por las torres, desque vieron que non eran más de tres caballeros, cuidaron que vinían por mandaderos, et non salió ninguno a ellos, et los tres caballeros passaron la cava et la barbacana, e llegaron a la puerta de la villa, et dieron de los cuentos de las lanças en ella; et desque hobieron fecho esto volvieron las riendas a los caballos et tornáronse para la hueste.

Et desque los moros vieron que non les dizían ninguna cosa, toviéronse por escarnidos e començaron a ir en pos dellos; et cuando ellos hobieron abierto la puerta de la villa, los tres caballeros que se tornaban su passo eran ya cuanto alongados; et salieron en pos dellos más de mil et quinientos homes a caballo, et más de veinte mil a pie. Et desque los tres caballeros vieron que vinían cerca dellos, volvieron las riendas de los caballos contra ellos et asperáronlos. Et cuando los moros fueron cerca dellos, aquel caballero de que olvidé el nombre endereçó a ellos et fuélos a ferir. Et don Lorenzo Suárez et don García Périz estudieron quedos; et desque los moros fueron más cerca, don García Périz de Vargas fuélos ferir: et don Lorenzo Suárez estudo quedo, et nunca fué a ellos fasta que los moros le fueron ferir; et desque lo començaron a ferir, metióse entrellos et començó a fazer cosas maravillosas d'armas.

Et cuando los del real vieron aquellos caballeros entre los moros, fuéronles acorrer. Et comoquier que ellos estaban en muy grand priessa et ellos fueron feridos, fué la merced de Dios que non murió ninguno dellos. Et la pelea fué tan grande entre los cristianos et los moros, que hobo de llegar y el rey don Ferrando: et fueron los cristianos esse día muy bienandantes. Et desque el rey se fué para su tienda, mandólos prender diziendo que merescían muerte, pues que se aventuraban a fazer tan grant locura, lo uno en meter la hueste en rebato sin mandado del rey, et lo ál en fazer perder tan buenos tres caballeros. Et desque los grandes homnes de la hueste pidieron merced al rey por ellos, mandólos soltar.

Et desque el rey sopo que por la contienda que entrellos hobiera fueron a fazer aquel fecho, mandó llamar cuantos buenos homnes eran con él, para judgar cuál dellos lo fiziera mejor. Et desque fueron ayuntados, hobo entrellos grand contienda, ca los unos dizían que fiziera mayor esfuerzo el que primero los fuera ferir, et los otros que el segundo, e los otros que el tercero. Et cada uno dezía tantas buenas razones que paresció que dezía razón derecha: et en verdad tan bueno era el fecho en sí, que cualquier podría haber muchas buenas razones para lo alabar; pero a la fin del pleito el acuerdo fué éste: que, si los moros que vinían a ellos fueran tantos que se pudiessen vencer por esfuerço o por bondad que en aquellos caballeros hobiesse, que el primero que los fuesse a ferir era el mejor caballero, pues començaba cosa que se podía acabar; mas, pues los moros eran tantos que por ninguna guisa non los podrían vencer, que el que iba a ellos non lo fazía por vencerlos, mas la vergüença le fazía que non fuyese; et pues non había de foír, la quexa del coraçón, porque non podía sofrir el miedo, le fizo que les fuesse ferir. Et el segundo que les fué ferir et esperó más que el primero, tovieron por mejor, porque pudo sofrir más el miedo. Mas don Lorenzo Suárez, que sufrió todo el miedo et que esperó fasta que los moros le firieron, aquel judgaron que fuera mejor caballero.

Et vos, señor conde Lucanor, pues veedes que estos son miedos et espantos, et es contienda que aunque la comencedes non la podedes acabar, cuanto más sufriéredes estos miedos et estos espantos tanto seredes más esforçado, et, demás, faredes mejor seso; ca pues vos tenedes recabdo en lo vuestro et non vos pueden fazer cosa arrebatadamente de que grand daño vos venga, conséjovos yo que non vos fuerce la quexa del coraçón. Et pues grand colpe non podedes recebir, esperat ante que vos fieran, et por aventura veredes que estos miedos et espantos que vos ponen que no son con verdat, sinon lo que éstos vos dizen que lo fazen porque cumple a ellos, ca non han bien sinon en el mal. Et bien cred que estos tales, tan bien de vuestra parte como de la otra, que non querrían grand guerra nin grand paz, ca non son para se parar a la guerra, nin querrían paz complida: mas lo que ellos querrían sería un alboroço con que pudiessen ellos tomar et fazer mal en la tierra et tener a vos e a la vuestra parte en premia para levar de vos lo que habedes et non habedes, et non haber recelo que los castigáredes por cosa que fagan: et por ende, aunque alguna cosa fagan contra vos, pues non vos pueden mucho empescer en sofrir que se mueva del otro la culpa, venirvos ha ende mucho bien: lo uno, que habredes a Dios por vos, que es una ayuda que cumple mucho para tales cosas; et lo ál, que todas las gentes ternán que fazedes derecho en lo que fizierdes. Et por aventura, que si non vos movierdes a fazer lo que non debedes, non se movrá el otro contra vos, et habredes paz et faredes servicio a Dios, et pro de los buenos, et non faredes vuestro daño por fazer plazer a los que querrían guarescer faziendo mal et se sintirían poco del daño que vos viniesse por esta razón.

E al conde plogo deste consejo que Patronio le daba, et fízolo assí, et fallóse ende bien.

Et porque don Johán tovo este exiemplo que era muy bueno, mandólo escribir en este libro et fizo estos viessos, que dizen assí:

Por quexa non vos fagan ferir,
ca siempre vence quien sabe sofrir.

ENXEMPLO XVI

*De la respuesta que dió el conde Ferrant Gonçález a Nuño Laínez su pariente**

El conde Lucanor fablaba un día con Patronio, su consejero, en esta guisa:

–Patronio, bien entendedes que non só yo ya muy mancebo, et sabedes que passé muchos trabajos fasta aquí. Et bien vos digo que querría de aquí adelante folgar, et caçar, et escusar los trabajos et afanes; et porque sé que siempre me consejastes lo mejor, ruégovos que me consejedes lo que vierdes que me cae más de fazer.

–Señor conde –dixo Patronio–, comoquier que vos dezides bien et razón, pero plazerme hía que sopiéssedes lo que dixo una vez el conde Ferrant Gonçález a Nuño Laínez.

E el conde Lucanor le rogó quel' dixiesse cómo fuera aquello.

–Señor conde –dixo Patronio–, el conde Ferrant Gonçález era en Burgos et había passados muchos trabajos por defender su tierra. Et una vez que estaba ya como más en assosiego et en paz, díxole Nuño Laínez: que sería bien que dallí adelante que non se metiesse en tantos roídos et que folgasse él et que dejasse folgar a sus gentes.

Et el conde respondiól' que a un homne del mundo non plazdría más que a él folgar et estar vicioso si pudiesse;

---

* Se cuenta este hecho en el *Poema de Fernán González* (siglo XIII) y en la *Crónica General* (siglo XIII).

mas que bien sabía que había grand guerra con los moros et con los leoneses et con los navarros, et si quisiessen mucho folgar, que los sus contrarios que luego serían contra ellos; et si quisiessen andar a caça con buenas aves por Arlançón arriba et ayuso et en buenas mulas gordas, et dejar de defender la tierra, que bien lo podrían fazer, mas que les contescería como dezía el vierbo antiguo: «Murió el homne et murió el su nombre»; mas si quisiéramos olvidar los vicios et fazer mucho por nos defender et levar nuestra honra adelante, dirán por nos después que muriéssemos: «Murió el homne, mas non murió el su nombre.» Et pues viciosos e lazdrados, todos habemos a morir, non me semeja que sería bueno si por vicio nin por la folgura dexáremos de fazer en guisa que, después que nos muriéremos, que nunca muera la buena fama de los nuestros fechos.

Et vos, señor conde, pues sabedes que habedes a morir, por el mi consejo nunca por vicio nin por folgura dexaredes de fazer tales cosas, porque, aun desque vos murierdes, siempre viva la fama de los vuestros fechos.

E al conde plogo mucho desto que Patronio le consejó, et fízolo assí, et fallóse dello muy bien.

Et porque don Johán tovo este exiemplo por muy bueno, fízolo escribir en este libro et fizo estos viessos, que dizen assí:

Si por vicio et por folgura la buena fama perdemos,
la vida muy poco dura; denostados quedaremos.

ENXEMPLO XVII

De lo que contesció a un home que había muy grant fambre, quel' convidaron otros muy floxamente a comer

Otra vez, fablaba el conde Lucanor con Patronio, su consejero, et díxole assí:

–Patronio, un homne vino a mí et díxome que faría por mí una cosa que me cumplía a mí mucho; et comoquier que me lo dixo, entendí en él que me lo dezía, tan floxamente quel' plazdríe mucho si yo escusasse de tomar dél aquella ayuda. Et yo de una parte entiendo que me cumpliría mucho de fazer aquello que me él ruega, et de otra parte he muy grand embargo de tomar de aquel ayuda, pues veo que me lo dize tan floxamente. Et por el buen entendimiento que vos habedes, ruégovos que me digades lo que vos paresce que debo fazer en esta razón.

–Señor conde Lucanor –dixo Patronio–, por que vos fagades en esto lo que me semeja que es vuestra pro, plazerme hía mucho que sopiéssedes lo que contesció a un homne con otro quel' convidó a comer.

E el conde le rogó quel' dixiese cómo fuera aquello.

–Señor conde Lucanor –dixo Patronio–, un homne bueno era que había seído muy rico et era llegado a muy grand pobreza, et fazíasele muy grand vergüença de demandar nin envergoñarse a ninguno por lo que había de comer; et por esta razón sufría muchas vezes muy grand fambre et muy grand lazeria. Et un día, yendo él muy cuitado, porque non podía haber ninguna cosa que comiesse, passó por una casa de un su conosciente que estaba comiendo; et cuando le vío passar por la puerta, preguntól' muy floxamente si quería comer; et él, por el grant mester que había, començó a lavar las manos et díxol':

–En buena fe, don Fulano, pues tanto me conjurastes et me afincastes que comiesse convusco, non me paresce que faría aguisado en contradezir tanto vuestra voluntad nin fazervos quebrantar vuestra jura.

Et assentóse a comer, et perdió aquella fambre et aquella quexa en que estaba. Et dende adelante, acorrió l' Dios, et dió l' manera como salió de aquella lazeria tan grande.

Et vos, señor conde Lucanor, pues entendedes que aquello que aquel homne vos ruega es gran vuestra pro, dalde a entender que lo fazedes por complir su ruego, et non paredes mientes a cuanto floxamente vos lo él ruega et non esperedes a que vos afinque más por ello; si non, por aventura non vos fablará en ello más, et servos hía más vergüença si vos lo hobiéssedes a rogar lo que él ruega a vos.

E el conde tovo esto por buen consejo, et fízolo así, et fallóse ende bien.

Et entendiendo don Johán que este exiemplo era muy bueno, fízolo escribir en este libro et fizo estos viessos, que dizen assí:

En lo que tu pro pudieres fallar,
nunca te fagas mucho por rogar.

ENXEMPLO XVIII

De lo que contesció a don Pero Meléndez de Valdés, cuando se le quebró la pierna

Fablaba el conde Lucanor con Patronio, su consejero, un día, et díxole assí:

–Patronio, vos sabedes que yo he contienda con un mi vezino que es homne muy poderoso et muy honrado; et habemos entramos postura de ir a una villa, et cualquier de nos que alá vaya primero cobraría la villa, et perderla ha el otro; et vos sabedes cómo tengo ya toda mi gente ayuntada; et bien fío por la merced de Dios que si yo fuesse, que fincaría ende con grand honra et con grand pro. Et agora estó embargado, que lo non puedo fazer por esta ocasión que me contesció, que non estó bien sano; et comoquier que me es grand pérdida en lo de la villa, bien vos digo que me tengo por más ocasionado por la mengua que tomo et por la honra que a él ende viene que aun por la pérdida. Et por la fiança que yo en vos he, ruégovos que me digades lo que entendierdes que en esto se puede fazer.

–Señor conde Lucanor –dixo Patronio–, comoquier que vos fazedes razón de vos quexar, para que en tales cosas como estas fiziéssedes lo mejor siempre, plazerme hía que sopiéssedes lo que contesció a don Pero Meléndez de Valdés.

E el conde le rogó quel' dixiese cómo fuera aquello.

–Señor conde Lucanor –dixo Patronio–, don Pero Meléndez de Valdés era un caballero mucho honrado del reino de León, et había por costumbre que cada quel' acaescíe algún embargo, siempre dizía: «Bendicho sea Dios, ca, pues él lo faze, esto es lo mejor.»

Et este don Pero Meléndez era consejero et muy privado del rey de León; et otros sus contrarios, por grand envidia quel' hobieron, assacáronle muy grand falsedad et buscáronle tanto mal con el rey, que acordó de lo mandar matar.

Et seyendo don Pero Meléndez en su casa, llegól' mandado del rey que enviaba por él. Et los que le habían a matar estábanle esperando a media legua de aquella su casa. Et queriendo cabalgar don Pero Meléndez para se ir para el rey, cayó de una escalera et quebról' la pierna. Et cuando sus gentes que habían a ir con él vieron esta ocasión que le acaesciera, pesóles ende mucho, et començáronle a maltraer diziéndol':

–Ea, don Pero Meléndez, vos que dezides siempre que lo que Dios faze, esto es lo mejor, tenedvos agora este bien que Dios vos ha fecho.

Et él díxoles que ciertos fuessen que, comoquier que ellos tomaban grand pesar desta ocasión quel' contesciera, que ellos verían que, pues Dios lo fiziera, que aquello era lo mejor. Et por cosa que fizieron nunca desta entención le pudieron sacar.

Et los quel' estaban esperando por le matar por mandado del rey, desque vieron que non venía, et sopieron lo quel' había acaescido, tornáronse paral rey et contáronle la razón por que non pudieran complir su mandado.

Et don Pero Meléndez estovo grand tiempo que non pudo cabalgar; et en cuanto él assí estaba maltrecho, sopo el rey que aquello que habían assacado a don Pero Meléndez que fuera muy grand falsedat, et prendió a aquellos que ge lo habían dicho. Et fué ver a don Pero Meléndez, et contól' la falsedat que dél le dixieron, et cómo le mandara él matar, et pidiól' perdón por el yerro que contra él hobiera de fazer, et fízole mucho bien et mucha honra por le fazer emienda. Et mandó luego fazer muy grand justicia antél daquellos que aquella falsedat le assacaron.

Et assí libró Dios a don Pero Meléndez, porque era sin culpa et fué verdadera la palabra que él siempre solía dezir: «que todo lo que Dios faze, que aquello es lo mejor».

Et vos, señor conde Lucanor, por este embargo que vos agora vino non vos quexedes, et tenet por cierto en vuestro coraçón que todo lo que Dios faze, que aquello es lo mejor: et si lo assí pensáredes, él vos lo sacará todo a bien; pero debedes entender que las cosas que acaescen son en dos maneras: la una es que viene a homne algún embargo en que se puede poner algún consejo; la otra es que viene algún embargo en que se non puede poner ningún consejo. Et en los embargos en que se puede poner algún consejo, debe fazer homne cuanto pudiere por lo poner y, et non lo debe dexar por atender, que por voluntad de Dios o por aventura se endereçará, ca esto sería tentar a Dios; mas, pues el homne ha entendimiento et razón, todas las cosas que fazer pudiere por poner consejo en las cosas quel' acaescieren débelo fazer; mas en las cosas en que se non puede poner y ningún consejo, aquellas debe homne tener, que pues se fazen por voluntad de Dios, que aquello es lo mejor. Et pues esto que vos acaesció es de las cosas que vienen por voluntad de Dios, et en que se non puede poner consejo, poned en vuestro talante que, pues Dios lo faze, que es lo mejor; et Dios lo guisará que se faga assí como lo vos tenedes en coraçón.

E el conde tovo que Patronio le dezía la verdat, et le daba buen consejo, et fízolo assí et fallóse ende bien.

Et porque don Johán tovo este por buen enxiemplo, fízolo escribir en este libro et fizo estos viessos, que dizen assí:

Non te quexes por lo que Dios fiziere,
ca por tu bien sería cuando Él quisiere.

ENXEMPLO XIX

*De lo que contesció a los cuervos con los búhos**

Fablaba un día el conde Lucanor con Patronio, su consejero, et díxole assí:

–Patronio, yo he contienda con un homne muy poderoso: et aquel mio enemigo había en su casa un su pariente et su criado, et homne a quien había fecho mucho bien. Et un día por cosas que acaescieron entre ellos, aquel mio enemigo fízole mucho mal et muchas deshonras, e aquel homne con quien había tantos debdos, veyendo el mal que había recebido e queriendo catar manera como se vengasse, vínose para mí, et yo tengo que es muy grand mi pro, ca éste me puede desengañar et apercebir en cómo pueda más ligeramente fazer daño a aquel mio enemigo. Pero, por la grand fiança que yo he en vos et en el vuestro entendimiento, ruégovos que me consejedes lo que faga en este fecho.

–Señor conde Lucanor –dixo Patronio–, lo primero vos digo que este homne non vino a vos sinon por vos engañar: et para que sepades la manera del su engaño, plazerme hía que sopiéssedes lo que contesció a los búhos et a los cuervos.

E el conde le rogó quel' dixiese cómo fuera aquello.

–Señor conde Lucanor –dixo Patronio–, los cuervos et los búhos habían entre sí grand contienda, pero los cuer-

* Cuento de la India. Figura en la colección *Panchatantra*. En España circulaba en la colección *Cálila y Dimna* (siglo III), que proviene de una de las formas de la sánscrita, a través del persa y del árabe.

vos eran en mayor quexa. Et los búhos, porque es su costumbre de andar de noche, et de día estar escondidos en cuevas muy malas de fallar, vinían de noche a los árboles do los cuervos albergaban et mataban muchos dellos et fazíanles mucho mal. Et passando los cuervos tanto daño, un cuervo que había entre ellos muy sabidor, que se dolía mucho del mal que habían recebido de los búhos, sus enemigos, fabló con los cuervos sus parientes et cató esta manera para se poder vengar.

Et la manera fué ésta: que los cuervos le messaron todo salvo ende un poco de alas, con que volaba muy mal et muy poco. Et desque fué assí maltrecho, fuése para los búhos et contóles el mal et el daño que los cuervos le fizieran, señaladamente porque les dizía que non quisiessen seer contra ellos; mas, pues tan mal lo habían fecho contra él, que si ellos quisiessen, que él los mostraría muchas maneras como se podrían vengar de los cuervos et fazerles mucho daño.

Et cuando los búhos esto oyeron, plógoles mucho, et tovieron que por este cuervo que era con ellos era todo su fecho endereçado, et començaron a fazer mucho bien al cuervo et fiar en él todas sus faziendas et poridades.

E entre los otros búhos, había y uno que era muy viejo et había passado por muchas cosas, et desque vío este fecho del cuervo, entendió el engaño con que el cuervo andaba, et fuese paral mayoral de los búhos et díxol': quél fuesse cierto que aquel cuervo non viniera a ellos sinon para su daño et por saber sus faziendas, et que lo echassen de su compaña. Mas este búho non fué creído de los otros búhos: et desque vío que lo non querían creer, partióse dellos et fué buscar tierra do los cuervos non lo pudiessen fallar.

Et los otros búhos pensaron bien del cuervo. Et desque las péñolas le fueron egualadas, dixo a los búhos que, pues podía volar, que iría saber dó estaban los cuervos et que vernía dezírselo por que pudiessen ayuntarse et ir a los estroír todos. E a los búhos plogo mucho desto.

Et desque el cuervo fué con los otros cuervos, ayuntáronse muchos dellos, et sabiendo toda la fazienda de los búhos fueron a ellos de día cuando ellos non vuelan et estaban segurados et sin recelo, et mataron et destruyeron dellos tantos por que fincaron vencedores los cuervos de toda su guerra.

Et todo este mal vino a los búhos porque fiaron en el cuervo que naturalmente era su enemigo.

Et vos, señor conde Lucanor, pues sabedes que este homne que a vos vino es muy adebdado con aquel vuestro enemigo et naturalmente él et todo su linaje son vuestros enemigos, conséjovos yo que en ninguna manera non lo trayades en vuestra compaña, ca cierto sed que non vino a vos sinon por vos engañar et por vos fazer algún daño. Pero si él vos quisiere servir seyendo alongado de vos, de guisa que vos non pueda empescer nin saber nada de vuestra fazienda, et de fecho fiziere tanto mal et tales mancellamientos a aquel vuestro enemigo con quien él ha algunos debdos, que veades vos que non le finca logar para se poder nunca avenir con él, estonce podredes vos fiar en él, pero siempre fiat en él tanto de que vos non pueda venir daño.

E el conde tovo esto por buen consejo, et fízolo assí et fallóse dello muy bien.

Et porque don Johán entendió que este exemplo era muy bueno, fízolo escribir en este libro et fizo estos viessos, que dizen assí:

Al que tu enemigo suel seer
nunca quieras en él mucho creer.

ENXEMPLO XX

De lo que contesció a un rey con un homne quel' dixo que faría alquimia

Un día, fablaba el conde Lucanor con Patronio, su consejero, en esta manera:

–Patronio, un homne vino a mí et díxome que me faría cobrar muy grand pro et grand honra, et para esto que había mester que catasse alguna cosa de lo mío con que se comtençasse aquel fecho, ca, desque fuesse acabado, por un dinero habría diez. Et por el buen entendimiento que Dios en vos puso, ruégovos que me digades lo que vierdes que me cumple de fazer en ello.

–Señor conde Lucanor –dixo Patronio–, para que fagades en esto lo que fuere más vuestra pro, plazerme hía que sopiéssedes lo que contesció a un rey con un homne quel' dizía que sabía fazer alquimia.

E el conde le preguntó cómo fuera aquello.

–Señor conde Lucanor –dixo Patronio–, un homne era muy grand golfín et había muy grand sabor de enrequescer et de salir de aquella mala vida que passaba. Et aquel homne sopo que un rey que non era de muy buen recabdo se trabajaba de fazer alquimia.

Et aquel golfín tomó cient doblas et limólas et de aquellas limaduras fizo con otras cosas que puso en ellas cient pellas, et cada una de aquellas pellas pesaba una dobla, et demás las otras cosas que él mescló con las limaduras de las doblas. Et fuése para una villa do era el rey, et vistióse de paños muy assosegados et levó aquellas pellas et vendiólas a un especiero.

Et el especiero preguntó que para qué eran aquellas pellas, et el golfín díxol' que para muchas cosas, et señaladamente, que sin aquella cosa, que se non podía fazer el alquimia, et vendiól' todas las cient pellas por cuantía de dos o tres doblas. Et el especiero preguntól' cómo habían nombre aquellas pellas, et el golfín díxol' que habían nombre tarbardíe.

Et aquel golfín moró algún tiempo en aquella villa en manera de homne muy assosegado et fué diziendo a unos et a otros en manera de poridat que sabía fazer alquimia.

Et estas nuevas llegaron al rey: et el rey envió por él, et preguntól' si sabía fazer alquimia. Et el golfín, comoquier quel' fizo muestra que se quería encobrir et que lo non sabía, al cabo dióI' a entender que lo sabía, pero dixo al rey quel' consejaba que deste fecho non fiasse de homne del mundo nin aventurasse mucho de su haber, pero si quisiesse que probaría antél un poco et quel' amostraría lo que ende sabía. Et esto le gradesció el rey mucho et paresciól' que segund estas palabras, que non podía haber y ningún engaño. E estonce fizo traer las cosas que quiso, et eran cosas que se podían fallar, et entre las otras mandó traer una pella de tabardíe. Et todas las cosas que mandó traer non costaban más de dos o tres dineros. Et desque las traxieron et las fundieron antel rey, salió peso de una dobla de oro fino. Et desque el rey vío de cosa que costaba dos o tres dineros salía una dobla, fué muy alegre et tóvose por el más bienandante caballero del mundo, et dixo al golfín que esto fazía, que cuidaba el rey que era muy buen homne et que fiziesse más.

Et el golfín respondiól' como si non sopiesse nada de aquello:

–Señor, cuanto yo desto sabía, todo vos lo he mostrado, et de allí adelante vos lo faredes tan bien como yo; pero conviene que sepades una cosa: que qualquier destas cosas que mengüe non se podría fazer esto oro.

Et desque esto hobo dicho, despedióse del rey et fuése para su casa.

E el rey probó sin aquel maestro de fazer él oro, et dobló la recepta, et salió peso de dos doblas de oro. E otra vez dobló la recepta, et salió peso de cuatro doblas; et assí como fué cresciendo la recepta, assí salió peso de doblas. E desque el rey vío que él podía fazer cuanto oro quisiesse, mandó traer tanto daquellas cosas para que pudiesse fazer mil doblas. Et fallaron todas las otras cosas, mas non fallaron el tabardíe: e desque el rey vío que, pues menguaba el tabardíe, que se non podía fazer el oro, envió por aquel que se lo mostrara fazer, et díxol' que non podía fazer el oro como solía. Et él preguntól' si tenía todas las cosas que él le diera por escripto. Et el rey díxol' que sí, mas quel' menguaba el tabardíe.

E estonce le dixo al golfín que por cualquier cosa que menguasse que non se podía fazer el oro, et assí lo había él dicho el primero día.

E estonce preguntó el rey si sabía él dó había este tabardíe; e el golfín le dixo que sí.

E estonce le dixo el golfín que por cualquier cosa que fuesse él por ello et troxiesse tanto por que pudiesse fazer tanto cuanto oro quisiesse.

E el golfín le dixo que, comoquier que esto podría fazer otro tan bien o mejor que él, si el rey lo fallasse por su servicio, que iría por ello, que en su tierra fallaría ende assaz: e estonce contó al rey lo que podría costar la compra e la despensa, et montó muy grand haber.

Et desque el golfín lo tovo en su poder, fuése su carrera et nunca tornó al rey. Et assí fincó el rey engañado por su mal recabdo. Et desque vío que tardaba más de cuanto debía, envió el rey a su casa por saber si sabían dél algunas nuevas. Et non fallaron en su casa cosa del mundo, sinon un arca cerrada; et desque la abrieron, fallaron y un escripto que dizía assí:

«Bien creed que non ha en el mundo tabardíe; mas sabet que vos he engañado, et cuando yo vos dizía que vos faría rico, debiérades dezir que lo fiziesse primero a mí et que me creeríedes.»

E a cabo de algunos días, unos homnes estaban riendo et trebejando et escribían todos los homnes que ellos conoscían, cada uno de cuál manera era, et dizían: los ardidos son fulano et fulano, et los ricos fulano et fulano, et los cuerdos fulano et fulano, et assí de todas las otras cosas buenas o contrarias.

Et cuando hobieron a escribir los homnes de mal recabdo escribieron y: el rey. Et cuando el rey lo sopo, envió por ellos et asseguróles que les non faría ningún mal por ello, et díxoles que por quél' escribieron por homne de mal recabdo. Et ellos dixiéronle: que por razón que diera tan grand haber a homne extraño et de quien non tenía ningún recabdo.

Et el rey les dixo que habían errado, et que si viniesse aquel que había levado el haber, que non fincaría él por homne de mal recabdo. Et ellos le dixieron que ellos non perdían nada de su cuenta, ca si el otro viniesse, que sacarían al rey del escripto et que pornían a él.

Et vos, señor conde Lucanor, si queredes que non vos tengan por homne de mal recabdo, non aventuredes por cosa que non sea cierta tanto de lo vuestro que vos arrepintades, si lo perdierdes por fiuza de haber grand pro seyendo en dubda.

E al conde plogo deste consejo, et fízolo assí et fallóse dello bien.

Et veyendo don Johán que este exiemplo era bueno, fízolo escribir en este libro, et fizo estos viessos, que dizen assí:

Non aventures mucho la tu riqueza
por consejo del que ha grand pobreza.

ENXEMPLO XXI

De lo que contesció a un rey moço con un muy grant filósofo a qui lo encomendara su padre

Otra vez fablaba el conde Lucanor con Patronio, su consejero, en esta guisa:

–Patronio, assí acaesció que yo había un pariente a qui amaba mucho, et aquel mi pariente finó et dexó un fijo muy pequeñuelo, et este moço criélo yo. Et por el grand debdo et gran amor que había a su padre, et otrossí, por la grand ayuda que yo atiendo dél desque sea en tiempo para me la fazer, criélo muy bien e sabe Dios quel' amo como si fuesse mi fijo. Et comoquier quel moço ha buen entendimiento et fío por Dios que será muy buen home, pero porque la mocedad engaña muchas veces a los moços et non les dexa fazer todo lo que más les cumplía, plazerme hía si la mocedat non engañase tanto a este moço. Et por el buen entendimiento que vos habedes, ruégovos que me digades en qué manera podría yo guisar que este moço fiziesse lo que le fuesse más aprovechoso para el cuerpo et para la su fazienda.

–Señor conde Lucanor –dixo Patronio–, para que vos fiziéssedes en fazienda deste moço lo que al mio cuidar sería mejor, mucho querría que sopiéssedes lo que contesció a un muy grand filósofo con un rey moço, su criado.

E el conde le preguntó cómo fuera aquello.

–Señor conde Lucanor –dixo Patronio–, un rey había un fijo et diólo a criar a un filósofo en que fiaba mucho: et cuando el rey finó, fincó el rey su fijo moço pequeño. E criólo aquel filósofo hasta que passó por XV años. Mas, luego que entró en la mancebía, començó a despreciar el consejo daquel que lo criara et allegóse a otros consejeros de los mancebos et de los que non habían tan grand debdo con él por que mucho fiziessen por lo guardar de daño. Et trayendo su fazienda en esta guisa, ante de poco tiempo llegó su fecho a logar que tan bien las maneras et costumbres del su cuerpo como la su fazienda era todo muy empeorado. Et fablaban todas las gentes muy mal de cómo perdía aquel rey moço el cuerpo et la fazienda. E yendo aquel pleito tan a mal, el filósofo que criara el rey se sentía et pesábale ende mucho, non sabía qué fazer, ca ya muchas vezes probara de lo castigar con ruego et con falago et aun maltrayéndolo, et nunca pudo fazer y nada, ca la mocedat lo estorbaba todo. Et desque el filósofo vío que por otra manera non podía dar consejo en aquel fecho, pensó esta manera que agora oiredes.

El filósofo començó poco a poco a dezir en casa del rey que él era el mayor agorero del mundo. Et tantos homnes oyeron esto, que lo hobo de saber el rey moço; et desque lo sopo, preguntó el rey al filósofo si era verdat que sabía catar agüero tan bien como lo dizían. Et el filósofo, comoquier quel' dió a entender que lo quería negar, pero al cabo díxol' que era verdat, mas que era mester que homne del mundo non lo sopiesse. Et como los moços son quexosos para saber et para fazer todas las cosas, el rey, que era moço, quexábase mucho por veer cómo cataba los agüeros el filósofo: et cuanto el filósofo más lo alongaba, tanto había el rey moço mayor quexa de lo saber, et tanto afincó al filósofo, que puso con él de ir un día de grand mañana con él a los catar en manera que non lo sopiesse ninguno.

Et madurgaron mucho; et el filósofo endereçó por un valle en que había pieça de aldeas yermas: et desque passaron por muchas, vieron una corneja que estaba dando vozes en un árbol. Et el rey mostróla al filósofo, et él fizo contenente que la entendía.

Et otra corneja començó a dar vozes en otro árbol, et amas las cornejas estudieron assí dando vozes a vezes la una et a vezes la otra. Et desque el filósofo escuchó esto una pieça, començó a llorar muy fieramente et rompió sus paños et fazía el mayor duelo del mundo.

E cuando el rey moço esto vío, fué muy espantado et preguntó al filósofo que por qué fazía aquello. Et el filósofo dióI' a entender que se lo quería negar. Et desque lo afincó mucho díxol' que más querría seer muerto que vivo, ca non tan solamente los homnes, mas que aun las aves entendían ya cómo por su mal recabdo era perdida toda su tierra et su fazienda et su cuerpo despreciado. Et el rey moço preguntól' cómo era aquello.

Et él díxol' que aquellas dos cornejas habían puesto de casar el fijo de la una con la fija de la otra; et que aquella corneja que començara a fablar primero, que dezía a la otra, que pues tanto había que era puesto aquel casamiento, que era bien que los casassen. Et la otra corneja díxol' que verdat era que fuera puesto, mas que agora ella era más rica que la otra, et que loado a Dios, que después que este rey regnara, que eran yermas todas las aldeas de aquel valle, et que fallaba ella en las casas yermas muchas culuebras et lagartos et sapos et otras tales cosas que se crían en los lugares yermos, por que había muy mejor de comer que solía, et por ende que non era estonce el casamiento egual. Et cuando la otra corneja esto oyó, començó a reír et respondiól': que dizía poco seso si por esta razón quería alongar el casamiento, que sól que Dios diesse vida a este rey, que muy aína sería ella más rica que ella, ca muy aína sería yermo aquel otro valle do ella moraba, en que había diez tantas aldeas que en el suyo, et que por esto non había por qué alongar el casamiento, et por esto otorgaron amas las cornejas de ayuntar luego el casamiento.

E cuando el rey moço esto oyó, pesól' ende mucho, et

començó a cuidar cómo era su mengua en yermar assí lo suyo. Et desque el filósofo vío el pesar et el cuidar que el rey moço tomaba, et que había sabor de cuidar en su fazienda, diól' muchos buenos consejos, en guisa que en poco tiempo fue su fazienda toda endereçada, tan bien de su cuerpo como de su regno.

Et vos, señor conde, pues criades este moço, et querríades que se endereçasse su fazienda, catad alguna manera que por exiemplos o por palabras maestradas et falagueras le fagades entender su fazienda, mas por cosa del mundo non derrangedes con él castigándol' nin maltrayéndol' cuidándol' endereçar; ca la manera de los más de los moços es tal, que luego aborrescen al que los castiga, et mayormente si es homne de grand•guisa, ca liévanlo a manera de menosprecio, non entendiendo cuánto lo yerran: ca non ha tan buen amigo en el mundo como el que castiga el moço por que non faga su daño, mas ellos non lo toman assí, sinon por la peor manera. Et por aventura caería tal desamor entre vos e él, que ternía daño a entramos por adelante.

E al conde plogo mucho deste consejo que Patronio le dió, et fízolo assí et fallóse ende bien.

Et porque don Johán se pagó mucho deste exiemplo, fízolo poner en este libro, et fizo estos viessos, que dizen assí:

Non castigues al moço maltrayendo,
mas dile comol' vaya plaziendo.

ENXEMPLO XXII

*De lo que contesció al león et al toro**

Fablaba otra vez el conde Lucanor con Patronio su consejero, et díxole assí:

–Patronio, yo he un amigo muy poderoso et muy honrado, et comoquier que fasta aquí nunca fallé en él sinon buenas obras, agora dízenme que me non ama tan derechamente como solía, et aún que anda buscando maneras por que sea contra mí. Et yo estó agora en grandes dos cuidados: el uno es, porque me he recelo que si él entiende que yo tomo dél esta sospecha et que me vo guardando dél, que él otrossí que fará esso mismo, et que assí irá cresciendo la sospecha et el desamor poco a poco fasta que nos hayamos a desavenir. Et por la grant fiança que yo en vos he ruégovos que me consejedes lo que vierdes que más me cumple de fazer en esto.

–Señor conde Lucanor –dixo Patronio–, para que desto vos podades guardar, plazerme hía mucho que sopiéssedes lo que contesció al león et al toro.

E el conde le rogó quel' dixiese cómo fuera aquello.

–Señor conde Lucanor –dixo Patronio–, el león et el toro eran mucho amigos, et porque ellos son dos animalias muy fuertes et muy rezias, apoderábanse et enseñoreaban todas las otras animalias, ca el león con el ayuda del toro apremiaba todas las animalias que comen carne; et el toro con el

* Fábula de la India. Figura en las colecciones *Panchatantra* e *Hitopadeça*.

ayuda del león apremiaba todas las animalias que pascen la hierba. Et desque todas las animalias entendieron que el león et el toro les apremiaban por el ayuda que se fazían el uno al otro, et vieron que por esto les vinía grand premia et grant daño, fablaron todas entre sí qué manera podrían catar para salir desta premia.

Et entendieron que si fiziessen desavenir al león et al toro, que serían ellos fuera de la premia de que los traían apremiados el león et el toro. Et porque el raposo et el carnero eran más allegados a la privança del león et del toro que las otras animalias, que trabajassen cuanto pudiessen para meter desavenencia entre ellos. E el raposo e el carnero dixieron que se trabajarían cuanto pudiessen por fazer esto que las animalias querían.

Et el raposo, que era consejero del león, dixo al oso, que es el más esforçado et más fuerte de todas las bestias que comen carne en pos el león, quel' dixiesse que se recelaba que el toro andaba catando manera para le traer cuanto daño pudiesse, et que días habíe que ge lo habían dicho esto, et comoquier que por aventura esto non era verdat, pero que parasse mientes en ello.

Et esso mismo dixo el carnero, que era consejero del toro, al caballo, que es el más fuerte animal que ha en esta tierra de las bestias que pascen hierba.

E el oso et el caballo, cada uno de ellos dixo esta razón al león et al toro. Et comoquier que el león et el toro non creyeron esto del todo, aún tomaron alguna sospecha que aquellos, que eran los más honrados del su linaje et de su compaña, que ge lo dizían por meter mal entrellos, pero con todo esso cayeron en alguna sospecha. Et cada uno dellos fablaron con el raposo et con el carnero, sus privados.

Et ellos dixéronles que comoquier que por aventura el oso et el caballo les dizían esto por alguna maestría engañosa, que con todo esso, que era bien que fuessen parando mientes en los dichos et en las obras que farían dallí adelante el león et el toro, et segund que viessen, que assí podrían fazer.

Et ya con esto cayó mayor sospecha entre el león et el toro. Et desque las animalias entendieron que el león et el toro tomaran sospecha el uno del otro, començáronles a dar a entender más descubiertamente que cada uno dellos se recelaba del otro, et que esto non podría ser sinon por las malas voluntades que tenían escondidas en los coraçones.

Et el raposo et el carnero, como falsos consejeros catando su pro et olvidando la lealtad que habían de tener a sus señores, en logar de los desengañar engañáronlos, et tanto fizieron, fasta que el amor que solía seer entre el león et el toro tornó en muy grand desamor. Et desque las animalias esto vieron, començaron a esforçar a aquellos sus mayorales fasta que los fizieron començar la contienda, et dando a entender cada uno dellos a su mayoral quel' guardaba, guardábanse los unos a los otros et fazían tornar todo el daño sobre el león et sobre el toro.

E el fin del pleito vino a esto: que comoquier que el león fizo más daño et más mal al toro et abaxó mucho el su poder et la su honra, pero siempre el león fincó tan desapoderado dallí adelante que nunca pudo enseñorear las otras bestias nin apoderarse de ellas como solía, tan bien de las de su linaje como de las otras. Et assí porque el león et el toro non entendieron que por el amor et por el ayuda que el uno tomaba del otro eran ellos honrados e apoderados de todas las otras animalias, et non guardaron el amor aprovechoso que habían entre sí, et non se sopieron guardar de los malos consejos que les dieron para salir de su premia et apremiar a ellos, fincaron el león et el toro tan mal de aquel pleito, que, assí como ellos eran ante apoderados de todos, ansí fueron después todos apoderados dellos.

Et vos, señor conde Lucanor, guardatvos que éstos que en esta sospecha vos ponen contra aquel vuestro amigo, que vos lo non fagan por vos traer a aquello que troxieron las animalias al león et al toro. Et por ende, conséjovos yo que si aquel vuestro amigo es homne leal et fallastes en él siempre buenas obras et leales et fiades en él como homne debe fiar del buen fijo o del buen hermano, que non creades cosa que vos digan contra él, ante vos consejo quel' digades lo que vos dixieron dél, et él luego vos dirá otrossí lo que dixieren a él de vos. Et fazed grant escarmiento en los que esta falsedat cuidaren ordir, por que nunca otros se atrevan a lo començar otra vegada. Pero si el amigo non fuere desta manera que es dicha, et fuere de los amigos que se aman por el tiempo, o por la ventura, o por el mester, a tal amigo como éste siempre guardat que nunca digades nin fagades cosa por que él pueda entender que de vos se mueve mala sospecha nin mala obra contra él, et dat passada a algunos de sus yerros; ca por ninguna manera non puede seer que tan grant daño vos venga a deshora de que ante vos veades alguna señal cierta, como sería el daño que vos vernía si vos desaveniéssedes por tal engaño et maestría como de suso es dicho; pero al tal amigo siempre le dat a entender en buena manera que, assí como cumple a vos la su ayuda, que assí cumple a él la vuestra; et lo uno faziéndol' buenas obras et mostrándol' buen talante et non tomando sospecha dél sin razón, nin creyendo dicho de malos homnes et dando alguna passada a sus yerros; et lo ál, mostrándol' que assí cumple a vos la su ayuda, que assí cumple a él la vuestra. Por estas maneras durará el amor entre vos, et seredes guardados de non caer en el yerro en que cayeron el león et el toro.

E al conde plogo mucho deste consejo que Patronio le dió, e fízolo et fallóse ende bien.

Et entendiendo don Johán que este exiemplo era muy

bueno, fízolo escribir en este libro et fizo estos viessos que dizen assí:

Por falso dicho de homne mintroso
non pierdas amigo aprovechoso.

ENXEMPLO XXIII

*De lo que fazen las formigas para se mantener**

Otra vez fablaba el conde Lucanor con Patronio, su consejero, en esta manera:

–Patronio, loado a Dios, yo so assaz rico, et algunos consējanme que, pues lo puedo fazer, que non tome otro cuidado sinon tomar plazer et comer et beber et folgar, que assaz he para mi vida, et aún que dexe a mios fijos bien heredados. Et por el buen entendimiento que vos habedes, ruégovos que me consejedes lo que vos paresce que debo fazer.

–Señor conde Lucanor –dixo Patronio–, comoquier que el folgar et tomar plazer es bueno, para que vos fagades en esto lo que es más aprovechoso plazerme hía que sopiéssedes lo que faze la formiga para mantenimiento de su vida.

Et el conde le preguntó cómo era aquello; et Patronio le dixo:

–Señor conde Lucanor, ya vos veedes cuánto pequeña cosa es la formiga, et segund razón non debía haber muy grand apercibimiento, pero fallaredes que cada año, al tiempo que los homnes cogen el pan, salen ellas de sus formigueros et van a las eras et traen cuanto pan pueden para su mantenimiento et métenlo en sus casas. Et a la primera agua que viene, sácanlo afuera; et las gentes dizen que lo sacan a enxugar,

* El antecedente probable es Plinio en su *Historia natural*, libro XI, capítulo 36.

et non saben lo que dizen, ca non es assí la verdat, ca bien sabedes vos que, cuando las formigas sacan la primera vez el pan fuera de sus formigueros, que estonce es la primera agua et comiença el invierno, et pues, si ellas cada que lloviesse hobiessen de sacar el pan para lo enxugar, luenga labor ternían, et demás que non podrían haber sol para lo enxugar, ca en el invierno non faze tantas vegadas sol que lo pudiessen enxugar.

Mas la verdat por qué ellas lo sacan la primera vez que llueve es ésta: ellas meten cuanto pan pueden haber en sus casas una vez, et non catan por ál, sinon por traer cuanto pueden. Et desque lo tienen ya en salvo, cuidan que tienen ya recabdo para su vida ese año. Et cuando viene la lluvia et se moja el pan, comiença de nascer: et ellas veen que si el pan nasce en los formigueros, que en logar de se gobernar dello, que su pan mismo las mataría, et serían ellas ocasión de su daño. Et entonce sácanlo fuera et comen aquel coraçón que ha en cada grano de que sale la semiente et dexan todo el grano entero. Et después, por lluvia que faga, non puede nascer, et gobiérnanse dél todo el año.

Et aun fallaredes que maguer que tengan cuanto pan les cumple, que cada que buen tiempo faze, non dexan de acarrear cualesquier herbizuelas que fallan. E esto fazen recelando que les non cumplirá aquello que tienen, et mientra han tiempo non quieren estar de balde, ni perder el tiempo que Dios les da, pues se pueden aprovechar dél.

Et vos, señor conde, pues la formiga, que es tan mesquina cosa, ha tal entendimiento et faze tanto por se mantener, bien debedes cuidar que non es buena razón para ningún homne, et mayormente para los que han de mantener grand estado et gobernar a muchos, en querer siempre comer de lo ganado; ca cierto sed que por grant haber que sea donde sacan cada día et non ponen y nada, que non puede durar mucho, et demás paresce muy grant amortiguamiento et grand mengua de coraçón. Mas el mio consejo es éste: que si queredes comer et folgar, que lo fagades siempre manteniendo vuestro estado et guardando vuestra honra, et catando, et habiendo cuidado cómo habredes de qué lo cumplades, ca si mucho hobierdes et bueno quisierdes seer, assaz habredes logares en que lo despendades a vuestra honra.

Et el conde plogo mucho deste consejo que Patronio le dió, et fízolo assí et fallóse ende bien.

Et porque don Johán se pagó deste exiemplo, fízolo poner en este libro et fizo estos viessos que dizen assí:

Non comas siempre lo que has ganado,
vive tal vida que mueras honrado.

ENXEMPLO XXIV

De lo que contesció a un rey que quería probar a tres sus fijos

Un día fablaba el conde Lucanor con Patronio, su consejero, et díxole assí:

–Patronio, en la mi casa se crían muchos moços de los homnes de grand guisa et de los que non lo son tanto, et veo en ellos muchas maneras et muy estrañas. Et por el grand entendimiento que vos habedes, ruégovos que me digades cuanto vos entendedes en qué manera puedo yo conoscer cual moço recudirá a seer mejor homne.

–Señor conde –dixo Patronio–, esto que me vos dezides es muy fuerte cosa de vos lo dezir ciertamente, ca non se puede saber ciertamente ninguna cosa de lo que es de venir, et por ende non se puede saber, et esta cosa que me vos preguntades es por venir ciertamente, mas lo que desto se puede saber es por señales que parescen en los moços tan bien de dentro como de fuera; et las que parescen de fuera son las figuras de la cara, et el donaire, et la color, et el talle del cuerpo, et de los miembros, ca por estas cosas paresce la señal de la complisión de los miembros principales, que son el coraçón, et el meollo, et el fígado; e como quier que éstas son señales, non se puede saber lo cierto; ca pocas vezes se acuerdan todas las señales a una cosa, ca si las unas señales muestran lo uno, muestran las otras el contrario; pero a lo más, segund son estas señales, assí recuden las obras.

Et las más ciertas señales son las de la cara, et señaladamente las de los ojos, et otrossí el donaire, ca muy pocas vezes fallescen éstas. Et non tengades que el donaire se dize por seer homne fermoso en la cara, nin feo, ca muchos homes son pintados et fermosos, et non han donaire de homes, et otros parescen feos, que han buen donario para seer homnes apuestos.

Et el talle del cuerpo et de los miembros muestra señal de la complisión et paresce si debe seer valiente o ligero; et las tales cosas muestra el talle del cuerpo et de los miembros, non muestra ciertamente cuáles deben seer las obras; et con todo esto éstas son señales, et pues digo señales, digo cosa non cierta, ca la señal siempre es cosa que paresce por ella lo que debe seer, mas non es cosa forçada que sea assí en toda guisa. Et estas son las señales de fuera que siempre son muy dudosas para conoscer lo que vos me preguntades. Mas para conoscer los moços por las señales de dentro que son ya cuanto más ciertas, plazerme hía que sopiéssedes cómo probó una vez un rey moro a tres fijos que había, por saber cuál dellos sería mejor homne.

E el conde le rogó quel' dixiese cómo fuera aquello.

–Señor conde Lucanor –dixo Patronio–, un rey moro había tres fijos: et porque el padre puede fazer que regne cual fijo de los suyos él quisiere, después que el rey llegó a la vejez, los homnes buenos de su tierra pidiéronle por merced que les señalasse cuál daquellos sus fijos quería que regnasse en pos él. Et el rey díxoles que dende a un mes ge lo diría.

Et cuando vino a ocho o a diez días, una tarde dixo al fijo mayor que otro día de grand mañana quería cabalgar et que fuesse con él. E otro día vino el infante mayor al rey, pero non tan mañana como el rey su padre dixiera. Et desque llegó, díxol' el rey que se quería vestir et quel' fiziesse traer los paños. E el infante dixo al camarero que troxiesse los paños, e el camarero preguntó que cuáles paños quería. E el infante tornó al rey et preguntó que cuáles paños quería. E el rey díxole que el aljuba, et él tornó al camarero et díxole que el aljuba quería el rey. Et el camarero le preguntó que cuál almexía quería, et el infante tornó al rey a ge lo preguntar. Et assí fizo por cada vestidura, que siempre iba et vinía por cada pregunta, fasta que el rey tovo todos los paños. Et vino el camarero, et lo vistió et lo calçó.

Et desque fué vestido et calçado, mandó el rey al infante que fiziese traer el caballo, et él dixo al que guardaba los caballos del rey quel' troxiesse el caballo, et el que los guardaba díxole que cuál caballo traería; et el infante tornó con esto al rey, et assí fizo por la siella, et por el freno, et por la espada, et por las espuelas; et por todo lo que había mester para cabalgar, por cada cosa fué preguntar al rey.

E desque todo fué guisado, dixo el rey al infante que non podía cabalgar, et que fuesse él andar por la villa et que parasse mientes a las cosas que vería, por que lo sopiesse retraer al rey.

E el infante cabalgó, et fueron con él todos los honrados homnes del rey et del regno, et iban y muchas trompas et atabales et otros estrumentos. Et el infante andino una pieça por la villa, et desque tornó al rey, preguntól' quél' parescía de lo que viera. Et el infante díxole que bien le parescía sinon quel' fazían muy grand roído aquellos estrumentos.

Et a cabo de otros días mandó el rey al fijo mediano que veniesse a él otro día de mañana: et el infante fízolo assí. Et el rey fizo todas las pruebas que fiziera al infante mayor, su hermano, et el infante fízolo, et dixo bien como el hermano mayor.

Et a cabo de otros días, mandó al infante menor, su fijo, que fuesse con él de grand mañana. Et el infante madurgó ante que el rey despertasse, et esperó fasta que despertó el rey: et luego que fuesse despierto entró el infante et homillósele con la reverencia que debía. El rey mandól' que fiziesse traer de vestir. Et el infante preguntól' qué paños quería, et en una vez le preguntó por todo lo que había de vestir et de calçar, et fué por ello et tráxogelo todo. Et non quiso que otro camarero lo vestiesse nin lo calçasse sinon él, dando a entender que se tenía por de buena ventura si el rey su padre tomasse plazer o servicio de lo que él pudiesse fazer, et pues su padre era, que razón et aguisado era de le fazer cuantos servicios et homildades pudiesse.

Et desque el rey fué vestido et calçado, mandó al infante quel' fiziese traer el caballo. Et él preguntóle cuál caballo quería, et con cuál siella, et con cuál freno, et con cuál espada, et por todas las cosas que era menester paral cabalgar, et quién quería que cabalgasse con él, et assí por todo cuanto cumplía. Et desque todo lo fizo, non preguntó por ello más de una vez, tráxolo et aguisólo como el rey lo había mandado.

Et desque todo fué fecho, dixo el rey que non quería cabalgar, mas que cabalgasse él et quel' contasse lo que viesse. Et el infante cabalgó et fueron con él todos como fizieron con los otros sus hermanos; mas él ni ninguno de sus hermanos, nin home del mundo, non sabíe nada de la razón por que el rey fazía esto.

Et desque el infante cabalgó, mandó quel' mostrassen toda la villa de dentro, et las calles, et dó tenía el rey sus tesoros, et cuántas podían seer las mezquitas, et toda la nobleza de la villa de dentro et las gentes que y moraban. Et después salió fuera et mandó que saliessen allá todos los homnes de armas, de caballo et de pie, et mandóles que trabajassen et le mostrassen todos los juegos de armas et de trebejos, et vío los muros, et las torres, et las fortalezas de la villa. Et desque lo hobo visto, tornóse paral rey su padre.

Et cuando tornó era ya muy tarde. Et el rey le preguntó de las cosas que había visto. Et el infante le dixo: que si a él non pesasse, que él diría lo quel' parescía de lo que había visto. Et él le mandó, so pena de su bendición, quel' dixiesse lo quel' parescía. Et el infante le dixo: que comoquier que él era muy buen rey, quel' paresçía que non era tan bueno como debía, ca si lo fuesse, pues había tan buena gente et tanta, et tan grand poder et tan grand haber, que si por él non fincasse, que todo el mundo debía ser suyo.

E al rey plogo mucho deste denuesto que el infante le dixo.

Et cuando vino el plazo a que había de dar respuesta a los de la tierra, díxoles que aquel fijo les daba por rey.

Et esto fizo por las señales que vío en los otros et las que vío en éste. Et comoquier que más quisiera cualquier de los otros para rey, non tovo por aguisado de lo fazer por lo que vío en los unos et en el otro.

Et vos, señor conde, si queredes saber cuál moço será mejor, parat mientes a estas tales cosas, et assí podredes entender algo et por aventura lo más de lo que ha de ser a los moços.

E al conde plogo mucho de lo que Patronio le dixo.

Et porque don Johán tovo este por buen exiemplo, fízolo escribir en este libro et fizo estos viessos, que dicen assí:

Por obras et maneras podrás conoscer
a los moços cuales deben lo más seer.

ENXEMPLO XXV

*De lo que contesció al conde de Provencia, cómo fué librado de la prisión por el consejo que le dió Saladín**

El conde Lucanor fablaba una vez con Patronio, su consejero, en esta manera:

–Patronio, un mio vasallo dixo el otro día que quería casar una su parienta, et que assí como él era tenudo de me consejar lo mejor que él pudiesse, que me pidía por merced quel' consejasse en esto lo que entendía que era más su pro, et díxome todos los casamientos quel' traían. Et porque éste es homne que yo querría que lo acertasse muy bien, et yo sé que vos sabedes mucho de tales cosas, ruégovos que me digades lo que entendedes en esto por quel' yo pueda dar tal consejo que se falle él bien dello.

–Señor conde Lucanor –dixo Patronio–, para que podades bien consejar a todo homne que haya de casar su parienta, plazerme hía mucho que sopiéssedes lo que contesció al conde de Provencia con Saladín, que era soldán de Babilonia.

E el conde Lucanor le rogó quel' dixiesse cómo fuera aquello.

–Señor conde Lucanor –dixo Patronio–, un conde hobo en Provencia que fué muy buen homne et deseaba mucho fazer en guisa porquel' hobiesse Dios merced al alma et ganasse la gloria del paraíso, faziendo tales obras que fuessen

---

* Cuento llevado al drama por Lope de Vega y luego por Calderón (*La pobreza estimada*).

a grand su honra et del su estado. Et para que esto pudiesse complir, tomó muy grant gente consigo, et muy bien aguisada, et fuése para la Tierra Sancta de Ultramar, poniendo en su coraçón que, por quequier que le pudiesse acaescer, que siempre sería homne de buena ventura, pues le vinía estando él derechamente en servicio de Dios. Et porque los juicios de Dios son muy maravillosos et muy ascondidos, et Nuestro Señor tiene por bien de tentar muchas vezes a los sus amigos, pero si aquella tentación saben sofrir, siempre Nuestro Señor guisa que torne el pleito a honra et a pro de aquel a quien tienta; et por esta razón tovo Nuestro Señor por bien de temptar al conde de Provencia et consentió que fuesse preso en poder del Soldán.

Et comoquier que estaba preso, sabiendo Saladín la su grant bondat del conde, fazíale mucho bien et mucha honra, et todos los grandes fechos que había de fazer, todos los fazía por su consejo. Et tan bien le consejaba el conde et tanto fiaba el Soldán que, comoquier que estaba preso, que tan grand logar et tan grand poder había, et tanto fazían por él en toda la tierra de Saladín como farían en la suya misma.

E cuando el conde se partió de su tierra, dexó una fija muy pequeñuela. Et el conde estudo tan grand tiempo en la prisión que era ya su fija en tiempo para casar; et la condesa su muger et sus parientes enviaron dezir al conde cuántos fijos de reys et otros grandes homnes la demandaban por casamiento.

Et un día cuando Saladín vino a fablar con el conde, desque hobieron acordado aquello por que Saladín allí viniera, habló con él el conde en esta manera:

–Señor, vos me fazedes a mí tanta merced et tanta honra et fiades tanto de mí que me ternía por muy buena ventura si vos lo podiesse servir. Et pues vos, señor, tenedes por bien que vos conseje yo en todas las cosas que vos acaescen, atreviéndome a la vuestra merced et fiando del vuestro entendimiento, pídovos por merced que me consejedes en una cosa que me acaesció.

E el Soldán gradesció esto mucho al conde, et díxol' quel' consejaría muy de grado, et aún quel' ayudaría muy de buena mente en quequiera quel' cumpliesse.

E entonce le dixo el conde de los casamientos quel' movían para aquella su fija et pidiól' por merced quel' consejasse con quién la casaría.

Et Saladín respondió assí:

–Conde, yo sé que tal es el vuestro entendimiento, que en pocas palabras que vos homne diga entendredes todo el fecho. Et por ende vos quiero consejar en este pleito segund lo que yo entiendo. Yo non conosco todos estos que demandan vuestra fija, qué linaje o qué poder han, o cuáles son en los sus cuerpos o cuánta vezindat han convusco, o qué mejoría han los unos de los otros, et por ende non vos puedo en esto consejar ciertamente; mas el mio consejo es éste: que casedes vuestra fija con homne.

E el conde ge lo tovo en merced et entendió muy bien lo que aquello quería dezir. Et envió el conde dezir a la condesa su muger, et a sus parientes, el consejo que el Soldán le diera, et que sopiessen de cuantos homnes fijosdalgos había en todas sus comarcas, de qué maneras et de qué costumbres et cuáles eran en los sus cuerpos, et que non catassen por su riqueza nin por su poder, mas quel' enviassen por escripto dezir qué tales eran en sí los fijos de los reyes et de los grandes señores que la demandaban et qué tales eran los otros homnes fijosdalgos que eran en las comarcas.

Et la condesa et los parientes del conde se maravillaron desto mucho, pero fizieron lo quel conde les envió mandar, et posieron por escrito todas las maneras et costumbres buenas et contrarias que habían todos los que demandaban la fija del conde et todas las otras condiciones que eran en ellos. Et otrossí, escribieron cuáles eran en sí los otros homnes fijosdalgos que eran en las comarcas, et enviáronlo todo contar al conde.

Et desque el conde vío este escrito, mostrólo al Soldán; et desque Saladín lo vío, comoquier que todos eran muy buenos, falló en todos los fijos de los reyes et de los grandes señores en cada uno algunas tachas en seer mal acostumbrados en comer o en beber, o en seer sañudos, o apartadizos, o de mal recebimiento a las gentes et pagarse de malas compañas, o embargados de su palabra, o alguna otra tacha de muchas que los homnes pueden haber. Et falló que un fijo de un rico homne que non era de muy grand poder, que segund lo que parescía dél en aquel escripto, que era el mejor homne et el más complido, et más sin ninguna mala tacha de que él nunca oyera fablar. Et desque esto oyó el Soldán consejó al conde que casasse su fija con aquel homne, ca entendió que, comoquier que aquellos otros eran más honrados et más fijosdalgos, que mejor casamiento era aquel et mejor casaba el conde su fija con aquél que con ninguno de los otros en que hobiesse una mala tacha, cuanto más si hobiesse muchas, et tovo que más de preciar era el homne por las sus obras que non por su riqueza nin por nobleza de su linaje.

E el conde envió mandar a la condesa et a sus parientes que casassen su fija con aquel que Saladín le mandara. Et comoquier que se maravillaron mucho ende, enviaron por aquel fijo de aquel rico homne et dixiéronle lo quel conde les envió mandar. Et él respondió que bien entendía que el conde era más fijodalgo, et más rico, et más honrado que él, pero que si él tan grand poder hobiese, que bien tenía que toda muger sería bien casada con él, et que esto que fablaban con él, si lo dizían por non lo fazer, que tenía que le fazían muy grand tuerto et quel' querían perder de balde. Et ellos dixieron que lo querían fazer en toda guisa, et contáronle la razón en cómo el Soldán consejara al conde quel' diesse su fija ante que a ninguno de los fijos de los reyes nin de los otros grandes señores, señaladamente porquel' escogiera por home. E desque él esto oyó entendió que fablaban verdaderamente en el casamiento et tovo que, pues Saladín lo escogiera por homne, et le fiziera allegar tan grand honra, que non sería él home sin non fiziesse en este fecho lo que pertenescía.

E dixo luego a la condesa et a los parientes del conde que si ellos querían que creyesse él que ge lo dizían verdaderamente, quel' apoderassen luego de todo el condado et de todas las rentas, pero non los dixo ninguna cosa de lo que él había pensado de fazer. E a ellos plugo de lo que él les dizía et apoderáronle luego de todo. E él tomó muy grand haber, et en grant poridat armó pieça de galeas et tovo muy grand haber guardado. Et desque esto fué fecho mandó guisar sus bodas para un día señalado.

Et desque las bodas fueron fechas muy ricas et muy honradas, en la noche, cuando se hobo de ir para su casa do estaba su muger, ante que se echassen en la cama, llamó a la condesa et a sus parientes et díxoles en grant poridat que bien sabíen que el conde le escogiera entre otros muy mejores que él, et que lo fiziera porque el Soldán le consejara que casasse su fija con homne, et pues el Soldán et el conde tanta honra le fizieran e lo escogieran por home, que tenía él que non era home si non fiziesse en esto lo que pertenescía; et que se quería ir et que les dexaba aquella donzella con qui él había de casar, et el condado, que él fiaba por Dios que él le enderecería por que entendiessen las gentes que fazía fecho de homne.

Et luego que esto hobo dicho, cabalgó et fuése en buena ventura. Et endereçó al regno de Armenia, et moró y tanto tiempo fasta que sopo muy bien el lenguaje en todas las maneras de la tierra. Et sopo cómo Saladín era muy caçador.

Et él tomó muchas buenas aves, et muchos buenos canes, et fuése para Saladín, et partió aquellas sus galeas et puso una en cada puerto, et mandóles que nunca se partiessen dende fasta quél ge lo mandasse.

Et desque él llegó al Soldán, fué muy bien recebido, pero non le besó la mano nin le fizo ninguna reverencia de las que homne debe fazer a su señor. Et Saladín mandól' dar todo lo que hobo mester, et él gradesciógelo mucho, mas non quiso tomar dél ninguna cosa et díxole que non viniera tomar nada dél; mas, por cuanto bien oyera dezir dél, que si él por bien toviesse, que quería vevir algún tiempo en la su casa por aprender alguna cosa de cuanto bien había en él et en las sus gentes; et porque sabía que el Soldán era muy caçador, que le traía muchas aves et muy buenas, et muchos canes, et si la su merced fuesse que tomasse ende lo que quisiesse, et con lo quel' fincaría a él, que mandaría con él a caça et le faría cuanto servicio pudiesse en aquello et en ál. E esto le gradesció mucho Saladín, et tomó lo que tovo por bien de lo que él traía, mas por ninguna guisa nunca pudo guisar que el otro tomasse dél ninguna cosa, nin le dixiesse ninguna cosa de su fazienda, nin hobiesse entrellos cosa por que él tomasse ninguna carga de Saladín por que fuesse tenido de lo guardar. Et assí andido en su casa un grand tiempo.

Et como Dios acarrea cuando su voluntad es las cosas que Él quiere, guisó que alcançaron los falcones a unas grúas. Et fueron matar la una de las grúas a un puerto de la mar do estaba la una de las galeas que el yerno del conde y pusiera. Et el Soldán que iba en muy buen caballo et él en otro alongáronse tanto de las gentes que ninguno dellos non vío por do iban. Et cuando Saladín llegó do los falcones estaban con la grúa, descendió mucho aína por los acorrer. Et el yerno del conde que vinía con él, de quel' vío en tierra, llamó a los de la galea.

Et el Soldán, que non paraba mientes sinon por cebar

sus falcones, cuando vío la gente de la galea en derredor de sí, fué muy espantado. E el yerno del conde metió mano a la espada et dió a entender quel' quería ferir con ella. Et cuando Saladín esto vío, començóse a quexar mucho diziendo que esto era muy grand traición. Et el yerno del conde le dixo que non lo mandasse Dios, que bien sabía él que nunca le tomara por señor, nin quisiera tomar nada de lo suyo, nin tomar dél ningún encargo por que hobiesse razón de lo guardar, más que sopiesse que Saladín había fecho todo aquello.

Et desque esto hobo dicho, tomólo et metiólo en la galea, et de que lo tovo dentro, contól' cómo él era el yerno del conde, et que era aquél que él escogiera, entre otros mejores que él, por homne, et pues él por homne lo escogiera, que bien entendía que non fuera él homne si esto non fiziera; et quel' pidía por merced quel' diesse su suegro, por que entendiesse que el consejo que él le diera, que era bueno et verdadero, et que se fallaba bien dél.

E cuando Saladín esto oyó, gradesció mucho a Dios, et plógol' más porque acertó en el su consejo que sil' hobiera acaescido otra pro o otra honra por grande que fuesse. Et dixo al yerno del conde que ge lo daría muy de buena mente.

Et el yerno del conde fió en el Soldán, et sacólo de la galea et fuése con él. Et mandó a los de la galea que se alongassen del puerto tanto que non los pudiessen veer ningunos que y llegassen.

Et el Soldán et el yerno del conde cebaron muy bien sus falcones. Et cuando las gentes y llegaron, fallaron a Saladín mucho alegre. Et nunca dixo a homne del mundo nada de cuanto le había contescido.

Et desque llegaron a la villa, fué luego descender a la casa do estaba el conde preso et levó consigo al yerno del conde. Et desque vío al conde, començól' a dezir con muy grand alegría:

–Conde, mucho gradesco a Dios por la merced que me fizo en acertar tan bien como acerté en el consejo que vos di en el casamiento de vuestra fija. Evad aquí vuestro yerno que vos ha sacado de prisión.

E entonces le contó todo lo que su yerno había fecho, e la lealtad et el grand esfuerço que fiziera en lo prender et en fiar luego en él.

Et el Soldán, et el conde, et cuantos esto sopieron, loaron mucho el entendimiento et el esfuerço et la lealtad del yerno del conde, et gradescieron mucho a Dios porque quiso guisar de lo traer a tan buen acabamiento.

E entonce dió el Soldán muchos dones et muy ricos al conde et a su yerno; et por el enojo que el conde tomara en la prisión, dióľ dobladas todas las rentas que el conde pudiera levar de su tierra en cuanto estudo en la prisión, et envióľ muy rico et muy bienandante para su tierra.

Et todo este bien vino al conde por el buen consejo que el Soldán le dió, que casasse su fija con homne.

Et vos, señor conde Lucanor, pues habedes a consejar aquel vuestro vassallo en razón de casamiento de aquella su parienta, consejadle: que la principal cosa que cate en el casamiento, que sea, aquel con quien la hobiere de casar, buen homne en sí; ca si esto non fuere, por honra, nin por riqueza, nin por fidalguía que haya, nunca puede ser bien casada. Et debedes saber que el homne con bondad acrescenta la honra, et alça su linaje et acrescenta las riquezas. Et por seer muy fidalgo e muy rico, si bueno non fuere, todo sería mucho aína perdido. Et desto vos podría dar muchas fazañas de muchos homnes de grand guisa que les dexaron sus padres muy ricos et mucho honrados, et pues non fueron tan buenos como debían, fué en ellos perdido el linaje et la riqueza, et otros de grand guisa et de pequeña que por la grant bondad que hobieron en sí acrescentaron mucho en sus honras et en sus faziendas en guisa que fueron muy más loados et más preciados por lo que ellos fizieron et por lo que ganaron que aun por todo su linaje. E assí entendet que todo el pro et todo el daño nasce et viene de cual el homne es en sí, de cualquier estado que sea. Et por ende la primera cosa que se debe catar en el casamiento es cuáles maneras, et cuáles costumbres, et cuál entendimiento, et cuáles obras ha en sí el homne o la muger que ha de casar, et esto seyendo primero catado, dende en adelante, cuanto el linaje es más alto, et la riqueza mayor, et la apostura más complida et la vezindat más acerca et más aprovechosa, tanto es el casamiento mejor.

E al conde plogo mucho destas razones que Patronio le dixo, et tovo que era verdat todo assí como él le dezía.

Et veyendo don Johán que este exiemplo era muy bueno, fízolo escribir en este libro et fizo estos viessos que dizen assí:

Qui homne es, faz todos los provechos:
qui non lo es, mengua todos los fechos.

ENXEMPLO XXVI

De lo que contesció al árbol de la Mentira

Un día fablaba el conde Lucanor con Patronio, su consejero, et díxole assí:

–Patronio, sabet que estó en muy grand quexa et en grand roído con unos homes que me non aman mucho; et estos homes son tan revoltosos et tan mintrosos, que nunca otra cosa fazen sinon mentir a mí et a todos los otros con quien han de fazer o de librar alguna cosa. Et las mentiras que dizen sábenlas tan bien apostar, et aprovéchanse tanto dellas, que me traen a muy grand daño, et ellos apodéranse mucho et han las gentes muy fieramente contra mí; et aun creed que si yo quisiesse obrar por aquella manera, que por aventura lo sabría fazer tan bien como ellos; mas, porque yo sé que la mentira es de mala manera, nunca me pagué della. Et agora, por el buen entendimiento que vos habedes, ruégovos que me consejedes qué manera tome con estos homnes.

–Señor conde Lucanor –dixo Patronio–, para que vos fagades en esto lo mejor et más a vuestra pro, plazerme hía mucho que sopiéssedes lo que contesció a la Verdat e a la Mentira.

E el conde le rogó quel' dixiesse cómo fuera aquello.

–Señor conde Lucanor –dixo Patronio–, la Mentira et la Verdat fizieron su compañía en uno, et de que hobieron estado assí un tiempo, la Mentira, que es acuciosa, dixo a la Verdat que sería bien que pusiessen un árbol de que hobiessen fructa et pudiessen estar a la su sombra cuando fiziesse calentura. Et la Verdat, como es cosa llana et de buen talante, dixo quel' plazía.

Et de que el árbol fue puesto et començó a nascer, dixo la Mentira a la Verdat que tomasse cada una dellas su parte de aquel árbol. Et a la Verdad plógol' con esto. Et la Mentira, dándol' a entender con razones coloradas et apuestas que la raíz del árbol es la cosa que da la vida et la mantenencia al árbol, et que es mejor cosa et más aprovechosa, consejó la Mentira a la Verdat que tomasse las raíces del árbol que están so tierra, et ella que se aventuraría a tomar aquellas ramiellas que habían de salir et están sobre tierra, comoquier que era muy grand peligro, porque estaba a ventura de tajarlo o follarlo los homnes o roerlo las bestias o tajarlo las aves con las manos et con los picos o secarle la grant calentura o quemarle el grant hielo, et que de todos estos periglos non había a sufrir ningunos la raíz.

Et cuando la Verdat oyó todas estas razones, porque non hay en ella muchas maestrías et es cosa de grant fiança et de grand creencia, fióse en la Mentira su compañera, et creó que era verdat lo quel' dizía et tovo que la Mentira le consejaba que tomasse muy buena parte, et tomó la raíz del árbol et fué con aquella parte muy pagada. Et cuando la Mentira esto hobo acabado, fué mucho alegre por el engaño que había fecho a su compañera diziéndol' mentiras fermosas et apostadas.

E la Verdat metióse so tierra para vevir do estaban las raízes, que eran la su parte, et la Mentira fincó sobre la tierra do viven los homnes et andan las gentes et todas las otras cosas. Et como es ella muy falaguera, en poco tiempo fueron todos muy pagados della. Et el su árbol començó a crescer et a echar muy grandes ramos et muy anchas fojas que fazían muy fermosa sombra, et parescieron en él muy apuestas flores de muy fermosas colores et muy pagaderas a parescencia.

Et desque las gentes vieron aquel árbol tan fermoso,

ayuntábanse muy de buena mente a estar cabo dél, et pagábanse mucho de la su sombra et de las sus flores tan bien coloradas, et estaban y siempre las más de las gentes, et aun los que se fallaban por los otros logares dizían los unos a los otros que, si querían estar viciosos et alegres, que fuessen estar a la sombra del árbol de la Mentira.

Et cuando las gentes eran ayuntadas so aquel árbol, como la Mentira es muy falaguera et de grand sabiduría, fazía muchos plazeres a las gentes et amostrábales de su sabiduría: et las gentes pagábanse de aprender de aquella su arte mucho. Et por esta manera tiró a sí todas las más gentes del mundo, ca mostraba a los unos mentiras sencellas, et a los otros más sotiles mentiras dobladas, et a otros muy más sabios mentiras trebles.

Et debedes saber que la mentira senciella es cuando un homne dize a otro: «don Fulano, yo faré tal cosa por vos» et él miente de aquello quel' dize. Et la mentira doble es cuando faze juras et homenages et rehenes et da otros por sí que fagan todos aquellos pleitos, et en faziendo estos seguramientos, ha él ya pensado et sabe manera como todo esto tornará en mentira et en engaño. Mas la mentira treble, que es mortalmente engañosa, es la quel' miente et le engaña diziéndol' verdat.

Et desta sabiduría tal había tanta en la Mentira, et sabíala tan bien mostrar a los que se pagaban de estar a la sombra del su árbol, que les fazía acabar por aquella sabiduría lo más de las cosas que ellos querían, et non fallaban ningún homne que aquella arte non sopiesse, que ellos non le troxiessen a fazer toda su voluntad, lo uno por la fermosura del árbol et lo ál con la gran arte que de la Mentira aprendían. E deseaban mucho las gentes estar a aquella sombra et aprender lo que la Mentira les amostraba.

E la Mentira estaba mucho honrada et muy preciada et

mucho acompañada de las gentes, et el que menos se llegaba a ella et menos sabía de la su arte, menos le preciaban todos et aun él mismo se preciaba menos.

Et estando la Mentira tan bienandante, la lazdrada et despreciada de la Verdat estaba ascondida so tierra, et homne del mundo non sabía della parte, nin se pagaba della, nin la quería buscar. Et ella, veyendo que non le había fincado cosa en que se pudiesse mantener sinon aquellas raízes del árbol que eran su parte, la cual le consejara tomar la Mentira con mengua de otra vianda, hóbose a tornar a roer et a tajar et a gobernarse de las raízes del árbol de la Mentira. Et como-quier que el árbol tenía muy buenas ramas et muy anchas fojas que fazían muy grand sombra et muchas flores de muy apuestas colores ante que pudiessen levar fructo, fueron tajadas todas sus raízes, ca las hobo a comer la Verdat, pues non había ál de que se gobernar.

Et desque las raízes del árbol de la Mentira fueron todas tajadas, et estando la Mentira a la sombra del su árbol con todas las gentes que aprendían de la su arte, vino un viento et dió en el árbol, et porque las sus raízes eran todas tajadas, fué muy ligero de derribar et cayó sobre la Mentira et quebrantóla de muy mala manera, et todos los que estaban aprendiendo de la su arte fueron todos muertos et muy mal feridos et fincados muy malandantes.

Et por el lugar do estaba el tronco del árbol salió la Verdat que estaba escondida, et cuando fué sobre la tierra falló que la Mentira et todos los que a ella se allegaron eran muy malandantes et se fallaron muy mal de cuanto aprendieron et usaron del arte que aprendieron de la Mentira.

Et vos, señor conde Lucanor, parat mientes que la mentira ha muy grandes ramos, et las sus flores que son los sus dichos et los sus pensamientos et los sus falagos, son muy plazenteras, et páganse mucho dellas las gentes, pero todo es sombra et nunca llega a buen fructo. E por ende, si aquellos vuestros contrarios usan de las sabidurías et de los engaños de la mentira, guardatvos dellos cuanto pudierdes et non querades seer su compaño en aquella arte nin hayades envidia de la su buena andança que han por usar del arte de la mentira, ca cierto seed que poco les durará, et non pueden haber buena fin, et cuando cuidaren seer más bien andantes, estonce les fallescerá assí como fallesció el árbol de la Mentira a los que cuidaban estar muy bienandantes a su sombra; mas aunque la verdat sea menospreciada abraçatvos bien con ella et preciadla mucho, ca cierto seed que por ella seredes bienandante et habredes buen acabamiento et ganaredes la gracia de Dios por que vos dé en este mundo bien et mucha honra paral cuerpo et salvamiento paral alma en el otro.

E al conde plogo mucho deste consejo que Patronio le dió et fízolo assí et fallóse ende bien.

Et entendiendo don Johán que este exiemplo era muy bueno, fízolo escribir en este libro et fizo estos viessos que dizen assí:

Seguid verdat por la mentira foír,
ca su mal cresce quien usa de mentir.

ENXEMPLO XXVII

De lo que contesció a un Emperador et a don Alvarháñez Minaya con sus mugeres

Fablaba el conde Lucanor con Patronio, su consejero, un día, et díxole assí:

–Patronio, dos hermanos que yo he son casados entramos et viven cada uno dellos muy desvariadamente el uno del otro, ca el uno ama tanto aquella dueña con qui es casado, que a vez podemos guisar con él que se parta un día del lugar onde ella es, et non faz cosa del mundo sinon lo que ella quiere et si ante non ge lo pregunta. Et el otro, en ninguna guisa non podemos con él que un día la quiera veer de los ojos ni entrar en casa do ella sea. Et porque yo he grand pesar desto, ruégovos que me digades alguna manera por que podamos y poner consejo.

–Señor conde Lucanor –dixo Patronio–, segund esto que vos dezides, entramos vuestros hermanos andan muy errados en sus faziendas; ca el uno nin el otro non debían mostrar tan grand amor nin tan grand desamor como muestran a aquellas dueñas con qui ellos son casados; mas, comoquier que ellos yerran, por aventura es por las maneras que han aquellas sus mugeres: et por ende querría que sopiéssedes lo que contesció al Emperador Fadrique et a don Alvarfáñez Minaya con sus mugeres.

E el conde le preguntó cómo fuera aquello.

–Señor conde Lucanor –dixo Patronio–, porque estos exiemplos son dos et non vos los podría entramos dezir en uno, contarvos he primero lo que contesció al Emperador

Fradrique, et después contarvos he lo que contesció a don Alvarfáñez.

–Señor conde, el Emperador Fradrique casó con una donzella de muy alta sangre segund le pertenescía; mas de tanto non le acaesció bien, que non sopo ante que casasse con aquéllas las maneras que había.

Et después que fueron casados, comoquier que ella era muy buena dueña et muy guardada en el su cuerpo, començó a seer la más brava, et la más fuerte, et la más revesada cosa del mundo: assí que, si el Emperador quería comer, ella dizía que quería ayunar, et si el Emperador quería dormir, queríese ella levantar, et si el Emperador queríe bien a alguno, luego ella lo desamaba. ¿Qué vos diré más? Todas las cosas del mundo en que el Emperador tomaba plazer, en todas daba ella entender que tomaba pesar, et de todo lo que el Emperador fazía, de todo fazía ella el contrario siempre.

Et desque el Emperador sufrió esto un tiempo, et vío que por ninguna guisa non la podía sacar desta entención por cosa que él nin otros le dixiessen, nin por ruegos, nin por amenazas, nin por buen talante, nin por malo quel' mostrasse, et vío que el pesar et la vida enojosa que había de sofrir quel' era tan grand daño para la su fazienda et para las sus gentes que non podía y poner consejo, et de que esto vío, fuése paral Papa et contól' la su fazienda, tan bien de la vida que passaba como del grand daño que vinía a él et a toda la tierra por las maneras que había la Emperatriz: et quisiera muy de grado, si podría seer, que los partiesse el Papa. Mas vío que segund la ley de los cristianos non se podían partir, et otrossí que en ninguna manera non podían vevir en uno por las malas maneras que la Emperatriz había, et sabía el Papa que esto era assí.

Et desque otro cobro no podieron fallar, dixo el Papa al Emperador: que este fecho, que lo acomendaba él al entendimiento et a la sotileza del Emperador, ca él non podía dar penitencia ante que el pecado fuesse fecho.

Et el Emperador partióse del Papa et fuése para su casa, et trabajó por cuantas maneras pudo, por falagos, et por amenazas, et por consejos, et por desengaños, et por cuantas maneras él et todos los que con él vivían pudieron asmar para la sacar de aquella mala entención, mas todo esto non tovo y pro, que cuanto más le dizían que se partiesse de aquella manera, tanto más fazía ella cada día todo lo revesado.

Et de que el Emperador vío que por ninguna guisa esto non se podía endereçar, díxol' un día: que él quería ir a la caça de los ciervos et que llevaría una partida de aquella hierba que ponen en las saetas con que matan los ciervos, et que dexaría lo ál para otra vegada, cuando quisiesse ir a caça, et que se guardasse que por cosa del mundo non pusiere de aquella hierba en sarna, nin en postiella, nin en lugar donde saliesse sangre; ca aquella hierba era tan fuerte que non había en el mundo cosa viva que non matasse. Et tomó de otro ungüento muy bueno et muy aprovechoso para cualquier llaga et el Emperador untóse con él antella en algunos lugares que non estaban sanos. Et ella et cuantos y estaban vieron que guarescía luego con ello. Et díxole que, si le fuesse mester, que de aquel pusiesse en cualquier llaga que hobiesse. Et esto le dixo ante pieça de homes et de mugeres. Et de que esto hobo dicho, tomó aquella hierba que había menester para matar los ciervos et fuése a su caça assí como había dicho.

Et luego que el Emperador fue ido, comenzó ella a ensañarse et a embravescer et començó a dezir:

—¡Veed el falso del Emperador, lo que me fué dezir! Porque él sabe que la sarna que yo he non es de tal manera como la suya, díxome que me untanse con aquel ungüento que se él untó, porque sabe que non podría guarescer con él, mas de aquel otro ungüento bueno con que él sabe que guarescería, dixo que non tomasse dél en guisa ninguna; mas por le fazer pesar yo me untaré con él et cuando él viniere fallarme ha sana. Et so cierto que en ninguna cosa non le podría fazer mayor pesar, et por esto lo faré.

E los caballeros et las dueñas que con ella estaban trabaron mucho con ella que lo non fiziesse, et començáronle a pedir merced muy fieramente llorando que se guardasse de lo fazer, ca cierta fuesse, si lo fiziesse, que luego sería muerta.

Et por todo esto non lo quiso dexar. Et tomó la hierba et untó con ella las llagas. Et a poco rato començól' a tomar la rabia de la muerte, et ella repintiérase si pudiera, mas ya non era tiempo en que se pudiesse fazer. Et murió por la manera que había porfiosa et a su daño.

Mas a don Alvarháñez contesció al contrario desto, et por que lo sepades todo como fué, contarvos he cómo acaesció:

Don Alvarháñez era muy buen homne et muy honrado, et pobló a Íxcar, et moraba y. Et el conde don Pero Ansúrez pobló a Cuéllar et moraba en ella. Et el conde don Pero Ansúrez había tres fijas.

Et un día, estando sin sospecha ninguna, entró don Alvarháñez por la puerta: et al conde don Pero Ansúrez plogo mucho con él. Et desque hobieron comido preguntól' que por qué vinía tan sin sospecha. Et don Alvarháñez díxol': que vinía por demandar una de sus fijas para con que casasse, mas que quería que ge las mostrasse todas tres et quel' dexasse fablar con cada una dellas et después que escogería cuál quisiesse. Et el conde, veyendo quel' fazía Dios mucho bien en ello, dixo quel' plazía mucho fazer cuanto don Alvarháñez le dizía.

Et don Alvarháñez apartóse con la fija mayor et díxol' que si a ella ploguiesse, que quería casar con ella, pero, ante que fablassen más en el pleito, quel' quería contar algo de su fazienda, e que sopiesse lo primero que él non era muy mancebo et que por las muchas heridas que hobiera en las lides en que se acertara, quel' enflaquesciera tanto la cabeça, que por poco vino que bibiese, quel' fazíe perder luego el entendimiento; et de que estaba fuera de su seso que se assañaba tan fuerte que non cataba lo que dizía; et que a las vegadas firía a los homes en tal guisa que se repentía mucho después que tornaba a su entendimiento; et aún, cuando se echaba a dormir, desque yazía en la cama, que fazía y muchas cosas que non empescería nin migaja si más limpias fuessen. Et destas cossas le dixo tantas que toda muger quel' entendimiento non hobiesse muy maduro se podría tener dél por non muy bien casada.

Et de que esto lo hobo dicho, respondiól' la fija del conde: que este casamiento non estaba en ella sinon en su padre et en su madre.

Et con tanto, partióse de don Alvarháñez et fuése para su padre.

Et de que el padre et la madre le preguntaron qué era su voluntad de fazer, e porque ella non fué de muy buen entendimiento como lo era mester, dixo a su padre et a su madre que tales cosas le dixiera don Alvarháñez, que ante quería seer muerta que casar con él.

Et el conde non le quiso dezir esto a don Alvarháñez, mas díxol' que su fija que non había entonce voluntad de casar.

Et fabló don Alvarháñez con la fija mediana: et passaron entre él et ella las razones bien assí como con el hermana mayor.

Et después fabló con la hermana menor e díxol' todas aquellas cosas que dixiera a las otras sus hermanas.

Et ella respondiól': que gradescía mucho a Dios que don Alvarháñez quería casar con ella, et en lo quél dizía, quel' fazía mal el vino, que si por aventura le cumpliesse por alguna cosa de estar apartado de las gentes por aquello quel' dizía o por ál, que ella lo encubriría mejor que ninguna otra persona del mundo; et a lo que dizía que él era viejo, que cuanto por esto non partiría ella el casamiento, que cumplíale a ella del casamiento el bien et la honra que había de ser casada con don Alvarháñez; et de lo que dizía que era muy sañudo et que firía a las gentes, que cuanto por esto, non fazía fuerça, ca nunca ella le faría por qué la firiesse, et si lo fiziesse, que lo sabría muy bien sofrir.

Et a todas las cosas que don Alvarháñez le dixo, a todas le sopo tan bien responder, que don Alvarháñez fué muy pagado, et gradesció mucho a Dios porque fallara muger de tan buen entendimiento.

Et dixo al conde don Pero Ansúrez que con aquella quería casar: e al conde plogo mucho ende. Et fizieron ende sus bodas luego. E fuése con su muger luego en buena ventura. E esta dueña había nombre doña Vascuñana.

Et después que don Alvarháñez llevó a su muger a su casa, fué ella tan buena dueña et tan cuerda, que don Alvarháñez se tovo por bien casado della et tenía por razón que se fiziesse todo lo que ella querié.

Et esto fazía él por dos razones: la primera, porque fizo Dios a ella tanto bien, que tanto amaba a don Alvarháñez et tanto preciaba el su entendimiento, que todo lo que don Alvarháñez dizía et fazía, que todo tenía ella verdaderamente que era lo mejor; et plazíale mucho de cuanto dizía et de cuanto fazía, et nunca en toda su vida contralló cossa que entendiesse que a él plazía. Et non entendades que fazía esto por le lisonjar, nin por le falagar, mas fazíalo porque verdaderamente creía et era su entención que todo lo que don Alvarháñez quería, et dizía, et fazía, que en ninguna guisa non podría ser yerro, nin lo podría otro ninguno mejorar. Et lo uno por esto, que era el mayor bien que podría seer, et lo ál porque ella era de tan buen entendimiento et de tan buenas obras que siempre acertaba en lo mejor; et por estas cosas amábala et preciábala tanto don Alvarháñez, que tenía por razón de fazer todo lo que ella queríe, ca siempre ella quería et le consejaba lo que era su pro et su honra. Et nunca tovo mientes por talante, nin por voluntad, que hobiesse de ninguna cosa que fiziesse don Alvarháñez sinon lo que a él más le pertenescía et que era más su honra et su pro.

Et acaesció que una vez, seyendo don Alvarháñez en su casa, que vino a él un su sobrino que vivía en casa del rey, et plógol' mucho a don Alvarháñez con él. Et desque hobo morado con don Alvarháñez algunos días, díxol' un día: que era muy buen homne et muy complido et que non podía poner en él ninguna tacha sinon una. Et don Alvarháñez preguntó cuál era. Et el sobrino díxol' que non fallaba tacha quel' poner sinon que fazía mucho por su muger et la apoderaba mucho en toda su fazienda. Et don Alvarháñez respondiól' que a esto, que dende a pocos días le daría ende la respuesta.

Et ante que don Alvarháñez viesse a doña Vascuñana, cabalgó e fuése a otro lugar et andudo allá algunos días et levó allá aquel su sobrino consigo. Et después envió por doña Vascuñana, et guisó assí don Alvarháñez que se encontraron en el camino, pero que non fablaron ningunas razones entre sí, nin hobo tiempo que lo quisiessen fazer.

Et don Alvarháñez fuése adelante et iba con él su sobrino. Et doña Vascuñana vinía en pos dellos. Et desque hobieron andado así una pieça don Alvarháñez et su sobrino fallaron una gran pieça de vacas. Et don Alvarháñez començó a dezir:

–¿Viestes, sobrino, qué fermosas yeguas ha en nuestra tierra?

E cuando su sobrino esto oyó, maravillóse ende mucho, et cuidó que ge lo dizía por trebejo, et díxol' que cómo dizía tal cosa, que non eran sinon vacas.

Et don Alvarháñez se començó mucho de maravillar et

dezíale que recelaba que había perdido el seso, ca bien veíe que aquéllas, yeguas eran.

Et desque el sobrino vío que don Alvarháñez porfiaba tanto sobre esto, et que lo dizía a todo su seso, fincó mucho espantado et cuidó que don Alvarháñez había perdido el entendimiento.

Et don Alvarháñez estido tanto adrede en aquella porfía, fasta que asomó doña Vascuñana que vinía por el camino. Et de que don Alvarháñez la vío, dixo a su sobrino:

–Ea, don sobrino, he aquí doña Vascuñana que nos partirá nuestra contienda.

Al sobrino plugo desto mucho, et desque doña Vascuñana llegó díxol' su cuñado:

–Señora, don Alvarháñez et yo estamos en contienda, ca él dize por estas vacas que son yeguas; et yo digo que son vacas; et tanto habemos porfiado que él me tiene por loco, et yo tengo que él non está bien en su seso. Et vos, señora, departidnos agora esta contienda.

Et cuando doña Vascuñana esto vío, comoquier que ella tenía que aquéllas eran vacas, pero pues su cuñado le dixo que dizía don Alvarháñez que eran yeguas, tovo verdaderamente ella con todo su entendimiento que ellos erraban, que las non conoscían, mas que don Alvarháñez non erraría en ninguna manera en las conoscer, et pues dizía que eran yeguas, que en toda guisa del mundo que yeguas eran et non vacas.

Et començó a dezir al cuñado et a cuantos y estaban:

–Por Dios, cuñado, pésame mucho desto que dezides, et sabe Dios que quisiera que con mayor seso et con mayor pro vos viniéssedes agora de casa del rey do tanto habedes morado; ca bien veedes vos que muy grand mengua de entendimientos et de vista es tener que las yeguas son vacas.

Et començól' a mostrar, tan bien por las colores como

por las faciones, como por otras cosas muchas, que eran yeguas, et non vacas, et que era verdat lo que don Alvarháñez dizía, e que en ninguna manera el entendimiento et la palabra de don Alvarháñez que nunca podría errar. Et tanto le afirmó esto, que ya el cuñado et todos los otros començaron a dubdar que ellos erraban, et que don Alvarháñez dezía verdat, que las que ellos tenían por vacas, que eran yeguas. Et de que esto fue fecho, fuéronse don Alvarháñez et su sobrino adelante et fallaron una grand pieça de yeguas.

Et don Alvarháñez dixo a su sobrino:

–¡Aha, sobrino! Éstas son las vacas, que non las que nos dizíades ante, que dizía yo que eran yeguas.

E cuando el sobrino esto oyó, dixo a su tío:

–Por Dios, don Alvarháñez, si vos verdat dezides, el diablo me traxo a mí a esta tierra; ca ciertamente, si éstas son vacas, perdido he yo el entendimiento, ca en toda guisa del mundo éstas son yeguas et non vacas.

E don Alvarháñez començó a porfiar muy fieramente que eran vacas. Et tanto duró esta porfía fasta que llegó doña Vascuñana. Et desque ella llegó et le contaron lo que dizía don Alvarháñez et dizía su sobrino, maguer a ella parescía que el sobrino dizía verdat, non pudo creer por ninguna guisa que don Alvarháñez pudiesse errar, nin que pudiesse seer verdat ál sinon lo que él dizía. Et començó a catar razones para probar que era verdat lo que dizía don Alvarháñez, et tantas razones et tan buenas dixo, que su cuñado et todos los otros tuvieron que el su entendimiento et la su vista erraba; mas lo que don Alvarháñez dizía, que era verdat. Et aquesto fincó assí.

Et fuéronse don Alvarháñez et su sobrino adelante, et andudieron tanto, fasta que llegaron a un río en que había pieça de molinos. Et dando del agua a las bestias en el río, començó a dezir don Alvarháñez que aquel río, que corría contra la parte onde nascía, et aquellos molinos, que del otra parte les vinía el agua.

Et el sobrino de don Alvarháñez se tovo por perdido cuando esto le oyó; ca tovo que assí como errara en el conoscimiento de las vacas et de las yeguas, que assí erraba agora en cuidar que aquel río vinía al revés de como dizía don Alvarháñez. Pero porfiaron tanto sobresto fasta que doña Vascuñana llegó.

Et desquel' dixieron esta porfía en que estaba don Alvarháñez et su sobrino, pero aunque a ella paresçía que el sobrino dizía verdat, non creó al su entendimiento et tovo que era verdat lo que don Alvarháñez dizía. Et por tantas maneras sopo ayudar a la su razón, que su cuñado et cuantos la oyeron creyeron todos que aquélla era la verdat.

Et daquel día acá fincó por fazaña que si el marido dize que corre el río contra arriba, que la buena muger lo debe creer et debe dezir que es verdat.

Et desque el sobrino de don Alvarháñez vío que por todas estas razones que doña Vascuñana dizía se probaba que era verdat lo que dizía don Alvarháñez, et que erraba él en no conoscer las cosas assí como eran, tóvose por muy maltrecho, cuidando que había perdido el entendimiento.

Et de que anduvieron assí una gran pieça por el camino, et don Alvarháñez vío que su sobrino iba muy triste et en grant cuidado, díxole assí:

–Sobrino, agora vos he dado la respuesta a lo que en el otro día me dixiestes que me daban las gentes por grand tacha porque tanto fazía por doña Vascuñana, mi muger; ca bien creed que todo esto que vos et yo habemos passado hoy, todo lo fize por que entendiéssedes quién es ella, et que lo que yo por ella fago, que lo fago con razón; ca bien creed que entendía yo que las primeras vacas que nos fallamos et que dizía yo que eran yeguas, que vacas eran assí como voz dizíades. Et desque doña Vascuñana llegó et vos oyó que dizía que eran yeguas, bien cierto só que entendía que vos diziades verdat; mas, porque fiaba ella tanto en el mio entendimiento, que tien que por cosa del mundo non podría errar, tovo que vos et ella errábades en non lo conoscer como era. Et por ende dixo tantas razones et tan buenas, que fizo entender a vos et a cuantos allí estaban que lo que yo dizía era verdat; et esso mismo fizo después en lo de las yeguas et del río. Et bien vos digo en verdat que del día que comigo casó, que nunca un día le vi fazer nin dezir cosa en que yo pudiesse entender que quería nin tomaba plazer, sinon en aquello que yo quis; nin le vi tomar enojo de ninguna cosa que yo fiziesse. Et siempre tiene verdaderamente en su talante que cualquier cosa que yo faga, que aquello es lo mejor; et lo que ella ha de fazer de suyo o le yo acomiendo que faga, sábelo muy bien fazer, et siempre lo faze guardando toda mi honra et mi pro et queriendo que entiendan las gentes que yo só el señor et que la mi voluntad et la mi honra se cumpla; et non quiere para sí otra pro, nin otra fama de todo el fecho, sinon que sepan que es mi pro et tome yo plazer en ello. Et tengo que, si un moro de allende el mar esto fiziesse, quel' debía yo mucho amar et preciar et fazer mucho por el su consejo, et demás seyendo yo casado con ella et seyendo ella tal et de tal linaje de que me tengo por muy bien casado. Et agora, sobrino, vos he dado respuesta a la tacha que el otro día me dixiestes que había.

E cuando el sobrino de don Alvarháñez oyó estas razones, plógol' ende mucho, et entendió que, pues doña Vascuñana tal era et había tal entendimiento et tal entención, que fazía muy grand derecho don Alvarháñez de la amar et fiar en ella et fazer por ella cuanto fazía et aun muy más, si más fiziesse.

Et assí fueron muy contrarias la mujer del Emperador et la muger de don Alvarháñez.

Et, señor conde Lucanor, si vuestros hermanos son tan desvariados, que el uno faze todo cuanto su muger quiere et el otro todo lo contrario, por aventura, esto es que sus mugeres fazen tal vida con ellos como fazía la Emperatriz et doña Vascuñana. Et si ellas tales son, non debedes maravillaros nin poner culpa a vuestros hermanos; mas si ellas non son tan buenas nin tan revesadas como estas dos de que vos he fablado, sin dubda vuestros hermanos non podrían seer sin grand culpa; ca comoquier que aquel vuestro hermano que faze mucho por su muger faze bien, entendet que este bien, que se debe fazer con razón et non más; ca si el homne por haber grand amor a su muger quiere estar con ella tanto por que dexe de ir a los logares o a los fechos en que puede fazer su pro et su honra, faze muy grand yerro; nin si por le fazer plazer nin complir su talante dexa nada de lo que pertenesce a su estado, nin a su honra, faze muy desaguisado; mas guardando estas cosas, todo buen talante et toda fiança que el marido pueda mostrar a su muger, todo le es fazedero et todo lo debe fazer et le pertenesce muy bien que lo faga. Et otrossí, debe mucho guardar que por lo que a él mucho non cumple nin le faze grand mengua, que non le faga pesar nin enojo e señaladamente en ninguna cosa en que haya pecado, ca desto vienen muchos daños: lo uno el pecado e la maldad que homne faze, et lo ál, que por fazerle emienda o fazerle plazer por que pierda aquel enojo habrá de fazer cosas que tornarán en daño de la fazienda et de la fama. Pero el que por su fuerte ventura tal muger toviere como la del Emperador, pues que al principio non sopo o non quiso poner en ello consejo, non hay ál sinon passar por su ventura como Dios ge lo quisiere endereçar; pero sabed que para lo uno et para lo ál cumple mucho que al primero día que el homne casare dé a entender a su muger que él es el señor e la faga entender la vida que han de pasar en uno.

E vos, señor conde, al mi cuidar, parando mientes en estas tales cosas, podredes bien aconsejar a vuestros hermanos en cuál manera han de passar con sus mugeres.

E al conde plogo mucho destas cosas que Patronio le dixo, et tovo que le dizía verdat et muy buen seso.

Et porque entendió don Johán que estos dos enxemplos, que eran muy buenos, mandólos escrebir en este libro e fizo estos viessos que dizen assí:

En el comienço debe el homne mostrar
a su muger cómo tiene de passar.

ENXEMPLO XXVIII

De lo que contesció en Granada a don Lorenço Suárez Gallinato

El conde Lucanor fablaba un día con Patronio, su consejero, en esta guisa:

–Patronio, un homne vino a mí por guarescer comigo, e comoquier que yo sé que es buen homne, pero algunos dízenme que ha fechas algunas cosas desaguisadas. Et por el buen entendimiento que vos habedes, ruégovos que me consejedes lo que faga en esta razón.

–Señor conde Lucanor –dixo Patronio–, para que vos fagades en esto lo que yo cuido que vos más cumple, plazerme hía que sopiéssedes lo que acaesció a don Lorenço Suárez Gallinato.

Et el conde le preguntó cómo fuera aquello.

–Señor conde Lucanor –dixo Patronio–, don Lorenço Suárez Gallinato vivía con el rey de Granada; et vivió con él allá en su reino grant tiempo.

Et después que plogo a Dios que vino a la merced del Rey don Fernando, preguntóle el rey un día que, pues él tanto deservicio había fecho a Dios con los moros ayudándolos contra los cristianos, si cuidaba que le habría Dios merced por que non perdiesse el alma.

E don Lorenço Suárez le respondió: que nunca fiziera cosa por que cuidaba que le habría Dios merced sinon que matara una vez un clérigo de missa.

E esto tovo el Rey don Fernando por mucho estraño. E el rey le preguntó cómo podía ser esto.

E él le respondió: que viviendo él con el rey de Granada, que aquel rey, que fiaba mucho dél, e que era guarda mayor del su cuerpo. E yendo un día con el rey cabalgando por la villa, oyó ruído de homnes que daban vozes, e porque él era guarda del rey dió de las espuelas al caballo e llegó adonde fazían el ruído e falló un clérigo que estaba revestido.

E debedes saber que este mal clérigo fuera cristiano e tornárase moro.

E acaesció un día que, por fazer placer a los moros, díxoles que si ellos quisiessen, que él les daría aquel Dios en que los cristianos creían e fiaban e tenían por Dios. E los moros le rogaron que ge lo diesse. E entonces el clérigo traidor e malo fizo fazer unas vestimentas, e mandó fazer un altar, e dixo la missa, e consagró una hostia. E desque fué consagrada, dióla a los moros. E andábanla arrastrando por el lodo e faziendo della muchos escarnios.

E cuando don Lorenço Suárez esto vido, comoquier que él vivía con los moros, membrándose cómo él era cristiano e creyendo verdaderamente que aquél era el cuerpo de Dios e pues que Jesucristo muriera por redemir los pecadores, que sería él de muy buena ventura si muriesse por le vengar et por le sacar de aquella deshonra que aquella falsa gente le fazía, e desque esto hobo pensado, con el grant dolor e pesar que hobo, endereçó contra el traidor clérigo renegado que aquella tan grant traición fiziera e cortóle la cabeça.

E descendió del caballo e fincó los hinojos en tierra e adoró el cuerpo de Dios que los moros traían por el lodo arrastrando. E luego que fincó los hinojos, la hostia, que estaba dél alongada, dió un salto del lodo e saltó en la falda de don Lorenço Suárez Gallinato.

E cuando los moros esto vieron, hobieron ende muy grant pesar, e metieron mano a las espadas; et con espadas, et con palos, e con piedras vinieron todos contra don Lorenço

Suárez para lo matar. E él metió mano a su espada, con que descabeçara el mal clérigo, e començóse a defender.

E cuando el rey moro oyó este ruído, e vío que querían matar a don Lorenço Suárez, mandó que ninguno non le fiziesse ningunt mal, e preguntó por qué cosa fuera aquello. E los moros, que estaban con grant quexa e braveza, dixeron al rey cómo passara aquel fecho.

E el rey se quexó, e le pesó mucho desto, e preguntó muy sañudamente a don Lorenço Suárez que por qué fiziera aquello sin su mandato. E don Lorenço Suárez le dixo: que bien sabía que él, que non era de su ley, e que era cristiano; e que, maguer que él esto conoscía, que sabía bien que fiaba dél el su cuerpo pensando que era leal e que por miedo de la muerte non dexaría de lo guardar, et pues si él por tan leal le tenía, que cuidaba que faría esto por él que era moro, que parasse mientes, si él leal era, qué debía fazer, pues que era cristiano, por guardar el cuerpo de Dios que es rey de los reyes e señor de los señores, e que si por esto lo mandasse matar, que nunca él vería mejor día.

E cuando el rey lo oyó, plógole mucho de lo que don Lorenço Suárez fiziera, e amóle e precióle mucho más de aquella hora en adelante.

Et vos, señor conde Lucanor, si sabedes que aquel homne que convusco quiere guarescer es buen homne en sí e podedes dél bien fiar, cuanto por lo que vos dizen que fizo algunas cosas sin razón, non lo debedes por esso partir de vuestra compañía; ca por aventura aquello que los homnes cuidan que fué sin razón non lo vieron nin fué ansí, como cuidó el rey don Fernando de lo de don Lorenço Suárez Gallinato, que fiziera desaguisado en matar un clérigo, fasta que supo la razón dello. E assí podemos dezir que don Lorenço Suárez fizo el mejor fecho del mundo. Mas si vos sopiéssedes que lo que él fizo es tan mal fecho, faredes bien de lo non querer en vuestra compañía.

E al conde plogo mucho de lo que Patronio le dixo e fízolo ansí et fallóse ende bien.

E entendió don Johán que este enxemplo, que era muy bueno, a fízolo escribir en este libro e fizo estos viessos que dizen assí:

Muchas cosas parescen sin razón,
et qui las sabe, en sí buenas son.

ENXEMPLO XXIX

*De lo que contesció a un raposo que se echó en la calle et se fizo muerto**

Otra vez fablaba el conde Lucanor con Patronio su consejero et díxole assí:

–Patronio, un mio pariente vive en una tierra do non ha tanto poder que pueda estrañar cuantas escatimas le fazen, et los que han poder en la tierra querrían muy de grado que fiziesse él alguna cosa por que hobiessen achaque para seer contra él. Et aquel mio pariente tiene que le es muy grave cosa de sofrir aquellas terrerías quel' fazen, et querría aventurarlo todo ante que sofrir tanto pesar de cada día. Et porque yo queríe que él acertasse en lo mejor, ruégovos que me digades en qué manera le conseje por que passe lo mejor que pudiere en aquella tierra.

–Señor conde Lucanor –dixo Patronio–, para que vos le podades consejar en esto, plazerme hía que sopiéssedes lo que contesció una vez a un raposo que se fizo muerto.

El conde le preguntó cómo fuera aquello.

–Señor conde –dixo Patronio–, un raposo entró una noche en un corral do había gallinas; et andando en ruído con las gallinas, cuando él cuidó que se podría ir, era ya de día et las gentes andaban ya todos por las calles. E desque él vío que non se podía asconder, salió ascondidamente a la calle, et tendiósse assí como si fuesse muerto.

---

* Cuento que figura también en el *Libro de buen amor*, del Arcipreste de Hita (siglo XIV).

E cuando las gentes lo vieron, cuidaron que era muerto, et non cató ninguno por él.

E a cabo de una pieça passó por y un homne, e dixo que los cabellos de la fruente del raposo, que eran buenos para poner en la fruente de los moços pequeños por que non les aojen. Et trasquiló con unas tixeras los cabellos de la fruente del raposo.

E después vino otro, et dixo esso mismo de los cabellos del lomo; e otro, de las ijadas. Et tantos dixeron esto fasta que lo trasquilaron todo. Et por todo, nunca se movió el raposo, porque entendía que aquellos cabellos non le fazían daño en los perder.

E después vino otro et dixo: que la uña del pulgar del raposo era buena para guarescer de los panariços; et sacógela. Et el raposo non se movió.

E después vino otro que dixo: que el diente del raposo era bueno para el dolor de los dientes; et sacógelo. Et el raposo non se movió.

E después, a cabo de otra pieça, vino otro que dixo: que el coraçón del raposo era bueno paral dolor del coraçón, et metió mano a un cochiello para sacarle el coraçón. Et el raposo vío quel' querían sacar el coraçón et que si ge lo sacassen non era cosa que se pudiesse cobrar, et que la vida era perdida, et tovo que era mejor de se aventurar a quequier quel' pudiesse venir que sofrir cosa por que se perdiesse todo. Et aventuróse et puñó en guarescer et escapó muy bien.

Et vos, señor conde, consejad a aquel vuestro pariente que si Dios le echó en tierra do non pueda estrañar lo quel' fazen como él querría o como le cumpliría, que en cuanto las cosas quel' fizieren fueren atales que se puedan sofrir sin grand daño et sin grand mengua, que dé a entender que se non siente dello et que les dé passada; ca en cuanto da homne a entender que se non tiene por maltrecho de lo que contra él han fecho, non está tan envergonçado, mas desque da a entender que se tiene por maltrecho de lo que ha recebido, si dende adelante non faze todo lo que debe por non fincar menguado, non está tan bien como ante. Et por ende a las cosas passaderas, pues non se pueden estrañar como deben, es mejor de les dar passada; mas si llegare el fecho a alguna cosa que sea gran daño o gran mengua, estonce se aventure e non lo sufra, ca mejor es la pérdida o la muerte, defendiendo homne su derecho e su honra et su estado, que vevir passando en estas cosas mal e deshonradamente.

El conde tovo esto por buen consejo.

Et don Johán fízolo escribir en este libro et fizo estos viessos que dicen assí:

Sufre las cosas en cuanto debieres,
estraña las otras en cuanto pudieres.

ENXEMPLO XXX

De lo que contesció al Rey Abenabet de Sevilla con Ramaiquía su muger

Un día fablaba el conde Lucanor con Patronio, su consejero, en esta manera:

–Patronio, a mí contesce con un homne assí: que muchas vezes me ruega et me pide quel' ayude et le dé algo de lo mío. Et comoquier que, cuando fago aquello que él me ruega, da a entender que me lo gradesce, luego que otra vez me pide alguna cosa, si lo non fago assí como él quiere, luego se ensaña et da a entender que me lo non gradesce et que ha olvidado todo lo que fiz por él. Et por el buen entendimiento que habedes, ruégovos que me consejedes en qué manera passe con este homne.

–Señor conde Lucanor –dixo Patronio–, a mí paresce que vos contesce con este homne segund contesció al rey Abenabet de Sevilla con Ramaiquía, su muger.

El conde preguntó cómo fuera aquello.

–Señor conde –dixo Patronio–, el rey Abenabet era casado con Ramaiquía et amábala más que cosa del mundo. Et ella era muy buena muger et los moros han della muchos buenos exiemplos; pero había una manera que non era muy buena, esto era que a las vezes tomara algunos antojos a su voluntad.

Et acaesció que un día, estando en Córdoba en el mes de febrero, cayó una nieve. Et cuando Ramaiquía la vío, començó a llorar. Et preguntóle el rey por qué lloraba. Et ella dixol': que porque nunca le dexaba en tierra que viesse nieve.

Et el rey, por le fazer plazer, fizo poner almendrales por toda la sierra de Córdoba; porque pues Córdoba es tierra caliente et non nieva y cada año, que en febrero paresciessen los almendrales floridos, que semejan nieve, por le fazer perder el deseo de la nieve.

E otra vez estando Ramaiquía en una cámara sobre el río, vío una muger descalça volviendo lodo cerca el río para fazer adobes: et cuando Ramaiquía lo vío, començó a llorar; et el rey preguntól' por qué lloraba. Et ella díxol': porque nunca podía estar a su guisa, siquier faziendo lo que fazía aquella muger.

E entonce, por le fazer plazer, mandó el rey fenchir de agua rosada aquella grand albuhera de Córdoba en logar de agua, et en lugar de lodo fízola fenchir de açúcar, et de canela, et de espíe, et clavos, et musgo, et ambra, et algalina, et de todas buenas especias, et buenos olores que pudían seer: et en lugar de paja fizo poner cañas de açúcar. Et desque destas cosas fué llena el albuhera de tal lodo cual entendedes que podría seer, dixo el rey a Ramaiquía que se descalçase et que follase aquel lodo et que fiziesse adobes dél cuantos quisiesse.

E otro día, por otra cosa que se le antojó, començó a llorar. Et el rey preguntól' por qué lo fazía.

Et ella díxol' que cómo non lloraría, que nunca fiziera el rey cosa por le fazer plazer. Et el rey veyendo que, pues tanto había fecho por le fazer plazer et complir su talante, que ya non sabía qué pudiesse fazer más, díxol' una palabra que se dize en la algarabía desta guisa: «Vâ la mahar el-tin», que quiere dezir: «et non el día del lodo», como diziendo que, pues las otras cossas olvidaba, que non debía olvidar el lodo que fiziera por le fazer plazer.

Et vos, señor conde, si veedes que por cosa que por aquel homne fagades, que si non le fazedes todo lo ál que vos dize, que luego olvida e desgradesce todo lo que por él habedes fecho, conséjovos que non fagades por él tanto que se vos torne en grand daño de vuestra fazienda. Et a vos otrossí conséjovos que, si alguno fiziesse por vos alguna cosa que vos cumpla et después non fiziere todo lo que vos querríades, que por eso nunca le desconoscades el bien que vos vino de lo que por vos fizo. E el conde tovo éste por buen consejo et fízolo assí et fallóse ende bien.

Et teniendo don Johán éste por buen exiemplo, fízolo escribir en este libro et fizo estos viessos que dizen assí:

Qui te desconosce tu bien fecho,
non dexes por él tu grand provecho.

ENXEMPLO XXXI

Del juizio que dió un cardenal entre los clérigos de París et los fraires menores

Otro día fablaba el conde Lucanor con Patronio, su consejero, en esta guisa:

–Patronio, un mio amigo et yo querríamos fazer una cosa que es pro et honra de amos: et yo podría fazer aquella cosa et non me atrevo a la fazer fasta que él llegue. Et por el buen entendimiento que Dios vos dió, ruégovos que me consejedes en esto.

–Señor conde –dixo Patronio–, para que fagades en esto lo que me paresce más a vuestra pro, plazerme hía que sopiéssedes lo que contesció a los de la eglesia catedral et a los fraires menores de París.

El conde le preguntó cómo fuera aquello:

–Señor conde –dixo Patronio–, los de la eglesia dizían que, pues ellos eran cabeça de la eglesia, que ellos debían tañer primero a las horas; et los fraires dizían que ellos habían de estudiar et de levantarse a matines et a las horas en guisa que non perdiessen su estudio, et demás eran essentos et que non habían por qué esperar a ninguno.

E sobresto fué muy grande la contienda et costó muy grand haber a los abogados en el pleito a entramas las partes.

E a cabo de muy grant tiempo, un Papa que vino acomendó este fecho a un Cardenal et mandó que lo librasse de una guisa o de otra.

E el Cardenal fizo traer ante sí el processo, et era tan grande que todo homne se espantaría solamente de la vista.

Et desque el Cardenal tovo todos los escriptos ante sí, púsoles plazo para que viniessen otro día a oír sentencia.

Et cuando fueron antél, fizo quemar todos los processos et díxoles assí:

–Amigos, este pleito ha mucho durado, et habedes todos tomado grand costa et grand daño, et yo non vos quiero traer en pleito, mas dovos por sentencia: que el que ante despertare, ante tanga.

Et vos, señor conde, si el pleito es provechoso para vos amos et vos lo podedes fazer, conséjovos yo que lo fagades e non le dedes vagar, ca muchas vezes se pierden las cosas que se podrían acabar por les dar vagar, et después, cuando homne querría, o se pueden fazer o non.

E el conde se tovo desto por bien aconsejado et fízolo assí et fallóse en ello muy bien.

Et entendiendo don Johán que este enxiemplo era bueno, fízolo escribir en este libro et fizo estos viessos que dizen assí:

Si muy grand tu pro puedes fazer,
nol' des vagar que se pueda perder.

ENXEMPLO XXXII

*De lo que contesció a un rey con los burladores que fizieron el paño**

Fablaba otra vez el conde Lucanor con Patronio, su consejero, et dizíale:

–Patronio, un homne vino a mí et díxome un muy grand fecho, et dame a entender que sería muy grand mi pro, pero dízeme que lo non sepa homne del mundo por mucho que yo en él fie, et tanto me encaresce que guarde esta poridat fasta que dize que, si a homne del mundo lo digo, que toda mi fazienda et aun la mi vida es en gran periglo. Et porque yo sé que homne non vos podría dezir cosa que vos non entendades si se dize por bien o por algún engaño, ruégovos que me digades lo que vos paresce en esto.

–Señor conde Lucanor –dixo Patronio–, para que vos entendades, al mio cuidar, lo que vos más cumple de fazer en esto, plazerme hía que sopiéssedes lo que contesció a un rey con tres homnes burladores que vinieron a él.

El conde le preguntó cómo fuera aquello.

–Señor conde –dixo Patronio–, tres hombres burladores vinieron a un rey et dixiéronle que eran muy buenos maestros de fazer paños, et señaladamente que fazían un paño que todo homne que fuesse fijo de aquel padre que todos dizían, que vería el paño, mas el que non fuesse fijo de aquel pa-

* Cuento muy conocido en el folclore europeo. Figura entre los cuentos de Andersen (siglo XIX). Tiene semejanza con el asunto del entremés de Cervantes *El retablo de las maravillas*.

dre que él tenía et que las gentes dizían, que non podría ver el paño.

E al Rey plogo desto mucho, teniendo que por aquel paño podría saber cuáles homnes de su regno eran fijos de aquellos que debían seer sus padres o cuáles non, et que por esta manera podría acrescentar mucho lo suyo; ca los moros non heredan cosa de su padre si non son verdaderamente sus fijos. Et para esto mandóles dar un palacio en que fiziessen aquel paño.

Et ellos dixéronle que, por que viesse que non lo querían engañar, que los mandasse encerrar en aquel palacio fasta que el paño fuesse fecho. E desto plogo mucho al Rey. Et desque hobieron tomado para fazer el paño mucho oro, et plata, et seda, et muy grand haber, para que lo fiziessen, entraron en aquel palacio et encerráronlos y.

Et ellos pusieron sus talleres et daban a entender que todo el día texían en el paño. E a cabo de algunos días fué el uno dellos dezir al Rey que el paño era començado et que era la más fermosa cosa del mundo; e díxol' a qué figuras et a qué labores lo començaban de fazer, et que, si fuesse la su mercet, que lo fuesse ver et que non entrasse con él homne del mundo. E desto plogo al Rey mucho.

Et el Rey, queriendo probar aquello ante en otro, envió un su camarero que lo viesse, pero non le apercibió quel' desengañasse.

Et desque el camarero vío los maestros et lo que dizían, non se atrevió a dezir que non lo viera. E cuando tornó al Rey, dixo que viera el paño. Et después envió otro et díxol' esso mismo. Et desque todos los que el Rey envió dixieron que vieran el paño, fué el Rey a lo ver.

Et cuando entró en el palacio vío a los maestros que estaban texiendo et dizían: «Esto es tal labor, et esto es tal historia, et esto es tal figura, et esto es tal color.» Et concertaban todos en una cosa et ellos non texían ninguna cosa. E cuando el Rey vío que ellos non texían, et dizían de qué manera era el paño, et él que non lo veía, et que lo habían visto los otros, tóvose por muerto, ca tovo que porque non era fijo del rey que él tenía por su padre, que por esso non podía ver el paño, et receló que si dixiesse que lo non veía, que perdería el regno. Et por ende començó a loar mucho el paño et aprendió muy bien la manera como dizían aquellos maestros que el paño era fecho.

Et desque fué en su casa con las gentes començó a dezir maravillas de cuánto bueno et cuánto maravilloso era aquel paño, et dizía las figuras et las cosas que había en el paño, pero él estaba con muy mala sospecha.

E a cabo de dos o tres días, mandó a su alguacil que fuesse veer aquel paño. Et el Rey contól' las maravillas et estrañezas que viera en aquel paño. E el alguacil fué allá. Et desque entró et vío los maestros que texían et dizían las figuras et las cosas que había en el paño et oyó al Rey cómo lo había visto, et que él non lo veía, tovo que porque non era fijo daquel padre que él cuidaba, que por esto non lo veía, et tovo que si ge lo sopiessen, que perdería toda su honra. Et por ende començó a loar el paño tanto como el Rey o más.

Et desque tornó al Rey et le dixo que viera el paño et que era la más noble et la más apuesta cosa del mundo, tovóse el Rey aún más por malandante, pensando que, pues el alguacil viera el paño et él non lo viera, que ya non había dubda que él non era fijo del Rey que él cuidaba. Et por ende començó más de loar et de afirmar más la bondad et la nobleza del paño et de los maestros que tal cosa sabían fazer.

Et otro día envió el Rey otro su privado et contesciól' como al Rey et a los otros. ¿Que vos diré más? Desta guisa et por este recelo fueron engañados el Rey et cuantos fueron en su tierra, ca ninguno non osaba dezir que non veíe el paño.

Et assí passó este pleito fasta que vino una grand fiesta. Et dixieron todos al Rey que vistiese aquellos paños para la fiesta.

Et los maestros traxiéronlos envueltos en muy buenas sábanas et dieron a entender que desvolvían el paño et preguntaron al Rey qué quería que tajassen de aquel paño. Et el Rey dixo cuáles vestiduras quería. Et ellos daban a entender que tajaban et que medían el talle que habían de haber las vestiduras, et después que las coserían.

E cuando vino el día de la fiesta vinieron los maestros al Rey, con sus paños tajados et cosidos et fiziéronle entender quel' vistían et quel' allanaban los paños. Et assí lo fizieron fasta que el Rey tovo que era vestido, ca él non se atrevía a dezir que él non veía el paño.

Et desque fué vestido tan bien como habedes oído, cabalgó para andar por la villa, mas de tanto le avino bien que era verano.

Et desque las gentes lo vieron assí venir et sabían que el que non veía aquel paño, que non era fijo de aquel padre que cuidaba, cuidaba cada uno que los otros lo veían et él non lo veía, que si lo dixiesse sería perdido et deshonrado. Et por esto fincó aquella poridat guardada, que non se atrevía ninguno a lo descubrir, fasta que un negro que guardaba el caballo del Rey, et que non había qué pudiesse perder, llegó al Rey et díxol':

–Señor, a mí non me empesce que me tengades por fijo de aquel padre que yo digo, nin de otro, et por ende dígovos: que yo só ciego, o vos desnudo ides.

E el rey le començó a maltraer diziendo que, porque non era fijo de aquel padre que él cuidaba, que por esso non veía los sus paños.

E desque el negro esto dixo, otro que lo oyó dixo esso mismo, et assí lo fueron diziendo, fasta que el Rey et todos los otros perdieron el recelo de conoscer la verdat et entendieron el engaño que los burladores habían fecho. E cuando los fueron buscar non los fallaron, ca se fueran con lo que habían levado del Rey por el engaño que habedes oído.

Et vos, señor conde Lucanor, pues aquel homne vos dize que non sepa ninguno de los en que vos fiades nada de lo que él vos dize, cierto seed que vos cuida engañar, ca bien debedes entender que non ha él razón de querer más vuestra pro, que non ha convusco tanto debdo como todos los que convusco viven que han mucho debdos et bien fechos de vos por que deben querer vuestra pro et vuestro servicio.

E el conde tovo este por buen consejo, et fízolo assí, et fallóse ende bien.

Et veyendo don Johán que éste era buen enxiemplo, fízolo escribir en este libro et fizo estos viessos que dicen assí:

Quien te aconseja encobrir de tus amigos,
sabe que más te quiere engañar que dos figos.

ENXEMPLO XXXIII

*De lo que contesció a un falcón sacre del Infante don Manuel con un águila et una garça**

Fablaba otra vez el conde Lucanor con Patronio su consejero en esta manera:

—Patronio, a mí contesció de haber muchas vezes contiendas con muchos homes, et después que la contienda es passada, algunos conséjanme que huelgue et esté en paz, et algunos conséjanme que comience guerra et contienda con los moros. Et porque yo sé que ninguno otro non me podría consejar mejor que vos, por ende vos ruego que me consejedes lo que faga en estas cosas.

—Señor conde Lucanor —dixo Patronio—, para que vos en esto acertedes en lo mejor, sería bien que sopiéssedes lo que contesció a los muy buenos falcones garceros, et señaladamente lo que contesció a un falcón sacre que era del infante don Manuel.

El conde le preguntó cómo fuera aquello.

—Señor conde —dixo Patronio—, el infante don Manuel andaba un día de caça cerca de Escalona, et lançó un falcón sacre a una garça, e montando el falcón con la garça vino al falcón una águila. E el falcón, con miedo del águila, dexó la garça et començó a foír; et el águila, desque vío que non podía tomar el falcón, fuése. Et desque el falcón vío ida el águila, tornó a la garça et començó a andar muy bien con ella por la matar.

* El infante don Manuel era el padre del autor.

Et andando el falcón con la garça, tornó otra vez el águila al falcón, et el falcón començó a foír como el otra vez; et el águila fuése, et tornó el falcón a la garça; et esto fué assí bien tres o cuatro vezes, que cada que el águila se iba, luego el falcón tornaba a la garça; et cada que el falcón tornaba a la garça, luego vinía el águila por le matar.

E desque el falcón vío que el águila non le quería dexar matar la garça, dexóla et montó sobre el águila et vino a ella tantas vezes feriéndola fasta que la fizo desterrar daquella tierra. Et desque la hobo desterrado tornó a la garça, et andando con ella muy alto vino el águila otra vez por lo matar. E desque el falcón vío que non le valía cosa que feziesse, subió otra vez sobre el águila et dexóse venir a ella et dióľ tan grand colpe queľ quebrantó el ala. Et desque él la vío caer, el ala quebrantada, tornó el falcón a la garça e matóla. Et esto fizo porque tenía que la su caça non la debía dexar, luego que se fuesse desembargado de aquella águila que ge lo embargaba.

Et vos, señor conde Lucanor, pues sabedes que la vuestra caça et la vuestra honra et todo vuestro bien paral cuerpo et paral alma es que fagades servicio a Dios, et sabedes que en cosa del mundo, segund el vuestro estado que vos tenedes, non le podedes tanto servir como en haber guerra con los moros para ensalçar la sancta et verdadera fe católica, conséjovos yo que, luego que podades seer seguro de las otras partes, que hayades guerra con los moros. Et en esto faredes muchos bienes: lo primero faredes servicio de Dios; e lo ál, faredes vuestra honra et vivredes en vuestro oficio et vuestro mester et non estaredes comiendo el pan de balde, que es una cosa que non paresce bien a ningund grand señor; ca los señores, cuando estades sin ningund mester, non preciades las gentes tanto como debedes, nin fazedes por ellos todo lo que debríades fazer, et echádevos a otras cosas que serían a las vezes muy bien de las escusar. Et pues a los señores vos es bueno et aprovechoso haber algund mester, cierto es que de los mesteres non podedes haber ninguno tan bueno et tan honrado et tan a pro del alma et del cuerpo, e tan sin daño, como la guerra de los moros. Et siquier, parat mientes al enxiemplo, tercero que vos dixe en este libro, del salto que fizo el Rey Ricalte de Inglaterra, et cuánto ganó por él; et pensat en vuestro coraçón que habedes a morir et que habedes fecho en vuestra vida muchos pesares a Dios, et que Dios es derechurero et de grand justicia, que non podedes salir sin pena de los males que habedes fecho; pero veed si sodes de buena ventura en fallar carrera para que vos en un punto podades haber perdón de todos vuestros pecados, ca si en la guerra de los moros morierdes estando en verdadera penitencia sodes mártir et muy bienaventurado, e aunque por armas non murades, las buenas obras et la buena entención vos salvará.

E el conde tovo éste por buen exiemplo et puso en su coraçón de lo fazer, et rogó a Dios que ge lo guisasse como él sabe que lo él desea.

Et entendiendo don Johán que este enxiemplo era muy bueno, fízolo escribir en este libro et fizo estos viessos que dizen assí:

Si Dios te guisare de haber segurança,
puña de ganar la complida bienandança.

ENXEMPLO XXXIV

*De lo que contesció a un ciego que adestraba a otro**

Otra vez fablaba el conde Lucanor con Patronio, su consejero, en esta guisa:

–Patronio, un mio pariente e amigo de que yo fío mucho et so cierto que me ama verdaderamente, me conseja que vaya a un logar de que me recelo yo mucho. Et él dize que me non haya recelo, que ante tomaría él la muerte que yo tome ningún daño. Et agora ruégovos que me consejedes en esto.

–Señor conde Lucanor –dixo Patronio–, para este consejo mucho querría que sopiéssedes lo que contesció a un ciego con otro.

E el conde le preguntó cómo fuera aquello.

–Señor conde –dixo Patronio–, un hombre moraba en una villa, et perdió la vista de los ojos et fué ciego. Et estando assí ciego et pobre, vino a él otro ciego que moraba en aquella villa, et díxole que fuessen amos a otra villa cerca daquella et que pedirían por Dios et que habrían de qué se mantener et gobernar.

Et aquel ciego le dixo: que él sabía aquel camino de aquella villa, que había y poços et barrancos et muy fuertes passadas; et que se recelaba mucho daquella ida.

Et el otro ciego le dixo que non hobiesse recelo, ca él se

* Este cuento se deriva de la parábola de Jesús en el Evangelio según San Lucas, cap. VI, versículo 39.

iría con él et le pornía en salvo. Et tanto le asseguró et tantas proes le mostró en la ida, que el ciego creyó al otro ciego. Et fuéronse.

Et desque llegaron a los lugares fuertes et peligrosos, cayó el ciego que guiaba al otro, et non dexó por esso de caer el ciego que recelaba el camino.

Et vos, señor conde, si recelo habedes con razón et el fecho es peligroso, non vos metades en peligro por lo que vuestro pariente et amigo vos dize que ante morrá que vos tomedes daño; ca muy poco vos aprovecharía a vos que él muriesse et vos tomássedes daño et muriéssedes.

El conde tovo éste por buen consejo et fízolo assí et fallóse ende muy bien.

Et entendiendo don Johán que este exiemplo era bueno, fízolo escribir en este libro et fizo estos viessos que dizen:

Nunca te metas do puedes haber malandança,
aunque el tu amigo te faga segurança.

ENXEMPLO XXXV

*De lo que contesció a un mancebo que casó con una muger muy fuerte et muy brava**

Otra vez fablaba el conde Lucanor con su consejero Patronio, et díxole:

–Patronio, un mio criado me dixo quel' tratan casamiento con una muger muy rica, et aún que es más honrada que él, et que es el casamiento muy bueno para él, sinon por un embargo que y ha, et el embargo es éste: díxome quel' dixeran que aquella muger, que era la más fuerte et más brava cosa del mundo. Et agora ruégovos que me consejedes si le mandaré que case con aquella muger, pues sabe de cuál manera es, o sil' mandaré que lo non faga.

–Señor conde –dixo Patronio –, si él fuer tal como fue un fijo de un homne bueno que era moro, consejalde que case con ella, mas si non fuere tal, non ge lo consejedes.

E el conde le rogó quel' dixiesse cómo fuera aquello.

Patronio le dixo que en una villa había un homne bueno que había un fijo el mejor mancebo que podía ser, mas non era tan rico que pudiesse complir tantos fechos et tan grandes como el su coraçón le daba a entender que debía complir. Et por esto era él en grand cuidado, ca había la buena voluntad et non había el poder.

---

* Cuento popular. Lo llevó al teatro Shakespeare en la comedia *The taming of the shrew*, comúnmente llamada en castellano *La fierecilla domada*.

E en aquella villa misma había otro homne muy más honrado et más rico que su padre, et había una fija e non más, et era muy contraria de aquel mancebo, ca cuanto aquel mancebo había de buenas maneras, tanto las había aquella fija del homne bueno malas et revesadas; et por ende homne del mundo non quería casar con aquel diablo.

E aquel tan buen mancebo vino un día a su padre et díxole: que bien sabía que él non era tan rico que pudiesse darle con que él pudiesse vevir a su honra, et que, pues le convenía a fazer vida menguada et lazdrada o irse daquella tierra, que, si él por bien toviesse, quel' parescía mejor seso de catar algún casamiento con que pudiesse haber alguna passada. Et el padre le dixo quel' plazía ende mucho si pudiesse fallar para él casamiento quel' cumpliesse.

E entonce le dixo el fijo que, si él quisiesse, que podría guisar que aquel homne bueno que había aquella fija, que ge la diesse para él. E cuando el padre esto oyó, fué muy maravillado et díxol': que cómo cuidaba en tal cosa, que non había homne que la conosciesse que por pobre que fuesse quisiesse casar con ella. E el fijo le dixo: quel' pidía por merced quel' guisasse aquel casamiento. Et tanto lo afincó que, comoquier que el padre lo tovo por estraño, que ge lo otorgó.

Et él fuése luego para aquel homne bueno, et amos eran mucho amigos, et díxol' todo lo que passaba con su fijo et rogól' que, pues su fijo se atrevía a casar con su fija, quel' ploguiesse et que ge la diesse para él. E cuando el homne bueno esto oyó dezir a aquel su amigo, díxole:

–Por Dios, amigo, si yo tal cosa fiziesse, seervos hía muy falso amigo, ca vos habedes muy buen fijo, et ternía que fazía muy grant maldad si yo consintiesse su mal nin su muerte; et so cierto que, si con mi fija casasse, que o sería muerto o le valdría más la muerte que la vida: et non entendades que vos digo esto por non complir vuestro talante, ca si la quisierdes, a mí mucho me plaze de la dar a vuestro fijo o quienquier que me la saque de casa.

Et aquel su amigo le dixo: quel' gradescía mucho cuanto le dizía, et que, pues su fijo quería aquel casamiento, quel' rogaba quel' ploguiesse.

E el casamiento se fizo, et levaron la novia a casa de su marido. Et los moros han por costumbre que adoban de cenar a los novios et pónenles la mesa et déxanlos en su casa fasta otro día.

Et fiziéronlo aquellos assí; pero estaban los padres et las madres et los parientes del novio et de la novia con gran recelo, cuidando que otro día fallarían el novio muerto o muy maltrecho.

E luego que ellos fincaron solos en casa, assentáronse a la mesa, et ante que ella hubiesse a dezir cosa, cató el novio en derredor de la mesa, et vío un perro et díxol' ya cuanto bravamente:

–¡Perro, dános agua a las manos!

E el perro non lo fizo. Et él començóse a ensañar et díxol' más bravamente que les diesse agua a las manos. Et el perro non lo fizo. Et desque vío que lo non fazía levantóse muy sañudo de la mesa et metió mano a la espada et endereçó al perro. E cuando el perro lo vío venir contra sí començó a foír et él en pos él, saltando amos por la ropa et por la mesa et por el fuego, et tanto andido en pos dél fasta que lo alcançó et cortóle la cabeça et las piernas, et los braços et fízolo todo pedaços et ensangrentó toda la casa et toda la mesa et la ropa.

Et assí muy sañudo et todo ensangrentado tornóse a sentar a la mesa et cató enderredor; et vío un gato et díxol' quel' diesse agua a las manos: et porque non lo fizo díxole:

–¿Cómo, don falso traidor, non vistes lo que fiz al perro porque non quiso fazer lo quel' mandé yo? Prometo que, si poco nin más conmigo porfías, que esto mismo faré a ti que al perro.

El gato non lo fizo, ca tan poco es su costumbre de dar agua a manos como del perro. Et porque non lo fizo, levantóse et tomól' por las piernas et dió con él a la pared et fizo dél mas de cient pedaços et mostrándol' muy mayor saña que contra el perro.

Et assí bravo et sañudo et faziendo muy malos contenentes tornóse a la mesa et cató a todas partes; e la muger, quel' vío esto fazer, tovo que estaba loco o fuera de seso et non dizía nada.

Et desque hobo catado a cada parte, vío un su caballo que estaba en casa, et él non había más de aquél; et díxol' muy bravamente que les diesse agua a las manos. E el caballo non lo fizo; e desque vío que non lo fizo díxol':

–¿Cómo, don caballo, cuidades que, porque non he otro caballo, que por esso vos dexaré si non fizierdes lo que yo vos mandare? Dessa vos guardat, que si por vuestra mala ventura non fizierdes lo que yo vos mandare, yo juro a Dios que tan mala muerte vos dé como a los otros: et non ha cosa viva en el mundo que non faga lo que yo mandare, que esso mismo non le faga.

E el caballo estudo quedo. Et desque vío que non fazía su mandado, fué a él et cortól' la cabeça con la mayor saña que podía mostrar et despedaçólo todo.

E cuando la muger vío que mataba el caballo non habiendo otro et que dizía que esto faría a quiquier que su mandado non cumpliesse, tovo que esto ya non se fazía por juego, et hobo tan grand miedo que non sabía si era muerta o viva.

Et él assí bravo et sañudo et ensangrentado tornóse a la mesa, jurando que si mil caballos et homnes et mugeres hobiesse en casa quel' saliessen de mandado, que todos serían muertos. E assentóse et cató a cada parte teniendo la espada sangrienta en el regaço: et desque cató a una parte et a otra et non vío cosa viva, volvió los ojos contra su muger muy bravamente et díxol' con grand saña, teniendo la espada en la mano:

–Levantávos et dadme agua a las manos.

E la muger, que non esperaba otra cosa sinon que la despedaçaría toda, levantóse muy apriessa et dióľ agua a las manos. Et díxola él:

–¡Ah!, ¡cómo gradesco a Dios porque fiziestes lo que vos mandé, ca de otra guisa, por el pesar que estos locos me fizieron, esso mesmo hobiera fecho a vos que a ellos!

E después mandól' quel' diesse de comer; et ella fízolo.

Et cada quel' dizía alguna cosa, tan bravamente ge lo dizía et con tal són que ella cuidaba que la cabeça era ida del polvo.

E assí passó el fecho entrellos aquella noche, que nunca ella fabló, mas fazía lo quel' mandaba. E acostáronse a dormir: e desque hobieron dormido una pieça, díxol' él:

–Con esta saña que hobe esta noche non pude bien dormir. Catad que non me despierte cras ninguno e tenedme bien adobado de comer.

E cuando fué grand mañana, los padres et las madres et los parientes llegaron a la puerta, et, porque non fablaba ninguno, cuidaron que el novio estaba muerto o ferido. Et desque vieron por entre las puertas a la novia et non al novio, cuidáronlo más.

E cuando ella los vío a la puerta, llegó muy passo et con grand miedo et començóles a dezir:

–Locos traidores ¿qué fazedes? ¿cómo osades llegar a la puerta nin fablar? ¡Callad! Si non, todos, tan bien vos como yo, todos somos muertos.

E cuando todo esto oyeron, fueron mucho maravillados, et desque sopieron cómo passaron en uno, preciaron mucho el mancebo porque assí sopiera fazer lo quel' cumplía et castigar tan bien su casa.

Et daquel día adelante, fué aquella su muger muy bien mandada et hobieron muy buena vida.

Et dende a pocos días su suegro quiso fazer assí como fiziera su yerno, et por aquella manera mató un gallo; et díxole su muger:

—A la fe, don fulano, tarde vos acordastes, ca ya non vos valdría nada si matássedes cient caballos, que ante lo hobiérades a començar, ca ya bien nos conoscemos.

Et vos, señor conde, si aquel vuestro criado quiere casar con tal muger, si fuere él tal como aquel mancebo, consejalde que case seguramente, ca él sabrá cómo ha de passar en su casa; mas si non fuere tal que entienda lo que debe fazer et lo quel' cumple, dexadle que passe por su ventura. Et aun consejo a vos que con todos los homnes que hobierdes a fazer, que siempre les dedes a entender en cuál manera han de passar convusco.

E el conde tovo este por buen consejo et fízolo assí et fallóse dello bien.

Et porque don Johán lo tovo por buen enxiemplo, fízolo escribir en este libro, et fizo estos viessos que dizen assí:

Si al comienço non muestras qui eres,
nunca podrás después cuando quisieres.

ENXEMPLO XXXVI

De lo que contesció a un mercadero cuando falló su muger et su fijo durmiendo en uno

Un día fablaba el conde Lucanor con Patronio, su consejero, estando muy sañudo por una cosa quel' dixeron, que tenía él que era muy grand su deshonra, et díxole que quería fazer sobrello tan grand cosa et tan grand movimiento que para siempre fincasse por fazaña.

Et cuando Patronio lo vío assí sañudo tan arrebatadamente, díxole:

–Señor conde, mucho querría que sopiéssedes lo que contesció a un mercadero que fué un día comprar sesos.[1]

E el conde le preguntó cómo fuera aquello.

–Señor conde –dixo Patronio–, en una villa moraba un grand maestro que non había otro oficio nin otro mester sinon vender sesos. Et aquel mercadero de que ya vos fablé, por esto que oyó un día fué veer aquel maestro que vendía sesos et díxol' quel' vendiesse uno daquellos sesos. Et el maestro díxol' que de cuál precio lo quería, ca segund quisiesse el seso, que assí había de dar el precio por él. Et díxole el mercadero que quería seso de un maravedí. Et el maestro tomó el maravedí et díxol':

–Amigo, cuando alguno vos convidare, si non sopiérades los manjares que hobiérades a comer, fartadvos bien del primero que vos troxieren.

1. *Seso*: en este cuento, «consejo».

E el mercadero le dixo que non le había dicho muy grand seso. Et el maestro le dixo que non le diera precio por que le debiesse dar grand seso. E el mercadero le dixo quel' diesse seso que valiesse una dobla, et diógela.

E el maestro le dixo: que, cuando fuesse muy sañudo et quisiesse fazer alguna cosa arrebatadamente, que se non quexasse nin se arrebatasse fasta que sopiesse toda la verdat.

E el mercadero tovo que aprendiendo tales fabliellas podría perder cuantas doblas traía et non quiso comprar más sesos, pero tovo este seso en el coraçón.

Et acaesció que el mercadero fué sobre mar a una tierra muy lueñe, et cuando se fué dexó a su muger encinta. E el mercadero moró andando en su mercadería tanto tiempo fasta que el fijo que nasciera, de que fincara su mujer encinta, había más de veinte años. Et la madre, porque non había otro fijo et tenía que su marido non era vivo, conhortábase con aquel fijo et amábalo como a fijo, et por el grand amor que había a su padre llamábalo marido. Et comía siempre con ella et durmía con ella como cuando había un año o dos, et así passaba su vida como muy buena muger et con muy grand cuita porque non sabía nuevas de su marido.

Et acaesció que el mercadero libró toda su mercadería et tornó muy bienandante. Et el día que llegó al puerto de aquella villa do moraba, non dixo nada a ninguno e fuese desconoscidamente para su casa et escondióse en un lugar encubierto por veer lo que se fazía en su casa.

E cuando fué contra la tarde llegó el fijo de la buena muger, et la madre preguntól':

–¿Dí, marido, ónde vienes?

E el mercadero, que oyó a su muger llamar marido a aquel mancebo, pesól' mucho, ca bien tenía que era homne con quien fazía mal, o a lo mejor que era casada con él, et tovo más que fazía maldat que non que fuesse casada, porque el homne era tan moço: et quisiéralos matar luego, pero acordándose del seso que costara una dobla non se arrebató.

Et desque llegó la tarde assentáronse a comer. E desque el mercadero los vío assí estar, fué aún más movido por los matar, pero por el seso que comprara non se arrebató.

Mas cuando vino la noche et los vío echar en la cama, fízosele muy grave de sofrir et endereçó a ellos por los matar. Et yendo así muy sañudo, acordándose del seso que comprara, estido quedo.

Et ante que matassen la candela començó la madre a dezir al fijo llorando muy fuerte:

–¡Ay, marido et fijo! ¡Señor! dixiéronme que agora llegara una nave al puerto et dizían que vinía daquella tierra do fué vuestro padre, e por amor de Dios id allá cras de grand mañana, et por ventura querrá Dios que sabredes algunas nuevas dél.

E cuando el mercadero aquello oyó et se acordó cómo dejara encinta a su muger, entendió que aquél era su fijo. Et hobo grand plazer, non vos maravilledes. Et otrossí gradesció mucho a Dios porque le quiso guardar que los non mató como lo quisiera fazer, donde fincara muy malandante por tal ocasión, et tovo por bien empleada la dobla que dió por aquel seso, de que se guardó et que se non arrebató por saña.

Et vos, señor conde, comoquier que cuidades que vos es mengua de sufrir esto que dezides, esto sería verdat de que fuéssedes cierto de la cosa, mas fasta que ende seades cierto, consējovos yo que por saña nin por rebato que vos non rebatedes a fazer ninguna cosa, ca pues esto non es cosa que se pierda por tiempo en vos sofrir fasta que sepades toda la verdad, non perdedes nada, et del rebatamiento podervos híades muy aína repentir.

E el conde tovo este por buen consejo et fízolo assí et fallóse ende bien.

Et teniéndolo don Johán por buen enxiemplo, fízol' escribir en este libro et fizo estos viessos que dizen assí:

Si con rebato grant cosa fizieres,
ten que es derecho si te arrepentieres.

ENXEMPLO XXXVII

*De la respuesta que dió el conde Ferrant Gonçalvez a sus gentes después que hobo vencido la batalla de Fazinas**

Una vegada vinía el conde de una hueste muy cansado et muy lazdrado et muy pobre, et ante que hubiesse folgar nin descansar, llegól' mandado muy pressurado de otro fecho que se movía de nuevo: et los más de su gente consejáronle que folgasse algún tiempo et después que faría lo que se le guisasse. Et el conde preguntó a Patronio lo que faría en aquel fecho. Et Patronio díxole:

–Señor, por que vos escojades en esto lo mejor, mucho querría que sopiéssedes la respuesta que dió una vez el conde Ferrant Gonçalvez a sus vassallos.

E el conde preguntó a Patronio cómo fuera aquello.

–Señor conde –dixo Patronio–, cuando el conde Ferrant Gonçálvez venció al Rey Almançor en Fazinas, murieron y muchos de los suyos: et él et todos los más que fincaron vivos fueron muy mal feridos: et ante que hubiessen guarescer sopo quel' entraba el rey de Navarra por la tierra, et mandó a los suyos que endereçassen a lidiar con los navarros.

Et todos los suyos dixiéronle que tenían muy cansados los caballos et aun los cuerpos, et aunque por esto non lo dexasse, que lo debía dexar porque él et todos los suyos estaban muy mal feridos, et que esperasse fasta que fuessen guaridos él et ellos.

* Consta en la *Crónica de Fernán González.*

E cuando el conde vío que todos querían partir de aquel camino, sintiéndose más de la honra que del cuerpo, díxoles:

–Amigos, por las feridas non lo dexemos, ca estas feridas nuevas que agora nos darán nos farán que olvidemos las que nos dieron en la otra batalla.

E desque los suyos vieron que se non dolía del su cuerpo por defender su tierra et su honra, fueron con él. Et venció la lid et fué muy bienandante.

Et vos, señor conde Lucanor, si queredes fazer lo que debierdes cuanto viéredes que cumple para defendimiento de lo vuestro, et de los vuestros, et de vuestra honra, nunca vos sintades por lazeria nin por trabajo nin por peligro, et fazet en guisa que el peligro et la lazeria nueva vos faga olvidar lo passado.

Et el conde tovo este por buen consejo, et fízolo assí et fallóse dello muy bien.

Et entendiendo don Johán que éste era muy buen exemplo, fízolo poner en este libro et fizo estos viessos que dizen assí:

Aquesto tenet cierto, que es verdat probada
que honra et grand vicio non han una morada.

ENXEMPLO XXXVIII

De lo que contesció a un homne que iba cargado de piedras preciosas et se afogó en el río

Un día dixo el conde a Patronio que había muy grand voluntad de estar en una tierra porquel' habían de dar y una partida de dineros, et cuidaba fazer y mucho de su pro, pero que había muy grand recelo que, si allí se detoviesse, quel' podría venir muy grand periglo del cuerpo, et quel' rogaba quel' consejasse qué faría en ello.

–Señor conde –dixo Patronio–, para que vos fagades en esto al mio cuidar lo que vos más cumple, sería muy bien que sopiéssedes lo que contesció a un homne que llevaba una cosa muy preciada en el cuello et passaba un río.

E el conde le preguntó cómo fuera aquello.

–Señor conde –dixo Patronio–, un homne levaba muy grand pieça de piedras preciosas a cuestas, et tantas eran que se le fazían muy pesadas de levar: et acaesció que hobo de passar un grand río; et como él levaba grand carga, çafondaba más que si aquella carga non levasse: et cuando fué en hondo del río començó a çafondar mucho.

Et un homne que estaba a la orilla del río començól' a dar vozes et dezir que, si non echasse aquella carga, que sería muerto. Et el mesquino loco non entendió que, si muriesse en el río, que perdería el cuerpo et la carga que levaba, et si la echasse que, aunque perdiesse la carga, que no perdería el cuerpo. Et por la grand cobdicia de lo que valían las piedras preciosas que levaba, non las quiso echar et murió en el río et perdió el cuerpo et perdió la carga que levaba.

Et vos, señor conde Lucanor, comoquier que de los dineros et de lo ál, que podríedes fazer vuestra pro sería bien que lo fiziéssedes, conséjovos yo que, si peligro de vuestro cuerpo fallades en la fincada, que non finquedes y por cobdicia de dineros nin de su semejante. Et aun vos consejo que nunca aventuredes el vuestro cuerpo si non fuere por cosa que sea vuestra honra o vos sería mengua si lo non fiziéssedes, ca el que poco se precia et por cobdicia o por devaneo aventura su cuerpo, bien creed que non tiene mientes de fazer mucho con el su cuerpo, ca el que mucho precia el su cuerpo ha menester que faga en guisa por que lo precien mucho las gentes, et non es el homne preciado por preciarse él mucho, mas es muy preciado por que faga tales obras quel' precien mucho las gentes. Et si él tal fuere, cierto seed que preciará mucho el su cuerpo et non lo aventurará por cobdicia nin por cosa en que non haya grand honra, mas en lo que se deberíe aventurar, seguro sed que non ha homne en el mundo que tan aína ni tan de buena mente aventure su cuerpo como el que vale mucho et se precia mucho.

E el conde tovo este por buen exemplo, et fízolo assí et fallóse dello muy bien.

Et porque don Johán entendió que éste era muy buen enxiemplo, fízolo escribir en este libro et fizo estos viessos que dizen assí:

Quien por grand cobdicia de haber se aventura,
será maravilla que el bien múchol' dura.

ENXEMPLO XXXIX

De lo que contesció a un homne con las golondrinas et con el pardal

Otra vez fablaba el conde Lucanor con Patronio, su consejero, en esta guisa:

–Patronio, yo non puedo escusar en ninguna guisa de haber contienda con uno de dos vezinos que yo he, et contesce assí que el más mio vezino non es tan poderoso, et el que es más poderoso non es tan mio vezino. Et agora ruégovos que me consejedes lo que faga en esto.

–Señor conde –dixo Patronio–, para que sepades para esto lo que vos más cumple, sería bien que sopiéssedes lo que contesció a un homne con un pardal et con una golondrina.

E el conde le preguntó que cómo fuera aquello.

–Señor conde –dixo Patronio–, un homne era flaco et tomaba grand enojo con el roído de las vozes de las aves et rogó a un su amigo quel' diesse algún consejo, que non podía dormir por el roído quel' fazían los pardales et las golondrinas.

Et aquel su amigo le dixo: que de todos modos non le podía desembargar, mas que él sabía un escanto con que lo desembargaría del uno dello: o del pardal, o de la golondrina.

Et aquel que estaba flaco respondiól' que, comoquier que la golondrina da mayores vozes, pero porque la golondrina va et viene et el pardal mora siempre en casa, que antes se querría parar al roído de la golondrina, maguer que es mayor, porque va et viene, que al del pardal que está siempre en casa.

Et vos, señor conde, comoquier que aquel que mora más lejos es más poderoso, conséjovos yo que hayades ante contienda con aquél que vos está más acerca aunque non sea tan poderoso.

E el conde tovo esto por buen consejo et fízolo assí et fallóse ende bien.

Et porque don Johán se pagó deste enxiemplo, fízolo poner en este libro, et fizo estos viessos que dizen assí:

Si en toda guisa contienda hobieres de haber,
toma la más lejos, aunque haya más poder.

ENXEMPLO XL

De las razones por que perdió el alma un Siniscal de Carcassona

Fablaba otra vez el conde Lucanor con Patronio su consejero et díxole:

–Patronio, porque yo sé que la muerte non se puede escusar, querría fazer en guisa que, después de mi muerte, que dexasse alguna cosa señalada, que fincasse por mi alma et que fincasse para siempre, por que todos sopiessen que yo feziera aquella obra. Et ruégovos que me consejedes en qué manera lo podría fazer mejor.

–Señor conde –dixo Patronio–, comoquier que el bien fazer en cualquier guisa o por cualquier entención que se faga siempre el bien fazer es bien, pero para que vos sopiéssedes cómo se debe fazer lo que homne faze por su alma et a cuál entención, plazerme hía mucho que sopiéssedes lo que contesció a un Senescal de Carcassona.

E el conde le preguntó cómo fuera aquello.

–Señor conde –dixo Patronio–, un Senescal de Carcassona adolesció. Et desque entendió que non podía escapar, envió por el prior de los fraires predicadores et por el guardián de los fraires menores, et ordenó con ellos fazienda de su alma. Et mandó que luego que él fuesse muerto, que ellos cumpliessen todo aquello que él mandaba.

Et ellos fiziéronlo assí. Et él habia mandado mucho por su alma. Et porque fué tan bien complido et tan aína, estaban los fraires muy pagados et en buena entención et buena esperança de la su salvación.

E acaesció que dende a pocos días que fué una muger demoniada en la villa, et dizía muchas cosas maravillosas, porque el diablo, que fablaba en ella, sabía todas las cosas fechas et aun las dichas.

E cuando los fraires en que dexara el Senescal fecho de su alma sopieron las cosas que aquella muger dizía, tovieron que era bien de irla ver por preguntarle si sabía alguna cosa del alma del Senescal.

Et fiziéronlo assí. Et luego que entraron por la casa do estaba la muger demoniada, ante que ellos le preguntassen ninguna cosa díxoles ella que bien sabía por qué vinían, et que sopiessen que aquella alma por que ellos querían preguntar, que muy poco había que se partiera della et la dexara en el Infierno.

E cuando los fraires esto oyeron, dixiéronle que mentía, ca cierto era que él fuera muy bien confessado et recibiera los sacramentos de la Sancta Eglesia, et pues la fe de los cristianos era verdadera, que non podía seer que fuesse verdat lo que ella dizía.

Et ella díxoles: que sin dubda la fe et la ley de los cristianos toda era verdadera, et si él muriera et fiziera lo que debe fazer el que es verdadero cristiano, que salva fuera la su alma; mas él non lo fizo como verdadero nin bueno cristiano, ca comoquier que mucho mandó fazer por su alma, non lo fizo como debía nin hobo buena entención, ca él mandó complir aquello después que fuesse muerto, et su entención era que si muriesse que lo cumpliessen, mas si visquiesse, que non fiziesse nada dello, et mandólo complir después que muriesse cuando non lo podía tener nin levar consigo, et otrossí dexábalo por que fincasse dél fama para siempre de lo que fiziera, por que hobiesse fama de las gentes et del mundo. Et por ende, comoquier que él fizo buena obra, non lo fizo bien, ca Dios non gualardona solamente las buenas obras, mas gualardona las que se fazen bien. Et este bien fazer es en la entención, et porque la entención del Senescal non fué buena, ca fué cuando non debía ser fecha, por ende non hobo della buen galardón.

Et vos, señol conde, pues me pedides consejo dígovos que al mio grado, que el bien que quisiéredes fazer, que lo faredes en vuestra vida: et para que hayades dello buen gualardón, conviene que lo primero, que desfagades los tuertos que habedes fecho, ca poco valdría robar el carnero et dar los pies por amor de Dios. Et a vos poco vos valdría tener mucho robado et furtado a tuerto et fazer limosnas de lo ajeno. Et más, para que la limosna sea buena, conviene que haya en ella estas cinco cosas: la una, que se faga de lo que un homne hobiere de buena parte; et la otra, que la faga estando en verdadera penitencia; et la otra, que sea tanta que sienta homne alguna mengua por lo que da, et que sea cosa de que se duela homne; e la otra, que la faga en su vida; e la otra, que la faga homne simplemente por Dios et non por vanagloria nin ufana del mundo. Et, señor, faziéndose estas cinco cosas, serían todas las buenas obras et limosnas bien complidas, et habría homne de todas muy grand gualardón, pero vos nin otro ninguno que tan complidamente non las pudiesse fazer, non debe por esto dexar de fazer buenas obras, teniendo que, pues non las faze en las cinco maneras que son dichas, que non le tiene pro de las fazer, ca ésta sería muy mala razón et sería como desesperamiento, ca cierto es que en cualquier manera que homne faga bien, que siempre es bien, ca las buenas obras prestan al homne a salir de pecado et venir a penitencia, et a la salud del cuerpo, et a que sea rico et honrado, et que haya buena fama de las gentes et para todos los bienes temporales. Et assí todo bien que homne faga a cualquier entención siempre es bueno, mas sería muy mejor para salvamiento et aprovechamiento del alma guardando las cinco cosas dichas.

E el conde tovo que era verdat lo que Patronio le dizía et puso en su coraçón de lo fazer assí et rogó a Dios quel' guisasse que lo pudiesse fazer en la manera que Patronio le dizía.

Et entendiendo don Johán que este exiemplo era muy bueno, fízolo escribir en este libro et fizo estos viessos que dizen assí:

Faz bien et a buena entención en toda vida
si quieres ganar la gloria complida.

ENXEMPLO XLI

*De lo que contesció a un rey de Córdoba quel' dizían Alhaquén**

Un día fablaba el conde Lucanor con Patronio, su consejero, en esta guisa:

–Patronio, vos sabedes que yo so muy gran caçador et he fecho muchas caças nuevas que nunca fizo otro homne. Et aun he fecho et añadido en las pihuelas et en los capiellos algunas cosas muy aprovechosas que nunca fueron fechas. Et agora los que quieren dezir mal de mí fablan en manera de escarnio, et cuando loan al Cid Roy Díaz o al conde Ferrant Gonçález de cuantas lides vencieron, o al sancto et bienaventurado Rey don Fernando de cuantas conquistas fizo, loan a mí diciendo que fiz muy buen fecho porque añadí aquello en los capiellos et en las pihuelas. Et porque yo entiendo que este alabamiento más se me torna en denuesto que en alabamiento, ruégovos que me consejedes en qué manera faré por que me non escarnescan por la buena obra que fiz.

–Señor conde Lucanor –dixo Patronio–, para que vos sepades lo que vos más cumpliría de fazer en esto, plazerme hía que sopiéssedes lo que contesció a un moro que fué Rey de Córdoba.

Et el conde le preguntó cómo fuera aquello.

–Señor conde –dixo Patronio–, en Córdoba hobo un

* Anécdota de la vida del califa Alhaquem II o Hakem el-Mostemir. *Albogón*: albogue grande, especie de flauta.

rey que había nombre Alhaquén. E comoquier que mantenía bien su regno, non se trabajaba de fazer otra cosa honrada nin de grand fama de las que suelen et deben fazer los buenos reys, ca non tan solamente son los reys tenidos de guardar sus regnos, mas los que buenos quieren seer conviene que tales obras fagan por que con derecho acrescienten su regno et fagan en guisa que en su vida sean muy loados de las gentes et después de su muerte finquen buenas fazañas de las buenas obras que ellos hobieren fechas. Et este rey non se trabajaba desto, sinon de comer et folgar et estar en su casa vicioso.

Et acaesció que estando un día folgando, que tañían antél un estrumento de que se pagaban mucho los moros, que ha nombre albogón. Et el rey paró mientes et entendió que non fazía tan buen són como era menester, et tomó el albogón et añadió en él un forado en la parte de yuso en derecho de los otros forados, et dende adelante faze el albogón muy mejor són que fasta entonces fazía.

Et comoquier que aquello era bien fecho para en aquella cosa, porque non era tan grand fecho como convinía de fazer a rey, las gentes en manera de escarnio començaron aquel fecho a loar et dizían cuando loaban a alguno: «Va hede ziat Alhaquim», que quiere decir: «Este es el añadimiento del Rey Alhaquén.»

Et esta palabra fué sonada tanto por la tierra fasta que la hobo de oír el rey, et preguntó por qué dezían las gentes esta palabra. Et comoquier que ge lo quisieran encobrir, tanto los afincó que ge lo hobieron a dezir.

Et desque él esto oyó, tomó ende grant pesar, pero, como era muy buen rey, non quiso fazer mal en los que dizían esta palabra, mas puso en su coraçón de fazer otro añadimiento de que por fuerça hobiessen las gentes de loar el su fecho.

E entonce, porque la mezquita de Córdoba non era

acabada, añadió en ella aquel rey toda la labor que y menguaba et acabóla.

E ésta es la mayor et más complida et más noble mezquita que los moros habían en España et, loado a Dios, es agora eglesia et llámanla Sancta María de Córdoba, et ofresciόla el Sancto Rey don Fernando a Sancta María, cuando ganó a Córdoba de los moros.

Et desque aquel rey hobo acabada la mezquita et fecho aquel tan buen añadimiento, dixo que, pues fasta entonce lo loaban escarneciéndole del añadimiento que fiziera en el albogón, que tenía que de allí adelante lo habían a loar con razón del añadimiento que fiziera a la mezquita de Córdoba.

Et fué después muy loado. Et el loamiento que fasta entonce le fazían escarneciéndolo fincó después por loor; et hoy en día dicen los moros cuando quieren loar algún buen fecho: «este es el añadimiento de Alhaquén».

Et vos, señor conde, si tomades pesar o cuidades que vos loan por vos escarnescer del añadimiento que fiziestes en los capiellos et en las pihuelas et en las otras cosas de caça que vos fiziestes, guisad de fazer algunos fechos grandes et buenos et nobles cuales pertenescen de fazer a los grandes homnes. Et por fuerça las gentes habrán de loar los vuestros buenos fechos assí como loan agora por escarnio el añadimiento que fiziestes en las cosas de la caça.

Et el conde tovo éste por buen consejo et fízolo assí et fallóse ende muy bien.

Et porque don Johán entendió que este era buen enxiemplo, fízolo escribir en este libro et fizo estos viessos que dizen assí:

Si algún bien fizieres que muy grande non fuere,
faz grandes si pudieres, que el bien nunca muere.

ENXEMPLO XLII

*De lo que contesció a una falsa beguina**

Otra vez fablaba el conde Lucanor con Patronio, su consejero, en esta guisa:

–Patronio: yo et otras muchas gentes estábamos fablando et preguntábamos que cuál era la manera que un homne malo podría haber para fazer a las otras gentes cosa por que más mal les veniesse. Et los unos dizían que por ser homne revoltoso, et los otros dizían que por seer homne muy peleador, et los otros dizían que por seer muy mal fechor en la tierra, et los otros dizían que la cosa por que el homne malo podría fazer más mal a todas las otras gentes, que era por seer de mala lengua et assacador. Et por el buen entendimiento que vos habedes, ruégovos que me digades de cuál mal déstos podría venir más mal a todas las gentes.

–Señor conde Lucanor –dixo Patronio–, para que vos sepades esto, mucho querría que sopiéssedes lo que contesció al diablo con una muger déstas que se fazen beguinas.

E el conde le preguntó cómo fuera aquello.

–Señor conde Lucanor –dixo Patronio–, en una villa había un muy buen mancebo et era casado con una muger et fazían buena vida en uno, assí que nunca entre ellos había desavenencia.

---

* En otro manuscrito, *pelegrina*. Este asunto aparece en colecciones medievales de cuentos.

Et porque el diablo se despagó siempre de las buenas cosas, hobo desto muy grand pesar, et maguer que andido muy grand tiempo por meter mal entre ellos, nunca lo pudo guisar.

Et un día, viniendo el diablo de aquel logar do fazían vida aquel homne et aquella muger, muy triste porque non podía poner y ningún mal, topó con una beguina. Et desque se conoscieron preguntól' por qué venía triste. Et él díxole que vinía de aquella villa do fazían vida aquel homne et aquella muger, et que había muy grand tiempo que andaba por poner mal entrellos et que nunca pudiera, et desque lo sopiera su mayoral, quel' dixiera que, pues tan grand tiempo había que andaba en aquello et pues non lo fazía, que sopiesse que era perdido con él, et que por esta razón vinía triste.

Et ella díxol' que se maravillaba, pues tanto sabía, cómo non lo podía fazer, mas que si fiziesse lo que ella quería, que ella le pornía recabdo en esto.

Et el diablo le dixo que faría lo que ella quisiesse en tal guisa que guisasse cómo pusiesse mal entre aquel homne et aquella muger.

Et de que el diablo et aquella beguina fueron a esto avenidos, fuése la beguina para aquel logar do vivíana aquel homne et aquella muger, et tanto fizo de día en día, fasta que se fizo conoscer con aquella muger de aquel mancebo et fízol' entender que era criada de su madre, et por este debdo que había con ella, que era muy tenuda de la servir et que la serviría cuanto pudiesse.

Et la buena muger fiando en esto tóvola en su casa et fiaba della toda su fazienda, et esso mismo fazía su marido.

Et desque ella hobo morado muy grand tiempo en su casa et era privada de entramos, vino un día muy triste et dixo a la muger que fiaba en ella:

–Fija, mucho me pesa desto que agora oí, que vuestro

marido que se paga más de otra muger que non de vos, et ruégovos quel' fagades mucha honra et mucho plazer por que él non se pague más de otra muger que de vos, ca desto vos podría venir más mal que de otra cosa ninguna.

E cuando la buena muger esto oyó, comoquier que non lo creía, tovo desto muy grand pesar et entristesció muy fieramente. Et desque la mala beguina la vío estar triste, fuése para el logar por do su marido había de venir. Et desque se encontró con él díxol' quel' pesaba mucho de lo que fazía en tener tan buena muger como tenía et amar más a otra que non a ella, et que esto, que ella lo sabía ya, et que tomara grand pesar et quel' dixiera que, pues él esto fazía, faziéndol' ella tanto servicio, que cataría otro que la amasse a ella tanto como él o más, e que por Dios, que guardasse que esto non lo sopiesse su muger; si non, que sería muerta.

E cuando el marido esto oyó, comoquier que lo non creyó, tomó ende grand pesar et fincó muy triste.

Et desque la falsa beguina le dexó assí, fué adelante a su muger et díxol' amostrando muy gran pesar:

–Fija, non sé qué desaventura es ésta, que vuestro marido es muy despagado de vos: et por que entendades que es verdad esto que yo vos digo, agora veredes cómo viene muy triste et muy sañudo, lo que él non solía fazer.

Et desque la dexó con este cuidado, fuése para su marido et díxol' esso mismo. Et desque el marido llegó a su casa et falló a su muger triste, et de los plazeres que solían en una haber, que non había ninguno, estaba cada uno con muy grand cuidado.

Et de que el marido fué a otra parte, dixo la mala beguina a la buena muger: que si ella quisiesse, que buscaría algún home muy sabidor quel' fiziesse alguna cosa con que su marido perdiesse aquel mal talante que había contra ella.

Et la muger, queriendo haber muy buena vida con su marido, díxol' quel' plazia et que ge lo gradescería mucho.

Et a cabo de algunos días tornó a ella et díxol' que había fallado un homne muy sabidor et quel' dixiera que si hobiesse unos pocos de cabellos de la barba de su marido de los que están en la garganta, que faría con ellos una maestría que perdiesse el marido toda la saña que había della, et que vivirían en buena vida como solían, o por aventura mejor, et que a la hora que viniesse, que guisasse que se echasse a dormir en su regaço. Et dióle una navaja con que cortasse los cabellos.

Et la buena muger, por el grand amor que había a su marido, pesándole mucho de la estrañeza que entrellos había caído et cudiciando más que cosa del mundo tornar a la buena vida que en uno solían haber, díxol' quel' plazía et que lo faría assí. Et tomó la navaja que la mala beguina traxo para lo fazer.

Et la beguina falsa tornó al marido, et díxole que había muy grand duelo de la su muerte, et por ende que ge lo non podía encobrir, que sopiesse que su muger le quería matar et irse con su amigo, et por que entendiesse quel' dizía verdat, que su muger et aquel su amigo habían acordado que lo matassen en esta manera: que luego que viniesse, que guisaría que él que se adormiesse en su regaço della, et desque fuese adormido, quel' degollasse con una navaja que tenía paral' degollar.

Et cuando el marido esto oyó, fué mucho espantado, et comoquier que ante estaba con mal cuidado por las falsas palabras que la mala beguina le había dicho, por esto que agora dixo fué muy cuitado et puso en su coraçón de se guardar et de lo probar, et fuése para su casa.

Et luego que su muger lo vío, recibiólo mejor que los otros días de ante, e díxol' que siempre andaba trabajando et non quería folgar nin descansar, mas que se echasse allí cerca della et que pusiesse la cabeça en su regaço, et ella quel' espulgaría.

Et cuando el marido esto oyó, tovo por cierto lo quel' dixiera la falsa beguina et por probar lo que su muger faría echóse a dormir en su regaço et començó de dar a entender que durmía. Et de que su muger tovo que era adormido bien, sacó la navaja para le cortar los cabellos, segund la falsa beguina lo había dicho. E cuando el marido le vío la navaja en la mano cerca de la su garganta, teniendo que era verdat lo que la falsa beguina le dixiera, sacól' la navaja de las manos et degollóla con ella.

Et al roído que se fizo cuando la degollaba, recudieron el padre et los hermanos de la muger. Et cuando vieron que la muger era degollada et que nunca fasta aquel día oyeron al su marido nin a otro homne ninguna cosa mala en ella, por el grand pesar que hobieron endereçaron todos al marido et matáronlo.

Et a este roído recudieron los parientes del marido et mataron a aquellos que mataron a su pariente. Et en tal guisa se revolvió el pleito, que se mataron aquel día la mayor parte de cuantos eran en aquella villa.

Et todo esto vino por las falsas palabras que sopo dezir aquella falsa beguina. Pero, porque Dios nunca quiere que el que mal fecho faze, que finque sin pena nin aunque el mal fecho sea encubierto, guisó que fuesse sabido que todo aquel mal viniera por aquella falsa beguina e fizieron della muchas malas justicias, et diéronle muy mala muerte et muy cruel.

Et vos, señor conde Lucanor, si queredes saber cuál es el peor homne del mundo et de que más mal puede venir a las gentes, sabet que es el que se muestra por buen cristiano et por homne bueno et leal et la su entención es falsa, et anda assacando falsedades et mentiras por meter mal entre las gentes. Et conséjovos yo que siempre vos guardedes de los que vierdes que se fazen gatos religiosos, que los más dellos siempre andan con mal et con engaño, et para que los podades conoscer, tomad el consejo del Evangelio que dice: «A fructibus eorum cognoscetis eos» que quiere dezir: «que por las sus obras los cognosceredes», ca cierto sed que non ha homne en el mundo que muy luengamente pueda encubrir las obras que tiene en la voluntad, ca buen las puede encubrir algún tiempo, mas non luengamente.

Et el conde tovo que era verdad esto que Patronio le dixo et puso en su coraçón de lo fazer assí e rogó a Dios quel' guardasse a él e a todos sus amigos de tal homne.

Et entendiendo don Johán que este enxiemplo era muy bueno, fízolo escribir en este libro et fizo estos viessos que dizen assí:

Para mientes a las obras et non a la semejança,
si cobdiciares ser guardado de haber mala andança.

ENXEMPLO XLIII

De lo que contesció al Bien et al Mal, et al cuerdo con el loco

El conde Lucanor fablaba con Patronio, su consejero, en esta manera:

–Patronio, a mí contesce que he dos vezinos: el uno es homne a que yo amo mucho, et ha muchos buenos debdos entre mí et él por quel' debo amar, et non sé qué pecado o qué ocasión es que muchas veces me faze algunos yerros et algunas escatimas de que tomo muy grand enojo; et el otro non es homne con quien haya grandes debdos, nin grand amor, nin hay entre nos grand razón por quel' deba mucho amar; et éste, otrossí, a las vezes fázeme algunas cosas de que yo non me pago. Et por el buen entendimiento que vos habedes, ruégovos que me consejedes en qué manera passe con aquellos dos homnes.

–Señor conde Lucanor –dixo Patronio–, esto que vos dezides non es una cosa, ante son dos, et muy revesadas la una de la otra. Et para que vos podades en esto obrar como vos cumple, plazerme hía que sopiéssedes dos cosas que acaescieron: la una, lo que contesció al Bien et al Mal; et la otra, lo que contesció a un homne bueno con un loco.

E el conde le preguntó cómo fuera aquello:

–Señor conde –dixo Patronio–, porque éstas son dos cosas non vos las podría dezir en uno: dezirvos he primero de lo que contesció al Bien et al Mal, et dezirvos he después lo que contesció al homne bueno con el loco.

Señor conde, el Bien et el Mal acordaron de fazer su

compañía en uno. Et el Mal, que es más acucioso et siempre anda con revuelta et non puede folgar sinon revolver algún engaño et algún mal, dixo al Bien: que sería buen recabdo que hobiessen algún ganado con que se pudiessen mantener. Et al Bien plogo desto. Et acordaron de haber ovejas.

Et luego que las ovejas fueron paridas, dixo el Mal al Bien que escogiesse en el esquilmo daquellas ovejas. Et el Bien, como es bueno et mesurado, non quiso escoger, et el Bien dixo al Mal que escogiesse él. Et el Mal, porque es malo et derranchado, plógol' ende, et dixo que tomasse el Bien los corderuelos así como nascían, et él, que tomaría la leche et la lana de las ovejas. Et el Bien dió a entender que se pagaba desta partición.

Et el Mal dixo que era bien que hobiessen puercos; et al Bien plogo desto. Et desque parieron dixo el Mal que, pues el Bien tomara los fijos de las ovejas et él la leche et la lana, que tomasse agora la leche et la lana de las puercas, et que tomaría él los fijos. Et el Bien tomó aquella parte.

Et después dixo el Mal que pusiessen alguna hortaliça; et pusieron nabos. Et desque nascieron, dixo el Mal al Bien: que non sabía qué cosa era lo que non veía, mas, por que el Bien viesse lo que tomaba, que tomasse las fojas de los nabos que parescían et estaban sobre tierra, et que tomaría él lo que estaba so tierra; et el Bien tomó aquella parte.

E después pusieron coles; et desque nascieron, dixo el Mal que, pues el Bien tomara la otra vez de los nabos lo que estaba sobre tierra, que tomasse agora de las coles lo que estaba so tierra; et el Bien tomó aquella parte.

E después dixo el Mal al Bien que sería buen recabdo que hobiessen una muger que los serviesse. Et al Bien plogo desto. Et desque la hobieron, dixo el Mal que tomasse el Bien de la cinta contra la cabeça, et que él tomaría de la cinta contra los pies; et el Bien tomó aquella parte. Et assí fué que la parte del Bien fazía lo que cumplía en casa, et la parte del Mal era casada con él et había de dormir con su marido.

E la muger fué en cinta et encaesció de un fijo. Et desque nasció, quiso la madre dar al fijo de mamar; et cuando el Bien esto vío, dixo que non lo fiziesse, ca la leche de la su parte era, et que non lo consintiría en ninguna manera. E cuando el Mal vino alegre por veer el su fijo quel' nasciera, falló que estaba llorando, et preguntó a su madre que por qué lloraba. E la madre le dixo que porque non mamaba. Et díxol' el Mal quel' diesse a mamar. Et la muger le dixo que el Bien ge lo defendiera diziendo que la leche era de su parte.

E cuando el Mal esto oyó, fué al Bien et díxol' riendo et burlando que fiziesse dar la leche a su fijo. Et el Bien dixo que la leche era de su parte et que non lo faría. E cuando el Mal esto oyó, començól' de afincar ende. Et desque el Bien vío la priessa en que estaba el Mal, díxol':

–Amigo, non cuidedes que yo tampoco sabía que non entendía cuáles partes escogistes vos siempre et cuáles diestes a mí; pero nunca vos demandé yo nada de las vuestras partes, et passé muy lazdradamente con las partes que me vos dábades, e vos nunca vos doliestes nin hobiestes mensura contra mí, e pues si agora Dios vos traxo a lugar que habedes mester algo de lo mio, non vos maravilledes si vos lo non quiero dar, et acordatvos de lo que me feziestes, et sofrid esto por lo ál.

E cuando el Mal entendió que el Bien dizía verdat et que su fijo sería muerto por esta manera, fué muy mal cuitado et començó a rogar et pedir merced al Bien que por amor de Dios hobiesse piedat daquella criatura, et que non parasse mientes a las sus maldades, et que dallí adelante siempre faría cuanto mandasse.

E desque el Bien esto vío, tovo quel' fiziera Dios mucho bien en traerlo a lugar que viesse el Mal que non podía guarescer sinon por la bondat del Bien, et tovo que esto le era muy grand enmienda et dixo al Mal que, si quería que consintiesse que diesse la muger leche a su fijo, que tomasse el moço a cuestas et anduviesse por la villa pregonando en guisa que lo oyessen todos, et que dixiesse:

–Amigos, sabet que con bien vence el Bien al Mal. Et faziendo esto, que consintiría quel' diesse la leche. E desto plogo mucho al Mal, et tovo que había de muy buen mercado la vida de su fijo, et el Bien tovo que había muy buena enmienda. Et fízose assí. Et sopieron todos que siempre el Bien vence con bien.

Mas al homne bueno contesció de otra guisa con el loco, et fué assí:

Un homne bono había un baño, et el loco vinía al baño cuando las gentes se bañaban et dábales tantos golpes con los cubos, et con piedras, et con palos, et con cuanto fallaba, que ya homne del mundo non osaba ir al baño de aquel homne bueno. Et perdió su renta.

Et cuando el homne bueno vío que aquel loco le fazía perder la renta del baño, madrugó un día et metióse en el baño ante que el loco viniesse. Et desnuyóse et tomó un cubo de agua bien caliente et una grand maça de madero. Et cuando el loco que solía venir al baño para ferir los que se bañassen llegó, endereçó al baño como solía. Et cuando el homne bueno que estaba atendiendo desnuyo le vío entrar, dexóse ir a él muy bravo, et muy sañudo, et diól' con el cubo del agua caliente por cima de la cabeza, et metió mano a la maça et diól' tantos et tales colpes con ella por la cabeça et por el cuerpo, que el loco cuidó ser muerto, et cuidó que aquel homne bueno, que era loco. Et salió dando muy grandes vozes et topó con un homne et preguntól' cómo vinía assí dando vozes et quexándose tanto; et el loco dixo:

–Amigo, guardatvos, que sabed que otro loco ha en el baño.

Et vos, señor conde Lucanor, con estos vuestros vezinos passat assí: con el que habedes tales debdos que en toda guisa creedes que siempre seades amigos, fazedle siempre buenas obras, et aunque vos faga algunos enojos, datle posada e acorredle siempre al su mester, pero siempre lo fazed dándol' a entender que lo fazedes por los debdos et por el amor quel' habedes, mas non por vencimientos; mas al otro con quien non habedes tales debdos en ninguna guisa non le sufrades cosa del mundo, mas dadle bien a entender que por quequier que vos faga todo se aventurará sobrello; ca bien cred que los malos amigos, que más guardan el amor por barata et por recelo que por otra buena voluntad.

E el conde tovo este por muy buen consejo et fízolo assí, et fallóse ende muy bien.

Et porque don Johán tovo éstos por buenos enxiemplos, fízolos escribir en este libro et fizo estos viessos que dizen assí:

Siempre el Bien vence con bien al Mal,
sofrir al homne malo poco val.

ENXEMPLO XLIV

*De lo que contesció a don Pero Núñez el Leal et a don Roy Gome Çavallos et a don Gutier Roíz de Blaquiello con el conde don Rodrigo el Franco**

Otra vez fablaba el conde Lucanor con Patronio, su consejero, et díxole:

–Patronio, a mí acaesció de haber muy grandes guerras, en tal guisa que estaba la mi fazienda en muy grand peligro. Et cuando yo estaba en el mayor mester, algunos de aquellos que yo crié et a quien fiziera mucho bien dexáronme et aun señaláronse mucho a me fazer mucho desservicio. Et tales cosas fizieron ante mí aquellos que bien vos digo, que me fizieron haber muy peor esperança de las gentes de cuanto había, ante que aquellos que assí errassen contra mí. Et por el buen seso que Dios vos dió, ruégovos que me consejedes lo que vos paresce que debo fazer en esto.

–Señor conde –dixo Patronio–, si los que assí erraron contra vos fueran tales como fueron don Pedro Núñez de Fuente Almexir et don Roy Gonçález de Çavallos et don Gutier Roíz de Blaquiello et sopieran lo que les contesció, non fizieran lo que fizieron.

E el conde le preguntó cómo fuera aquello:

–Señor conde –dixo Patronio–, el conde don Rodrigo el Franco fué casado con una dueña fija de don Gil García de Çagra, et fué muy buena dueña, et el conde, su marido, assacól' falso testimonio. Et ella, quexándose desto, fizo su ora-

* Parte de estos cuentos es histórica.

ción a Dios que si ella era culpada, que Dios mostrasse su miraglo en ella, et si el marido le assacara falso testimonio, que lo mostrasse en él.

E luego que la oración fué acabada, por el miraglo de Dios engafeció[1] el conde su marido, et ella partióse dél. Et luego que fueron partidos, envió el Rey de Navarra sus mandaderos a la dueña, et casó con ella, et fué reína de Navarra.

E el conde seyendo gafo, et veyendo que non podía guarescer, fuése para la Tierra Sancta en romería para morir allá. Et comoquier que él era muy honrado et habían muchos buenos vassallos, non fueron con él sinon estos tres caballeros dichos, et moraron allá tanto tiempo que les cumplió lo que levaron de su tierra et hobieron de venir a tan gran pobreza, que non habían cosa que dar al conde, su señor, para comer; et por la grand mengua alquilábanse cada día los dos en la plaça et el uno fincaba con el conde, et de lo que ganaban de su alquile gobernaban a su señor et a sí mismos. Et cada noche bañaban al conde et alimpiábanle las llagas de aquella gafedat.

Et acaesció que en lavándole una noche los pies et las piernas, que por aventura hobieron mester de escopir et escopieron. E cuando el conde vío que todos escupieron, cuidando que todos lo fazían por asco que dél tomaban, començó a llorar et a quexarse del grant pesar et quebranto que daquello hobiera.

E porque el conde entendiesse que non habían asco de la su dolencia, tomaron con las manos daquella agua que estaba llena de podre et de aquellas pustuellas que salían de las llagas de la gafedat que el conde había, et bebieron della muy grand pieça. Et pasando con el conde su señor tal vida, fincaron con él fasta que el conde murió.

---

1. *Engafecer*: ponerse gafo, leproso.

Et porque ellos tovieron que les sería mengua de tornar a Castilla sin su señor, vivo o muerto, non quisieron venir sin él. Et comoquier que les dizían quel' fiziessen cozer e que levassen los sus huesos, dixieron ellos que tampoco consintirían que ninguno pusiesse la mano en su señor seyendo muerto como si fuesse vivo. Et non consintieron quel' coziessen, mas enterráronlo et esperaron tanto tiempo fasta que fué toda la carne desfecha. Et metieron los huesos en una arquita, et traíenlos a vezes a cuestas.

Et assí vinían pidiendo las raciones e trayendo a su señor a cuestas, pero traían testimonio de todo esto que les había contescido. Et viniendo ellos tan pobres, pero tan bienandantes, llegaron a tierra de Tolosa et entrando por una villa toparon con muy grand gente que levaban a quemar una dueña muy honrada porque la acusaba un hermano de su marido. Et dizían que si algún caballero non la salvasse, que cumpliessen en ella aquella justicia, et non fallaban caballero que la salvasse.

E cuando don Pero Núñez, el Leal et de buena ventura, entendió que por mengua de caballero fazían aquella justicia de aquella dueña, dixo a sus compañeros que si él sopiesse que la dueña era sin culpa, que él la salvaría.

Et fuése luego para la dueña et preguntól' la verdat de aquel fecho. Et ella díxol' que ciertamente ella nunca fiziera aquel yerro de que la acusaban, mas que fuera su talante de lo fazer.

Et comoquier que don Pero Núñez entendió que, pues ella de su talante quisiera fazer lo que non debía, que non podía seer que algún mal non le contesciesse a él que la quería salvar, pero pues lo había començado et sabía que non fiziera todo el yerro de que la acusaban, dixo que él la salvaría.

Et comoquier que los acusadores lo cuidaron desechar diziendo que non era caballero, desque mostró el testimonio que traía non lo pudieron desechar. Et los parientes de la dueña diéronle caballo et armas, et ante que entrasse en el campo dixo a sus parientes que con la merced de Dios, que él fincaría con honra et salvaría la dueña, más que non podía seer que a él non le viniesse alguna ocasión por lo que la dueña quisiera fazer.

Et desque entraron en el campo, ayudó Dios a don Pero Núñez, et venció la lid et salvó la dueña, pero perdió y don Pero Núñez el ojo, et assí se cumplió todo lo que don Pero Núñez dixiera ante que entrasse en el campo.

E la dueña et los parientes dieron tanto haber a don Pero Núñez con que pudieron traer los huessos del conde su señor, ya cuanto más sin lazeria que ante.

E cuando las nuevas llegaron al Rey de Castilla de cómo aquellos bienandantes caballeros vinían et traían los huessos del conde, su señor, et cómo vinían tan bienandantes, plógole mucho ende et gradesció mucho a Dios porque eran del su regno homnes que tal cosa fizieran. Et envióles mandar que viniessen de pie assí mal vestido como vinían. E el día que hobieron de entrar en el su regno de Castilla, saliólos a recibir el rey de pie bien cinco leguas ante que llegassen al su regno, et fízoles tanto bien, que hoy en día son heredados, los que vienen de sus linajes, de lo que el Rey les dió.

Et el Rey, et todos cuantos eran con él, por fazer honra al conde et señaladamente por la fazer a los caballeros, fueron con los huessos del conde fasta Osma, do lo enterraron. Et desque fué enterrado, fuéronse los caballeros para sus casas.

Et el día que Roy Gonçález llegó a su casa, cuando se assentó a la mesa con su muger, desque la buena dueña vío la vianda ante sí, alçó las manos contra Dios et dixo:

—¡Señor, bendito seas tú que me dexaste veer este día, ca tú sabes que después que don Roy Gonçález se partió desta tierra, que ésta es la primera carne que yo comí, et el primero vino que yo bebí!

A don Roy Gonçález pesó por esto, et preguntól' por qué lo fiziera. Et ella díxol' que bien sabía él que, cuando se fuera con el conde, quel' dixiera que él nunca tornaría sin el conde, et ella que visquiesse como buena dueña, que nunca le menguaría pan et agua en su casa, et pues él esto le dixiera, que non era razón quel' saliesse ella de mandado, et por esto nunca comiera nin bebiera sinon pan et agua.

E otrossí, desque don Pero Núñez llegó a su casa, desque fincaron él et su muger et sus parientes sin otra compaña, la buena dueña et sus parientes, con el grand plazer que habían, començaron a reír. Et cuidando don Pero Núñez que fazían escarnio dél porque perdiera el ojo, cubrió el manto por la cabeça et echóse muy triste en la cama. Et cuando la buena dueña lo vío assí ser triste, hobo ende muy grand pesar et tanto le afincó fasta quel' hobo a dezir que se sintía mucho porquel' fazían escarnio por el ojo que perdiera.

E cuando la buena dueña esto oyó, dióse con una aguja en el su ojo, et quebrólo, et dixo a don Pero Núñez que aquello fiziera ella por que, si alguna vez riesse, que nunca él cuidasse que reía por le fazer escarnio.

Et assí fizo Dios bien en todos aquellos buenos caballeros por el bien que fizieron.

Et tengo que, si los que tan bien non lo acertaron en vuestro servicio fueran tales como éstos, et sopieran cuánto bien les vino por esto que fizieron, non lo erraran como erraron; pero vos, señor conde, por vos fazer algún yerro algunos que lo non debían fazer, nunca vos por esso dexedes de fazer bien, ca los que vos yerran, más yerran a sí mismos que a vos. Et parad mientes que, si algunos vos erraron, que muchos otros vos servieron; et más vos cumplió el servicio que aquellos vos fizieron, que vos empesció nin vos tovo mengua lo que vos erraron. Et non creades que de todos los que vos fazedes bien, que de todos tomaredes servicio, mas un tal acaescimiento vos podrá acaescer: que uno vos fará tal servicio que ternedes por bien empleado cuanto bien fazedes a los otros.

E el conde tovo este por buen consejo et por verdadero.

Et entendiendo don Johán que este exiemplo era muy bueno, fízolo escribir en este libro, et fizo estos viessos que dizen assí:

Maguer que algunos te hayan errado,
nunca dexes de fazer aguisado.

ENXEMPLO XLV

De lo que contesció a un homne que se fizo amigo et vasallo del Diablo

Fablaba una vez el conde Lucanor con Patronio, su consejero, en esta guisa:

–Patronio, un homne me dize que sabe muchas maneras, tan bien de agüeros como de otras cosas, en cómo podré saber las cosas que son por venir et cómo podré fazer muchas arterías con que podré aprovechar mucho mi fazienda, pero en aquellas cosas tengo que non se puede escusar de haber y pecado. Et por la fiança que de vos he, ruégovos que me consejedes lo que faga en esto.

–Señor conde –dixo Patronio–, para que vos fagades en esto lo que vos más cumple, plazerme hía que sepades lo que contesció a un homne con el Diablo.

E el conde le preguntó cómo fuera aquello.

–Señor conde –dixo Patronio–, un homne fuera muy rico et llegó a tal grand pobreza que non había cosa de que se mantener. Et porque non ha en el mundo tan grand desventura como seer muy malandante el que suele seer bienandante, por ende aquel homne, que fuera muy bienandante e era llegado a tan gran mengua, se sintía dello mucho. Et un día iba en su cabo, solo, por un monte, muy triste et cuidando muy fieramente, et yendo assí tan coitado encontróse con el Diablo.

Et como el Diablo sabe todas las cosas passadas, sabía el coidado en que vinía aquel homne, et preguntól' por qué vinía tan triste. Et el homne díxole que para qué ge lo diría, ca él non le podría dar consejo en la tristeza que él había.

Et el Diablo díxole que, si él quisiesse fazer lo que él le diría, que él le daría cobro paral cuidado que había, et por que entendiesse que lo podía fazer, quel' diría en lo que vinía cuidando et la razón por que estaba tan triste. E estonce le contó toda su fazienda et la razón de su tristeza como aquel que la sabía muy bien. Et díxol' que, si quisiesse fazer lo que él le diría, que él le sacaría de toda lazeria et lo faría más rico que nunca fuera él nin homne de su linaje, ca él era el Diablo et había poder de lo fazer.

E cuando el homne oyó dezir que era el Diablo, tomó ende muy grand recelo, pero, por la grant cuita et grant mengua en que estaba, dixo al Diablo que si él le diesse manera como pudiesse seer rico, que faría cuanto él quisiesse.

Et bien cred que el Diablo siempre cata tiempo para engañar a los homnes; e cuando vee que están en alguna quexa, o de mengua, o de miedo, o de querer complir su talante, estonces libra él con ellos todo lo que quiere, et assí cató manera para engañar a aquel homne en el tiempo que estaba en aquella coita.

E estonce fizieron sus posturas en uno, et el homne fué su vassallo. E desque las avenencias fueron fechas, dixo el Diablo al homne que dallí adelante, que fuesse a furtar, ca nunca fallaría puerta nin casa, por bien cerrada que fuesse, que él non ge la abriesse luego, et si por aventura en alguna priessa se viesse o fuesse preso, que luego que lo llamasse et le dixiesse: «Acorredme, don Martín», que luego fuesse con él et lo libraría de aquel periglo en que estudiesse.

E las posturas fechas entre ellos, partiéronse.

Et el homne endereçó a casa de un mercadero de noche oscura: ca los que mal quieren fazer siempre aborrescen la lumbre; et luego que llegó a la puerta, el Diablo abriógela, et esso mismo fizo a las arcas, en guisa que luego hobo ende muy grant haber.

E otro día fizo otro furto muy grande, et después otro, fasta que fué tan rico que se non acordaba de la pobreza que había pasado. Et el malandante, non se teniendo por pagado de cómo era fuera de lazeria, començó a furtar aún más; et tanto lo usó, fasta que fué preso.

Et luego que lo prendieron llamó a don Martín que lo acorriesse; et don Martín llegó muy aprissa et librólo de la prisión. Et desque el homne vío que don Martín le fuera tan verdadero, començó a furtar como de cabo, et fizo muchos furtos, en guisa que fué más rico et fuera de lazeria.

Et usando a furtar, fué otra vez preso, et llamó a don Martín, mas don Martín non vino tan aína como él quisiera, et los alcaldes del lugar do fuera el furto començaron a fazer pesquisa sobre aquel furto. E estando assí el pleito, llegó don Martín: et el homne díxol':

–¡Ah, don Martín! ¡Qué grand miedo me pusiestes! ¿Por qué tanto tardábades?

Et don Martín le dixo que estaba en otras grandes priessas et que por esso tardaba; et sacóle luego de la prisión.

Et el homne se tornó a furtar, et sobre muchos furtos fué preso, et fecha la pesquisa dieron sentencia contra él. Et la sentencia dada, llegó don Martín et sacólo.

Et él tornó a furtar porque veía que siempre le acorría don Martín. E otra vez fué preso, et llamó a don Martín, et non vino, et tardó tanto fasta que fué judgado a muerte, et seyendo judgado llegó don Martín et tomó alçada para casa del Rey, et librólo de la prisión, et fué quito.

E después tornó a furtar et fué preso, et llamó a don Martín et non vino fasta que judgaron quel' enforcassen. Et seyendo al pie de la forca, llegó don Martín; et el homne le dixo:

–¡Ah, don Martín, sabet que esto non era juego, que bien vos digo que grand miedo he passado!

Et don Martín le dixo: que él le traía quinientos maravedís en una limosnera et que los diesse al alcalde et que luego sería libre, e el homne fízolo ansí. E el alcalde había mandado ya que lo enforcassen, et non fallaron soga para lo enforcar. E en cuanto buscaban la soga, llamó el homne al alcalde et dióle la limosnera con los dineros. E cuando el alcalde cuidó quel' daba los quinientos maravedís, dixo a las gentes que y estaban:

–Amigos ¡quién vió nunca que menguasse soga para enforcar homne! Ciertamente este homne non es culpado, et Dios non quiere que muera et por esso nos mengua la soga; mas tengámoslo fasta cras, et veremos más en este fecho; ca si culpado es, y se finca para complir cras la justicia.

Et esto fazía el alcalde por lo librar, por los quinientos maravedís que cuidaba quel' había dado. Et habiendo esto assí acordado, apartóse el alcalde et abrió la limosnera et cuidando fallar los quinientos maravedís non falló los dineros; mas falló una soga en la limosnera. Et luego que esto vió mandól' enforcar.

Et poniéndolo en la forca, vino don Martín et el homne le dixo que le acorriesse. Et don Martín le dixo que siempre él acorría a todos sus amigos fasta que los llegaba a tal lugar.

Et assí perdió aquel homne el cuerpo et el alma, creyendo al Diablo et fiando dél. Et cierto sed que nunca homne dél creyó nin fió que non llegasse a haber mala postremería; si non, parad mientes a todos los agoreros, o sorteros, o adevinos, o otros que fazen cercos o encantamientos et destas cosas cualesquier, et veredes que siempre hobieron malos acabamientos. Et si non me credes, acordatvos de Álvar Núñez et de Garcilasso, que fueron los homnes del mundo que más fiaron en agüeros et en estas tales cosas, e veredes cuál acabamiento hobieron.

Et vos, señor conde Lucanor, si bien queredes fazer vuestra fazienda paral cuerpo et paral alma, fiat derechamente en Dios et ponet en él toda vuestra esperança et vos ayudatvos cuanto pudierdes et Dios ayudarvos ha. Et non creades nin fiedes en agüeros, nin en otro devaneo, ca cierto sed que de los pecados del mundo con que a Dios más pesa, et que homne mayor tuerto et mayor desconoscimiento faze a Dios, es en catar agüeros et estas tales cosas.

E el conde tovo éste por buen consejo et fízolo assí et fallóse muy bien dello.

Et porque don Johán tovo este por buen exiemplo, fízolo escribir en este libro et fizo estos viessos que dizen assí:

El que en Dios non pone su esperança
morrá mala muete, habrá mala andança.

ENXEMPLO XLVI

De lo que contesció a un filósofo que por ocasión entró en una calle do moraban malas mugeres

Otra vez fablaba el conde Lucanor con Patronio, su consejero, en esta manera:

–Patronio, vos sabedes que una de las cosas del mundo por que homne más debe trabajar es por haber buena fama et por se guardar que ninguno non le pueda trabar en ella. Et porque yo sé que en esto nin en ál ninguno non me podría consejar mejor que vos, ruégovos que me consejedes en cuál manera podré mejor encrescentar et levar adelante et guardar la mi fama.

–Señor conde Lucanor –dixo Patronio–, mucho me plaze desto que dezides, et para que vos mejor lo podades fazer, plazerme hía que sopiéssedes lo que contesció a un muy grand filósofo et mucho anciano.

E el conde le preguntó cómo fuera aquello.

–Señor conde Lucanor –dixo Patronio–, un muy grand filósofo moraba en una villa del reino de Marruecos. Et aquel filósofo había una enfermedad que cuandol' era mester de se desembargar de las cosas sobejanas que fincaban de la vianda que había recebido, non lo podía fazer sinon con muy grant dolor et con muy grant pena, et tardaba muy grand tiempo ante que pudiesse seer desembargado.

Et por esta enfermedat que tenía mandábanle los físicos que cada quel' tomasse talante de se desembargar de aquellas cosas sobejanas, que lo probasse luego, et non lo tardasse; porque cuanto aquella materia más se quemasse, más se dessecaríe et más endurescería, en guisa, quel' sería grand pena et grand daño para la salud del cuerpo. Et porque esto le mandaban los físicos, fazíelo et fallábase ende bien.

E acaesció que un día, yendo por una calle de aquella villa do moraba et do teníe muchos discípulos que aprendían dél, quel' tomó talante de se desembargar como es dicho. Et por fazer lo que los físicos le consejaban et era su pro, entró en una calleja para fazer aquello que non pudíe escusar.

Et atal fué su ventura, que en aquella calleja do él entró, que moraban y las mugeres que públicamente viven en las villas faziendo daño de sus almas et deshonra de sus cuerpos. Et desto non sabía nada el filósofo, que tales mugeres moraban en aquel lugar. Et por la manera de la enfermedad que él había, et por el gran tiempo que se detuvo en aquel lugar et por las semejanças que en él parescieron cuando salió de aquel lugar do aquellas mugeres moraban, comoquier que él non sabía que tal compañía allí moraba, con todo esso, cuando ende salió, todas las gentes cuidaron que entrara en aquel logar por otro fecho que era muy desvariado de la vida que él solía et debía fazer. Et porque paresce muy peor et fablan muy más et muy peor las gentes dello cuando algún homne de grand guisa faze alguna cosa quel' non pertenesce et le está peor, por pequeña que sea, que a otro que saben las gentes que es acostumbrado de non se guardar de fazer muchas cosas peores, por ende fué muy fablado et muy tenido a mal, porque aquel filósofo tan honrado et tan anciano entraba en aquel lugar quel' era tan dañoso paral alma, et paral cuerpo, et para la fama.

Et cuando fué en su casa, vinieron a él sus discípulos et con muy grand dolor de sus coraçones et con grand pesar començaron a dezir qué desventura o qué pecado fuera aquel por que en tal manera confondiera a sí mismo et a ellos, et perdiera toda su fama que fasta entonces guardara mejor que homne del mundo.

Et cuando el filósofo esto oyó, fué tanto espantado et preguntóles que por qué dizían esto o qué mal era éste que él fiziera o cuándo o en qué lugar. E ellos le dixieron: que por qué fablaba assí en ello, que ya, por su desventura dél et dellos, que non había homne en la villa que non fablasse de lo que él fiziera cuando entrara en aquel lugar do aquellas tales mugeres moraban.

E cuando el filósofo esto oyó hobo muy grand pesar, pero díxoles: que les rogaba que se non quexassen mucho desto, et que dende a ocho días les daría ende repuesta.

Et metióse luego en su estudio, et compuso un librete pequeño et muy bueno et muy aprovechoso. Et entre muchas cosas buenas que en él se contienen, fabla y de la buena ventura et de la desaventura, et, como en manera de departimiento que departe con sus discípulos, dize assí:

–Fijos, en la buena ventura et en la desaventura contesce assí: a las vegadas es fallada et buscada, et algunas vegadas es fallada et non buscada. La fallada et buscada es cuando algún homne faze bien, et por aquel buen fecho que faze le viene alguna buena ventura; et esso mismo cuando por algún fecho malo que faze le viene alguna mala ventura; esto tal, es ventura, buena o mala, fallada et buscada, que él busca et faz por que venga aquel bien o aquel mal.

Otrossí, fallada et non buscada es cuando un homne non faziendo nada por ello le viene alguna pro o algún bien: assí como, si homne fuesse por algún logar et fallasse muy grand haber o otra cosa muy aprovechosa por que él non hobiesse nada fecho; et esso mismo, cuando un homne non faziendo nada por ello le viene algún mal o algún daño, assí como, si homne fuesse por una calle et lançasse otro una piedra a un páxaro et descalabrasse a él en la cabeça: ésta es desaventura fallada et non buscada, ca él nunca fizo nin buscó cosa por que le debiesse venir aquella desaventura. Et fijos, debedes saber que en la buena ventura e desaventura fallada et buscada hay menester dos cosas: la una que se ayude homne faziendo bien para haber bien o faziendo mal para haber mal, et la otra que le gualardone Dios segund las obras buenas et malas que el homne hobiere fecho. Otrossí, en la buena ventura o mala, fallada et non buscada ay menester otras dos cosas: la una, que se guarde homne cuanto pudiere de non fazer mal nin meterse en sospechas nin en semejança por que él deba venir a alguna desaventura nin mala fama; la otra, es pedir merced e rogar a Dios que, pues él se guarda cuanto puede por que nol' venga desaventura nin mala fama, quel' guarde que non le venga ninguna desaventura como vino a mí el otro día que entré en una calleja por fazer lo que non podía escusar para la salud del mi cuerpo, et que era sin pecado et sin ninguna mala fama, et por mi desaventura moraban y tales compañas, por que, maguer yo era sin culpa, finqué mal enfamado.

Et vos, señor conde Lucanor, si queredes acrescentar et levar adelante vuestra buena fama, conviene que fagades tres cosas: la primera que fagades muy buenas obras a plazer de Dios; et esto guardado, después en lo que pudierdes, a plazer de las gentes et guardando vuestra honra et vuestro estado, et que non cuidedes que por buena fama que hayades, que la non perderedes si dexardes de fazer buenas obras et fizierdes las contrarias, ca muchos homnes fizieron bien un tiempo, et porque después non lo levaron adelante perdieron el bien que habían fecho et fincaron con mala fama postrimera; la otra es, que roguedes a Dios que vos enderece que fagades tales cosas por que la vuestra acresciente et vaya siempre adelante et que vos guarde de fazer nin de dezir cosa por que la perdades: la tercera cosa es, que por fecho nin por dicho nin por semejança nunca fagades cosa por que las gentes puedan tomar sospechas, por que la vuestra fama vos sea guardada como debe, ca muchas vezes faze homne buenas obras, et por algunas malas semejanças que faze las gentes toman tal sospecha que empesce poco menos paral mundo et paral dicho de las gentes como si fiziesse la mala obra. Et debedes saber que en las cosas que tañen a la fama, que tanto aprovecha o empesce lo que las gentes tienen et dizen como lo que es verdat en sí; mas cuanto para Dios et para el alma, non aprovecha nin empesce sinon las obras que el homne faze et a cuál entención son fechas.

Et el conde tovo éste por buen exiemplo et rogó a Dios quel' dexasse fazer tales obras cuales entendía que cumplen para salvamiento de su alma et para guarda de su fama et de su honra et de su estado.

Et porque don Johán tovo éste por muy buen enxiemplo, fízolo escribir en este libro et fizo estos viessos que dizen assí:

Faz siempre bien et guárdate de sospecha,
et siempre será la tu fama derecha.

ENXEMPLO XLVII

*De lo que contesció a un moro con una su hermana que daba a entender que era muy medrosa**

Un día fablaba el conde Lucanor con Patronio, su consejero, en esta guisa:

–Patronio, sabet que yo he un hermano que es mayor que yo, et somos fijos de un padre et de una madre, et porque es mayor que yo, tengo que lo he de tener en logar de padre e seerle a mandado. Et él ha fama que es muy buen cristiano et muy cuerdo, pero guisólo Dios assí: que yo só más rico et más poderoso que él, et comoquier que él non lo da a entender, só cierto que ha ende envidia, et cada que yo he mester su ayuda et que faga por mí alguna cosa, dame a entender que lo dexa de fazer porque sería pecado, et estráñamelo tanto fasta que lo parte por esta manera. Et algunas vezes que ha mester mi ayuda, dame a entender que aunque todo el mundo se perdiesse, que non debo dexar de aventurar el cuerpo et cuanto he por que se faga lo que a él cumple. Et porque yo passo con él en esta guisa, ruégovos que me consejedes lo que viéredes que debo en esto fazer et lo que más me cumple.

–Señor conde –dixo Patronio–, a mí paresce que la manera que este vuestro hermano trae convusco semeja mucho a lo que dixo un moro a una su hermana.

E el conde le preguntó cómo fuera aquello.

–Señor conde Lucanor –dixo Patronio–, un moro ha-

* Cuento árabe medieval.

bía una hermana que era tan regalada, que de quequier que veíe o la fazíen, que de todo daba a entender que tomaba recelo et se espantaba. Et tanto había esta manera, que cuando bebía del agua en unas tarraçuelas con que la suelen beber los moros, que suena el agua cuando beben, cuando aquella mora oyó aquel sueno que fazía el agua en aquella tarraçuela, daba a entender que tan grand miedo había daquel sueno que se quería amortescer.

Et aquel su hermano era muy buen mancebo, mas era muy pobre, et porque la grant pobreza faz a homne fazer lo que non querría, non podía escusar aquel mancebo de buscar la vida muy vergonçosamente. Et fazíalo assí, que cada que moría algún homne iba de noche et tomábale la mortaja et lo que enterraban con él, et desto mantenía a sí et a su hermana et a su compaña. E su hermana sabía esto.

Et acaesció que murió un homne muy rico, et enterraror con él muy ricos paños et otras cosas que valían mucho. E cuando la hermana esto sopo, dixo a su hermano que ella quería ir con él aquella noche para traer aquello con que aquel homne habían enterrado.

E desque la noche vino, fueron el mancebo et su hermana a la fuessa del muerto, et abriéronla, et cuando le cuidaron tirar aquellos paños muy preciados que tenía vestidos non pudieron sinon rompiendo los paños et crebando las cervices del muerto.

E cuando la hermana vío que si non quebrantassen el pescueço del muerto, que habrían de romper los paños et que perderían mucho de lo que valían, fué tomar con las manos muy sin duelo et sin piedad la cabeça del muerto et descojuntólo todo et sacó los paños que tenía vestidos, et tomaron cuanto y estaba, et fuéronse con ello.

Et luego, otro día, cuando se assentaron a comer, desque començaron a beber, cuando la tarraçuela començó a sonar dió a entender que se quería amortescer de miedo de aquel sueno que fazía la tarraçuela. E cuando el hermano aquello vío, et se acordó cuanto sin miedo et sin duelo desconjuntara la cabeza del muerto, díxol' en algarabía:

–Aha yâ uchti, tafza min bakki, vala tafza min fatr onkí.

Et esto quiere dezir: «Aha, hermana, despantádesvos del sueno de la tarraçuela que face boc, boc, et non vos espantades del desconjuntamiento del pescueço.»

Et este proverbio es agora muy retraído entre los moros.

Et vos, señor conde Lucanor, si aquel vuestro hermano mayor veedes que en lo que a vos cumple se escusa por la manera que habedes dicho, dando a entender que tiene por grand pecado lo que vos querríades que fiziesse por vos, non seyendo tanto como él dize, et tiene que es guisado, et dize que fagades vos lo que a él cumple aunque sea mayor pecado et muy grand vuestro daño, entendet que es de la manera de la mora que se espantaba del sueno de la tarraçuela et non se espantaba de desconjuntar la cabeça del muerto. Et pues él quiere que fagades vos por él lo que él faze a vos, dezilde buenas palabras, et mostradle muy buen talante, et en lo que vos non empesciere fazed por él todo lo que cumpliere, mas en lo que fuer vuestro daño, partitlo siempre con la más apuesta manera que pudiéredes et en cabo por una guisa o por otra guardatvos de fazer vuestro daño.

E el conde tovo este por buen consejo et fízolo assí et fallóse ende muy bien.

Et teniendo don Johán este exiemplo por bueno, fízolo escribir en este libro et fizo estos viessos que dizen assí:

Porque non quiere lo que te cumple fazer,
et tú non quieras lo tuyo por él perder.

ENXEMPLO XLVIII

De lo que contesció a uno que probaba sus amigos

Otra vez fablaba el conde Lucanor con Patronio, su consejero, en esta manera:

–Patronio, segunt el mio cuidar yo he muchos amigos que me dan a entender que por miedo de perder los cuerpos nin lo que han, que non dexarían de fazer lo que me cumpliesse, e que por cosa del mundo que pudiese acaescer non se partirían de mí. Et por el buen entendimiento que vos habedes, ruégovos que me digades en qué manera podré saber si estos mis amigos farían por mí tanto como dizen.

–Señor conde Lucanor –dixo Patronio–, los buenos amigos son la mejor cosa del mundo, et bien cred que cuando viene grand mester et la grand quexa, que falla homne muy menos de cuantos cuida, et otrossí cuando el mester non es grande es grave de probar cuál sería amigo verdadero cuando la priessa veniesse; pero para que vos podades saber cuál es el amigo verdadero, plazerme hía que sopiéssedes lo que contesció a un homne bueno con un su fijo que dizía que había muchos amigos.

E el conde le preguntó cómo fuera aquello.

–Señor conde Lucanor –dixo Patronio–, un homne bueno había un fijo et entre las otras cosas quel' mandaba et le consejaba dizíal' siempre que punasse en haber muchos amigos et buenos. E el fijo fízolo assí, et començó a acompañarse et a partir de lo que había con muchos homnes por tal de los haber por amigos. Et todos aquellos dizían que eran sus amigos et que farían por él todo cuantol' cumpliesse, et que aventurarían por él los cuerpos et cuanto en el mundo hobiéssen cuandol' fuesse mester.

E un día, estando aquel mancebo con su padre, preguntól' si había fecho lo quel' mandara, et si había ganado muchos amigos. E el fijo díxole que sí, que había muchos amigos, mas que señaladamente entre todos los otros había fasta diez de que era cierto que por miedo de muerte nin por ningún recelo, que nunca lo erraríen por quexa nin por mengua nin por ocasión quel' acaesciesse.

E cuando el padre esto oyó, díxol' que se maravillaba ende mucho, porque en tan poco tiempo pudiera haber tantos amigos et tales, ca él, que era mucho anciano, nunca en toda su vida pudiera haber más de un amigo et medio.

E el fijo comenzó a porfiar diziendo que era verdat lo que él dizía de sus amigos. E desque el padre vío que tanto porfiaba el fijo, díxole que los probasse en esta guisa:

Que matasse un puerco et que lo metiesse en un saco et que se fuesse a casa de cada uno daquellos sus amigos et que les dixiesse que aquél era un homne que él había muerto, et que era cierto, si aquello fuesse sabido, que non había en el mundo cosa quel' pudiesse escapar de la muerte a él et a cuantos sopiessen que sabían daquel fecho; et que les rogasse, que pues sus amigos eran, quel' encubriessen aquel homne et, si menester le fuesse, que se passassen con él a lo defender.

E el mancebo fízolo e fué probar sus amigos según su padre le mandara. Et desque llegó a casa de sus amigos et les dixo aquel fecho perigloso quel' acaesciera, todos le dixieron que en otras cosas le ayudaríen; mas que en esto, porque podrían perder los cuerpos et lo que habían, que non se atreverían a lo ayudar et que, por amor de Dios, que guardasse que non sopiesse ninguno que había ido a sus casas. Pero destos amigos algunos le dixieron que non se atrevían a fazerle otra ayuda, mas que irían rogar por él; et otros le dixieron que cuando lo levassen a la muerte, que non le desampararían fasta que hobiessen complido en él la justicia, et quel' farían honra al su enterramiento.

E desque el mancebo hobo probado assí todos sus amigos et non falló cobro en ninguno, tornóse para su padre et díxol' todo lo quel' acaesciera. E cuando el padre assí lo vío venir, díxol' que bien podía ver ya que más saben los que mucho han visto et probado que los que nunca passaron por las cosas. E estonce le dixo que él non había más de un amigo et medio et que los fuesse probar.

E el mancebo fué probar al que su padre tenía por medio amigo: et llegó a su casa de noche e levaba el puerco muerto a cuestas, et llamó a la puerta daquel medio amigo de su padre et contól' aquella desaventura quel' había contescido et lo que fallara en todos sus amigos, et rogól' que por el amor que había con su padre que le acorriesse en aquella cuita.

E cuando el medio amigo de su padre aquello vío, díxol' que con él non había amor nin afazimiento por que se debiesse tanto aventurar, mas que por el amor que había con su padre, que ge lo encubriría.

E entonce tomó el saco con el puerco a cuestas, cuidando que era homne, et levólo a una su huerta et enterrólo en un surco de coles; et puso las coles en el surco assí como antes estaban et envió el mancebo a buena ventura.

Et desque fué con su padre, contól' todo lo quel' contesciera con aquel su medio amigo. E el padre le mandó que otro día, cuando estudiessen en consejo, que sobre cualquier razón que departiessen que començasse a porfiar con aquel su medio amigo, et sobre la porfía quel' diese una puñada en el rostro, la mayor que pudiesse.

E el mancebo fizo lo quel' mandó su padre, et cuando ge la dió, catól' el homne bueno et díxol':

–A buena fe, fijo, mal feziste, mas dígote que por esto nin por otro mayor tuerto non descubriré las coles del huerto.

Et desque el mancebo esto contó a su padre, mandól' que fuesse probar aquel que era su amigo cumplido. Et el fijo fízolo.

Et desque llegó a casa del amigo de su padre et le contó todo lo que le había contescido, díxole el homne bueno, amigo de su padre, que él le guardaría de muerte et de daño.

E acaesció por aventura que en aquel tiempo habían muerto un homne en aquella villa et non podían saber quién lo matara. Et porque algunos vieron que aquel mancebo había ido con aquel saco a cuestas muchas vezes de noche, tovieron que él lo había muerto.

E ¿qué vos iré alongando? El mancebo fué judgado que lo matassen. Et el amigo de su padre había fecho cuanto pudiera por lo escapar. E desque vío que en ninguna manera non lo pudiera librar de muerte, dixo a los alcaldes que non quería levar pecado de aquel mancebo, que sopiessen que aquel mancebo non matara el homne, mas que lo matara un su fijo solo que él había. Et fizo al fijo que lo cognosciesse; et el fijo otorgólo. Et matáronlo. Et escapó de la muerte el fijo del homne bueno que era amigo de su padre.

E agora, señor conde Lucanor, vos he contado cómo se prueban los amigos, et tengo que este exiemplo es bueno para saber hombre en este mundo cuáles son los amigos, et que los debe probar ante que se meta en grant periglo por su fiuza, et que sepa a cuanto se pararen por él sil' fuesse mester, ca cierto seed que algunos son buenos amigos, mas muchos, et por aventura los más, son buenos amigos de la ventura, que assí como la ventura corre assí son ellos amigos. O otrossí, este exiemplo se puede entender spiritualmente en esta manera: todos los homnes en este mundo tienen que han amigos, et cuando viene la muerte hanlos de probar en aquella quexa, et van a los seglares et dízenlos que assaz han que fazer en sí, e van a los religiosos et dízenlos que rogarán a Dios por ellos, e van a la muger et a los fijos et dízenles que irán con ellos fasta la fuessa et que les farán honra a su enterramiento, et assí prueban a todos aquellos que ellos cuidaban que eran sus amigos. Et desque non fallan en ellos ningún cobro para escapar de la muerte, assí como tornó el fijo del buen homne –después que non falló cobro en ninguno daquellos que cuidaba que eran sus amigos– a su padre, tórnanse a Dios que es su padre, et Dios dízeles que prueben a los sanctos, que son medios amigos. Et ellos fázenlo. Et tan grand es la bondat de los sanctos et sobre todos de sancta María, que non dexan de rogar a Dios por los pecadores: et sancta María muéstrale cómo fué su madre et cuánto trabajo tomó en lo tener et en lo criar, et los sanctos muéstranle las lazerias et las penas et los tormentos et las passiones que recibieron por él, et todo esto fazen por encobrir los yerros de los pecadores. Et aunque hayan recebido muchos enojos dellos, non lo descubren, assí como non descubrió el medio amigo la puñada quel' dió el fijo de su amigo. Et desque el pecador vee spiritualmente que por todas estas cosas non puede escapar de la muerte del alma, tórnase a Dios assí como tornó el fijo al padre después que non falló quien lo pudiesse escapar de la muerte. Et Nuestro Señor Dios, assí como padre et amigo verdadero, acordándose del amor que ha al homne que es su criatura, fizo como el buen amigo, ca envió al su fijo Jesucristo que moriesse, non habiendo ninguna culpa et seyendo sin pecado, por desfazer las culpas et los pecados que los homnes merescían. Et Jesucristo, como buen fijo, fué obediente a su padre, et seyendo verdadero Dios et verdadero homne quiso recebir et recibió muerte et redimió a los pecadores por la su sangre.

E agora, señor conde, parat mientes cuáles destos amigos son mejores et más verdaderos, o por cuáles debía homne fazer más por los ganar por amigos.

E al conde plogo mucho con todas estas razones, et tovo que eran buenas.

Et entendiendo don Johán que este enxiemplo era muy bueno, fízolo escribir en este libro, et fizo estos viessos que dizen assí:

Nunca homne podría tan buen amigo fallar,
como Dios, que lo quiso por su sangre comprar.

ENXEMPLO XLIX

De lo que contesció al que echaron en la isla desnuyo cuandol' tomaron el señorío que tenía

Otra vez fablaba el conde Lucanor con Patronio, su consejero, et díxole:

–Patronio, muchos me dizen que, pues yo só tan honrado et tan poderoso, que faga cuanto pudiere por haber grand riqueza et grant poder et grant honra, ca esto es lo que me más cumple et más me pertenesce. Et porque yo sé que siempre me consejades lo mejor et que lo faredes assí daquí adelante, ruégovos que me consejedes lo que vierdes que más me cumple en esto.

–Señor conde –dixo Patronio–, este consejo que me vos demandades es grave de dar por dos razones: lo primero, que en este consejo que me vos demandades, habré a dezir contra vuestro talante; et lo otro, porque es muy grave de dezir contra el consejo que es dado a pro del señor. Et porque en este consejo ha estas dos cossas, esme muy grave de dezir contra él, pero, porque todo consejero, si leal es, non debe catar sinon para dar el mejor consejo et non catar su pro nin su daño, nin si le plaze al señor, nin si le pesa, sinon dezirle lo mejor que homne viere, por ende yo no dexaré de vos dezir en este consejo lo que entiendo que es más vuestra pro et vos cumple más. Et por ende, vos digo que los que esto vos dizen que en parte vos consejan bien, pero non es el consejo complido nin bueno para vos; mas para seer del todo complido et bueno, sería muy bien et plazerme hía mucho que sopiéssedes lo que acaesció a un homne quel' fizieron señor de una grand tierra.

E el conde le preguntó cómo fuera aquello.

–Señor conde Lucanor –dixo Patronio–, en una tierra habían por costumbre que cada año fazían un señor. Et en cuanto duraba aquel año fazían todas las cosas que él mandaba. Et luego que el año era acabado, tomábanle cuanto había et desnudábanle et echábanle en una isla solo, que non fincaba con él homne del mundo.

Et acaesció que hobo una vez aquel señorío un homne que fué de mejor entendimiento et más apercebido que los que lo fueron ante. Et porque sabía que desque el año passasse, quel' habían de fazer lo que a los otros, ante que se acabasse el año del su señorío mandó en grand poridat fazer en aquella isla, do sabía que lo habían de echar, una morada muy buena et muy complida en que puso todas las cosas que eran mester para toda su vida. Et fizo la morada en lugar tan encubierto, que nunca ge lo pudieron entender los de aquella tierra quel' dieron aquel señorío.

Et dexó algunos amigos en aquella tierra assí adebdados et castigados que, si por aventura algunas cosas hobiesse mester de las que él non se acordara de enviar adelante, que ge las enviassen ellos en guisa quel' non menguasse ninguna cosa.

E cuando el año fué complido et los de la tierra le tomaron el señorío et le echaron desnudo en la isla assí como a los otros fizieron que fueron ante que él, porque él fuera apercebido et había fecho tal morada en que podía vevir muy vicioso et muy a plazer de sí, fuése para ella, et visco en ella muy bien andante.

Et vos, señor conde Lucanor, si queredes seer bien consejado, parad mientes que en este tiempo que habedes de vevir en este mundo, pues sodes cierto quel' habedes a dexar et que vos habedes a partir desnudo dél et non habedes a levar del mundo sinon las obras que fizierdes, guisat que las fagades tales por que, cuando deste mundo salierdes, que tengades fecha tal morada en el otro, que cuando vos echaren deste mundo desnudo, que falledes buena morada para toda vuestra vida. Et sabet que la vida del alma non se cuenta por años, mas dura para siempre sin fin; ca el alma es cosa spiritual et non se puede corromper, ante dura et finca para siempre. Et sabet que las obras buenas o malas que el homne en este mundo faze, todas las tiene Dios guardadas para dar dellas gualardón en el otro mundo segund sus merecimientos. Et por todas estas razones, conséjovos yo que fagades tales obras en este mundo por que cuando dél hobierdes de salir, falledes buena posada en aquel do habedes a durar para siempre, et que por los estados et honras deste mundo, que son vanas et fallescederas, que non querades perder aquello que es cierto que ha de durar para siempre sin fin. Et estas buenas obras fazetlas sin ufana et sin vanagloria, que aunque las vuestras buenas obras sean sabidas, siempre serán encubiertas, pues non las facedes por ufana, nin por vanagloria. E otrossí, dexat acá tales amigos, que lo que vos non pudierdes complir en vuestra vida, que lo cumplan ellos a pro de la vuestra alma. Pero seyendo estas cosas guardadas, todo lo que pudierdes fazer por levar vuestra honra et vuestro estado adelante, tengo que lo debedes fazer, et es bien que lo fagades.

E el conde tovo este por buen exiemplo et por buen consejo et rogó a Dios quel' guisasse que lo pudiesse assí fazer como Patronio dizía.

Et, entendiendo don Johán que este enxiemplo era bueno, fízolo escribir en este libro, et fizo estos viessos que dizen assí:

Por este mundo fallescedero
non pierdas el que es duradero.

ENXEMPLO L

De lo que contesció a Saladín con una dueña muger de un su vassallo

Fablaba el conde Lucanor un día con Patronio, su consejero, en esta guisa:

–Patronio, bien sé yo ciertamente que vos habedes tal entendimiento que homne de los que son agora en esta tierra non podría dar tan buen recabdo a ninguna cosa quel' preguntassen como vos. Et por ende, vos ruego que me digades cuál es la mejor cosa que homne puede haber en sí. Et esto vos pregunto porque bien entiendo que muchas cosas ha mester el homne para saber acertar en lo mejor et fazerlo, ca por entender homne la cosa et non obrar della bien, non tengo que mejora mucho en su fazienda. Et porque las cosas son tantas, querría saber a lo menos una por que siempre me acordasse della para la guardar.

–Señor conde Lucanor –dixo Patronio–, vos por vuestra merced me loades mucho et señaladamente dezides que yo he muy grant entendimiento. Et, señor conde, yo recelo que vos engañades en esto. Et bien cred que non ha cosa en el mundo en que homne tanto nin tan de ligero se engañe como en conoscer los homnes cuáles son en sí et cuál entendimiento han. Et éstas son dos cosas: la una, cuál es el homne en sí: e la otra, qué entendimiento ha. Et para saber cuál es en sí, hase de mostrar en las obras que faze a Dios e al mundo, ca muchos parescen que fazen buenas obras, et non son buenas, que todo el su bien es para este mundo. Et creet que esta bondat, que les costará muy cara, ca por este bien que dura un día sufrirán mucho mal sin fin. Et otros fazen buenas obras para servicio de Dios et non cuidan en lo del mundo, et comoquier que estos escogen la mejor parte et la que nunca les será tirada nin la perderán; pero los unos nin los otros non guardan entramas las carreras que son lo de Dios et del mundo.

Et para las guardar amas, ha mester muy buenas obras et muy grant entendimiento, que tan grave cosa es de fazer esto como meter la mano en el fuego et no sentir la su calentura; pero ayudándole Dios et ayudándose el homne todo se puede fazer; ca ya fueron muchos buenos reys et otros homnes sanctos, pues éstos buenos fueron a Dios et al mundo. Et otrossí, para saber cuál ha buen entendimiento ha mester muchas cosas, ca muchos dizen muy buenas palabras et grandes sesos et non fazen sus faziendas tan bien como les cumple; e otros traen muy bien sus faziendas et non saben o non quieren o non pueden dezir tres palabras a derechas; e otros fablan muy bien et fazen muy bien sus faziendas, mas son de malas entenciones, et comoquier que obran bien para sí, obran malas obras para las gentes. Et destos tales dize la Scriptura que son tales como el loco que tiene la espada en la mano e como el mal príncipe que ha grant poder.

Mas, para que vos et todos los homes podades cognoscer cuál es bueno a Dios, et al mundo, et cuál es de buen entendimiento, et cuál es de buena palabra, et cuál es de buena entención, e para lo escoger verdaderamente, conviene que non judguedes a ninguno sinon por las obras que fiziere buenamente, et non poco tiempo, et por cómo viéredes que mejora o que peora su fazienda, ca en estas dos cosas se paresce todo lo que de suso es dicho.

Et todas estas razones vos dixe agora, porque vos loades mucho a mí et al mio entendimiento, et só cierto que, desque a todas estas cosas catássedes, que me non loárades tanto. Et a lo que me preguntastes que vos dixiesse cuál era la mejor cosa que homne podía haber en sí, para saber desto la verdat, querría mucho que sopiéssedes lo que contesció a Saladín con una muy buena dueña, muger de un caballero su vassallo.

E el conde le preguntó cómo fuera aquello.

–Señor conde Lucanor –dixo Patronio–, Saladín era soldán de Babilonia et traía consigo siempre muy grant gente; et un día, porque todos non podían posar con él, fué posar a casa de un caballero.

Et cuando el caballero vío a su señor que era tan honrado en su casa, fízole cuanto servicio et cuanto plazer pudo, et él et su muger et sus fijos et sus fijas servíanle cuanto podían. Et el Diablo, que siempre se trabaja por que faga el homne lo más desaguisado, puso en el talante de Saladín que olvidasse todo lo que debía guardar et que amasse aquella dueña non como debía.

Et el amor fué tan grande, quel' hobo de traer a consejarse con un su mal consejero en qué manera podría complir lo que él quería. Et debedes saber que todos debían rogar a Dios que guardasse a su señor de querer fazer mal fecho, ca si el señor lo quiere, cierto seed que nunca menguará quien ge lo conseje et quien le ayude a lo complir.

Et assí contesció a Saladín, que luego falló quien le consejó cómo pudiesse complir aquello que quería. Et aquel mal consejero consejól' que enviasse por su marido et quel' fiziesse mucho bien et quel' diesse muy grant gente de que fuesse mayoral; et a cabo de algunos días quel' enviasse a alguna tierra lueñe en su servicio, et en cuanto el caballero estudiesse allá, que podría él complir toda su voluntad.

E esto plogo a Saladín, et fízolo assí. E desque el caballero fué ido en su servicio, cuidando que iba muy bienandante et muy amigo de su señor, fuése Saladín para su casa. E desque la buena dueña sopo que Saladín vinía, porque tanta merced había fecho a su marido recibiólo muy bien et fízole mucho servicio et cuanto plazer pudo ella et toda su compaña. E desque la mesa fué alçada et Saladín entró en su cámara, envió por la dueña. Et ella, teniendo que enviaba por ál, fué a él. Et Saladín le dixo que la amaba mucho. Et luego que ella esto oyó, entendiólo muy bien, pero dió a entender que non entendía aquella razón et díxol' quel' diesse Dios buena vida et que ge lo gradescía; ca bien sabíe Dios que ella mucho deseaba la su vida, et que siempre rogaría a Dios por él como lo debía fazer, porque era su señor, et señaladamente por cuanta merced fazía a su marido et a ella.

E Saladín le dixo que, sin todas aquellas razones, la amaba más que a muger del mundo. Et ella teníagelo en merced, non dando a entender que entendía otra razón. ¿Qué vos iré más alongando? Saladín le hobo a dezir cómo la amaba. E como la buena dueña aquello oyó, como era muy buena et de muy buen entendimiento, respondió assí a Saladín:

–Señor, comoquier que yo só assaz muger de pequeña guisa, pero bien sé que el amor non es en poder del homne, ante es el homne en poder del amor. Et bien sé yo que, si vos tan grand amor me habedes como dezides, que podría ser verdad esto que me vos dezides, pero assí como esto sé bien, assí sé otra cosa: que cuando los homnes, et señaladamente los señores, vos pagades de alguna muger, dades a entender que faredes cuanto ella quisiere. Et desque ella finca malandante et escarnida, preciádesla poco, como es derecho, e finca del todo mal. Et yo, señor, recelo que me contescerá assí a mí.

E Saladín se lo començó a desfazer prometiéndole quél faría cuanto ella quisiesse por que fincasse muy bienandante. E desque Saladín esto le dixo, respondiól' la buena dueña que si él le prometiesse complir lo que ella pidría ante que fiziesse fuerça nin escarnio, que ella le prometía que, luego que ge lo hobiesse complido, faría ella todo lo que él mandasse.

E Saladín le dixo que recelaba quel' pidiría que non le fablasse más en aquel fecho. Et ella díxol' que non le demandaría esso nin cosa que él muy bien non pudiesse fazer. E Saladín ge lo prometió. E la buena dueña le besó la mano et el pie et díxole que lo que dél quería era quel' dixiesse cuál era la mejor cosa que homne podía haber en sí et que era madre et cabeça de todas las bondades.

E cuando Saladín esto oyó, començó muy fuertemente a cuidar, et non pudo fallar qué respondiesse a la buena dueña. Et porque él había prometido que non le faría fuerça nin escarnio fasta quel' cumpliesse lo que había prometido, díxole que quería acordar sobresto. Et ella díxole que prometía que en cualquier tiempo que desto le diesse recabdo, que ella cumpliría todo lo que él mandasse.

E assí fincó pleito puesto entrellos. Et Saladín fuése para sus gentes, et, como por otra razón, preguntó a todos sus sabios por esto. Et unos dizían que la mejor cosa que homne podía haber era ser homne de buena alma. Et otros dizían que era verdat para el otro mundo, mas que por ser solamente de buena alma, que non sería muy bueno para este mundo. E otros dizían que lo mejor era seer homne muy leal. E otros dizían que, comoquier que seer leal es muy buena cosa, que podría seer leal et ser muy cobarde, o muy escaso, o muy torpe, o mal acostumbrado, et assí que ál había mester aunque fuesse muy leal. Et desta guisa fablaban en todas las cosas et non podían acertar en lo que Saladín preguntaba.

E desque Saladín non falló qui le diesse recabdo a su pregunta en toda su tierra, traxo consigo dos juglares, e esto fizo por que mejor pudiesse con éstos andar por el mundo. Et desconoscidamente pasó la mar, et fué a la corte del Papa, do se ayuntan todos los cristianos. Et preguntando por aquella razón, nunca falló quien le diesse recabdo. E dende fué a casa del Rey de Francia et a todos los reyes et nunca falló recabdo.

Et esto moró tanto tiempo, que era ya repentido de lo que había començado.

Et ya por la dueña non fiziera tanto, mas, porque él era tan buen homne, tenía quél' era mengua si dexasse de saber aquello que había començado; ca sin dubda el grant homne grant mengua faze si dexa lo que una vez comiença, solamente que el fecho non sea malo o pecado, mas, si por miedo o por trabajo lo dexa, non se podría de mengua escusar. Et por ende Saladín non quería dexar de saber aquello por que saliera de su tierra.

Et acaesció que un día, andando por su camino con sus juglares, toparon con un escudero que venía de correr monte et había muerto un ciervo. Et el escudero casara poco tiempo había, et había un padre muy viejo que fuera el mejor caballero que hobiera en toda aquella tierra. Et por la grant vejez non veía et non podía salir de su casa, pero había el entendimiento tan bueno et tan complido que non le menguaba ninguna cosa por la vejez. E el escudero, que venía de su caça, muy alegre preguntó aquellos homnes que dónde vinían et qué homnes eran. E dellos dixieron que eran joglares.

E cuando él esto oyó, plógol' ende mucho, et díxoles quél vinía muy alegre de su caça, et para complir el alegría, que, pues eran ellos muy buenos joglares, que fuessen con él esa noche. Et ellos le dixieron que iban a muy grant priessa, que muy grant tiempo había que se partieran de su tierra por saber una cosa et que non pudieron fallar della recabdo et que se querían tornar et que por esso non podían ir con él essa noche.

E el escudero les preguntó tanto, fasta quel' hobieron a dezir qué cosa era aquello que querían saber. E cuando el escudero esto oyó, díxoles que si su padre non les diesse consejo a esto, que non ge lo daría homne del mundo, et contóles qué homne era su padre.

E cuando Saladín, a que el escudero tenía por joglar, oyó esto, plógol' ende mucho. Et fuéronse con él.

Et desque llegaron a casa de su padre, el escudero le contó cómo vinía mucho alegre porque caçara muy bien, et aún que había mayor alegría porque traía consigo aquellos juglares. Et dixo a su padre lo que andaban preguntando, et pidiól' por merced que les dixiesse lo que desto entendía él, ca él les había dicho que, pues non fallaban quien les diesse desto recabdo, que si su padre non ge lo diesse, que non fallarían homne que les diesse recabdo.

E cuando el caballero anciano esto oyó, entendió que aquel que esta pregunta fazía, que non era juglar; et dixo a su fijo que, después que hobiessen comido, que él les daría recabdo a esto que preguntaban.

E el escudero dixo esto a Saladín, que él tenía por joglar, de que fué Saladín mucho alegre, et alongábasele ya mucho porque había de atender fasta que hobiesse comido.

E desque los manteles fueron levantados et los juglares hobieron fecho su mester, díxoles el caballero anciano quel' dixiera su fijo que ellos andaban faziendo una pregunta et que non fallaban homne que les diesse recabdo, et quel' dixiessen qué pregunta era aquella, et él que les diría lo que entendía.

E entonces Saladín, que andaba por joglar, díxol' que la pregunta era ésta: que cuál era la mejor cosa que home podía haber en sí et que era madre et cabeça de todas las bondades.

E cuando el caballero anciano oyó esta razón, entendióla muy bien; et otrossí conosció en la palabra que aquél era Saladín, ca él visquiera muy grant tiempo con él en su casa et recibiera dél mucho bien, et mucha merced; et díxole:

–Amigo, la primera cosa que vos respondo, dígovos: que cierto só que fasta el día de hoy, que nunca tales juglares entraron en mi casa. Et sabet que, si yo derecho fiziere, que vos debo cognoscer por cuanto bien de vos tomé, pero desto non vos diré agora nada fasta que fable convusco en poridat por que non sepa ninguno nada de vuestra fazienda. Pero, cuanto a la pregunta que fazedes, vos digo que la mejor cosa que home puede haber en sí, et que es madre et cabeça de todas las bondades, dígovos que ésta es la vergüença; ca por vergüença sufre homne la muerte, que es la más grave cosa que puede ser, et por vergüença dexa homne de fazer todas las cossas que non le parescen bien, por grand voluntat que haya de las fazer. Et assí, en la vergüença han comienço et cabo todas las bondades, et la desvergüença es partimiento de todos los malos fechos.

Et cuando Saladín esta razón oyó, entendió verdaderamente que era assí como el caballero le dizía. Et pues entendió que había fallado recabdo de la pregunta que fazía, hobo ende muy grant plazer, et despidióse del caballero et del escudero cuyos huéspedes habían sido. Mas ante que se partiessen de su casa, fabló con él el caballero anciano et le dixo cómo lo conoscía e que era Saladín, et contól' cuánto bien dél había recibido. Et él et su fijo fiziéronle cuanto servicio pudieron, pero en guisa que non fuesse descubierto.

E desque estas cosas fueron passadas, endereçó Saladín para irse para su tierra cuanto más aína pudo. Et desque llegó a su tierra hobieron las gentes con él muy grant plazer et fizieron muy grant alegría por la su venida.

Et después que aquellas alegrías fueron passadas, fuése Saladín para casa de aquella buena dueña quel' fiziera aquella pregunta. Et desque ella sopo que Saladín venía a su casa, recibiól' muy bien, et fízol' cuanto servicio pudo.

Et después que Saladín hobo comido et entró en su cámara, envió por la buena dueña. Et ella vino a él. Et Saladín le dixo cuánto había trabajado por fallar respuesta cierta de la pregunta quel' fiziera et que la había fallado, et pues le podía dar repuesta complida assí como l'había prometido, que ella otrossí cumpliesse lo quel' prometiera. Et ella le dixo quel' pidía por merced quel' guardasse lo quel' había prometido et quel' dixiesse la respuesta a la pregunta quel había fecho, et que si fuesse tal que él mismo entendiesse que la repuesta era complida, que ella muy de grado compliría todo lo quel' había prometido.

E estonce le dixo Saladín quel' plazía desto que ella le dizía, et díxol' que la repuesta de la pregunta que ella fiziera, que era ésta: que ella le preguntaba cuál era la mejor cosa que homne podía haber en sí et que era madre et cabeça de todas las bondades, que esta es la vergüença.

E cuando la buena dueña esta respuesta oyó, fué muy alegre et díxol':

–Señor, agora conosco que dezides verdat, et que me habedes complido cuanto me prometistes. Et pídovos por merced que me digades assí como rey debe dezir verdad: si cuidades que ha en el mundo mejor homne que vos.

Et Saladín le dixo que, comoquier que se le fazíe vergüença de lo dezir, pero pues le había a dezir verdat como rey, quel' dizía que más cuidaba que era él mejor que los otros, que non que había otro mejor que él.

E cuando la buena dueña esto oyó dexóse caer en tierra ante los sus pies et díxol' assí llorando muy fieramente:

–Señor, vos habedes aquí dicho muy grandes dos verdades: la una, que sodes vos el mejor homne del mundo; la otra, que la vergüença es la mejor cosa que el homne puede haber en sí. Et señor, pues vos esto conoscedes, et sodes el mejor homne del mundo, pídovos por merced que querades haber en vos la mejor cosa del mundo, que es la vergüença, et que hayades vergüença de lo que me dezides.

Et cuando Saladín todas estas buenas razones oyó, et entendió cómo aquella buena dueña con la su bondad et con el su buen entendimiento sopiera aguisar que fuesse él guardado de tan grand yerro, gradesciólo mucho a Dios. Et comoquier que la él amaba ante de otro amor, amóla muy más dallí adelante de amor leal et verdadero, cual debe haber el buen señor et leal a todas sus gentes. Et señaladamente, por la su bondat della, envió por su marido et fízoles tanta honra et tanta mercet por que ellos et todos los que dellos vinieron fueron muy bienandantes entre todos sus vezinos.

Et todo este bien acaesció por la bondat daquella buena dueña, et porque ella guisó que fuesse sabido que la vergüença es la mejor cosa que homne puede haber en sí, et que es madre et cabeça de todas las bondades.

Et pues vos, señor conde Lucanor, me preguntades cuál es la mejor cosa que homne puede haber en sí, dígovos que es la vergüença; ca la vergüença faze a homne ser esforçado, et franco, et leal, et de buenas costumbres, et de buenas maneras, et fazer todos los bienes que faze, ca bien creed que todas estas cosas faze homne más con vergüença que con talante que ha de lo fazer; et otrossí, por vergüença dexa homne de fazer todas las cosas desaguisadas que da la voluntad al home de fazer. Et por ende, cuando buena cosa es haber el home vergüença de fazer lo que non debe et dexar de fazer lo que debe, tan mala et tan dañosa et tan fea cosa es el que pierde la vergüença. Et debedes saber que yerra muy fieramente el que faze algunt fecho vergonçoso et cuida que, pues, que lo faze encubiertamente, que non debe haber ende vergüença. Et cierto sed que non ha cosa, por encubierta que sea, que tarde o aína non sea sabida. Et aunque luego que la cosa vergonçosa se faga non haya ende vergüença, debríe homne cuidar que vergüença sería cuando fuere sabido. Et aunque desto non tomasse vergüença, débela tomar de sí mismo, que entiende el pleito vergonçoso que faze. Et cuando en todo esto non cuidasse, debe entender cuánto sin ventura es, pues, sabe que, si un moço viesse lo que él faze, que lo dexaría por su vergüença, et non lo dexar nin haber vergüença nin miedo de Dios que lo vee et lo sabe todo, et es cierto quel' dará por ello la pena que meresciere.

E agora, señor conde Lucanor, vos he respondido a esta pregunta que me feziestes et con esta respuesta vos he respondido a cincuenta preguntas que me habedes fecho. Et habedes estado en ella tanto tiempo, que só cierto que son ende enojadas muchas de vuestras compañas, et señaladamente se enojan ende los que non han muy mal talante de oír nin de aprender las cosas que se pueden mucho aprovechar. Et contésceles como a las bestias que van cargadas de oro, que sienten el peso que lievan a cuestas et non se aprovechan de la pro que ha en ello. Et ellos sienten el enojo de lo que oyen et non se aprovechan de las cosas buenas et aprovechosas que oyen. Et por ende vos digo que lo uno por esto, et lo ál por el trabajo que he tomado en las otras repuestas que vos di, que vos non quiero más responder a otras preguntas que vos fagades, que en este enxiemplo [et en otro que se sigue adelante déste][1] vos quiero fazer fin a este libro.

E el conde tovo este por muy buen enxiemplo. Et cuanto de lo que Patronio dixo que non quería quel' fiziesse más preguntas, dixo que esto fincasse en cómo se pudiesse fazer.

Et porque don Johán tovo este enxiemplo por muy bueno, fízolo escribir en este libro et fizo estos viessos que dizen assí:

La vergüença todos los males parte;
por vergüença faze homne bien sin arte.

1. Las palabras entre corchetes tal vez no sean del autor.

ENXEMPLO LI

*Lo que contesció a un Rey cristiano que era muy poderoso et muy soberbio**

Otra vez fablaba el conde Lucanor con Patronio, su consejero, e díxole assí:

–Patronio, muchos homnes me dizen que una de las cosas por que el homne se puede ganar con Dios es por seer homildoso, otros me dizen que los homildosos son menospreciados de las otras gentes e que son tenidos por homnes de poco esfuerço et de pequeño coraçón, et que el grand señor, quel' cumple et le aprovecha ser soberbio. Et porque yo sé que ningún homne non entiende mejor que vos lo que debe fazer el grand señor, ruégovos que me consejedes cuál destas dos cosas me es mejor o que yo debo más fazer.

–Señor conde Lucanor –dixo Patronio–, para que vos entendades qué es en esto lo mejor et vos más cumple de fazer, mucho me plazería que sopiéssedes lo que contesció a un rey cristiano que era muy poderoso et muy soberbioso.

El conde le rogó quel' dixiese cómo fuera aquello.

–Señor conde –dixo Patronio–, en una tierra de que me non acuerdo el nombre había un rey muy mancebo et muy rico et muy poderoso et era muy soberbio a grand maravilla, et a tanto llegó la su soberbia, que una vez, oyendo aquel cántico de Sancta María que dize: «Magnificat anima mea Dominum»,

* Según Menéndez Pelayo, este cuento no es de don Juan Manuel. El final del anterior así induce a pensarlo.

oyó en él un viesso que dize: «Deposuit potentes de sede et exaltauit humiles», que quiere dezir: «Nuestro Señor Dios tiró et abaxó los poderosos soberbios del su poderío et ensalçó los homildosos.» Cuando esto oyó, pesól' mucho et mandó por todo su regno que rayassen este viesso de los libros, et que pusiessen en aquel lugar: «Et exaltauit potentes in sede et humilis posuit in terra», que quiere decir: «Dios ensalçó las sillas de los soberbios poderosos et derribó los homildosos.»

E esto pesó mucho a Dios, et fué muy contrario de lo que dijo Sancta María en este cántico mismo; ca desque vío que era madre del fijo de Dios que ella concibió et parió, seyendo et fincando siempre virgen et sin ningún corrompimiento, et veyendo que era señora de los cielos et de la tierra, dixo de sí misma alabando la humildat sobre todas las virtudes: «Quia respexit humilitatem ancillae suae enim ex hoc benedictam me dicent omnes generationes», que quiere dezir: «Porque cató el mi Señor Dios la homildat de mí que só su sierva, por esta razón me llamarán todas las gentes bienaventurada.» Et assí fué, que nunca ante nin después pudo seer ninguna muger bienaventurada, ca por las bondades, et señaladamente por la su gran homildat, meresció seer madre de Dios et reina de los cielos et de la tierra et seer Señora puesta sobre todos los coros de los ángeles.

Mas al rey soberbioso contesció muy contrario desto: ca un día hobo talante de ir al baño et fué allá muy orgullosamente con su compaña. Et porque entró en el baño hóbose a desnuyar et dexó todos sus paños fuera del baño. Et estando él bañándose, envió Nuestro Señor Dios un ángel al baño, el cual por la virtud et por la voluntad de Dios tomó la semejança del Rey et salió del baño et vistióse los paños del rey et fuéronse todos con él paral alcázar. Et dexó a la puerta del baño unos pañizuelos muy viles et muy rotos como destos pobrezuelos que piden a las puertas.

El rey, que fincaba en el baño non sabiendo desto ninguna cosa, cuando entendió que era tiempo para salir del baño, llamó a aquellos camareros et aquellos que estaban con él. Et por mucho que los llamó, non respondió ninguno dellos, que eran idos todos, cuidando que iban con el rey. Desque vío que non le respondió ninguno, tomól' tan grand saña que fué muy grand maravilla, et començó a jurar que los faría matar a todos de muy crueles muertes. Et teniéndose por muy escarnido salió del baño desnuyo cuidando que fallaría algunos de sus homnes quel' diessen de vestir. Et desque llegó do él cuidó fallar alguno de los suyos, non falló ninguno; començó a catar del un cabo et del otro del baño et non falló a homne del mundo a qui dezir una palabra.

Et andando assí muy coitado, et non sabiendo qué se fazer, vío aquellos pañizuelos viles et rotos que estaban a un rincón et pensó de los vestir et que iría encubiertamente a su casa et que se vengaría muy cruelmente de todos los que tan grand escarnio le habían fecho. Et vistióse los paños et fuése muy encubiertamente al alcázar, et cuando y llegó, vío estar a la puerta uno de los sus porteros, que conoscía muy bien que era su portero, et uno de los que fueron con él al baño, et llamól' muy paso et díxol' quel' abriesse la puerta et le metiesse en su casa muy encubiertamente por que non entendiesse ninguno que tan avergonçadamente vinía.

El portero tenía muy buena espada al cuello et muy buena maça en la mano et preguntól' qué homne era que tales palabras dizía. Et el rey le dixo:

—¡Ah traidor! ¿Non te cumple el escarnio que me feziste tú et los otros en me dexar solo en el baño et venir tan envergonçado como vengo? ¿Non eres tú fulano, et non me conosces como yo só el rey, vuestro señor, que dexastes en el baño? Ábreme la puerta ante que venga alguno que me pueda conoscer, et si non, seguro sey que yo te faré morir mala muerte et muy cruel.

Et el portero le dixo:

–Homne loco, mesquino, ¿qué estás diziendo? Vé a buena ventura et non digas más estas locuras; si non, yo te castigaré bien como a loco, ca el rey pieça ha que vino del baño, et viníemos todos con él, et ha comido et es echado a dormir, et guárdate que non fagas aquí roído por quel' despiertes.

Cuando el rey esto oyó, cuidando que ge lo dizía faziéndol' escarnio, començó a rabiar de saña et de malenconía et arremetióse a él cuidándol' tomar por los cabellos. Et de que el portero esto vío, non le quiso ferir con la maça, mas dióI' muy grand colpe con el mango, en guisa quel' fizo salir sangre por muchos lugares. De que el rey se sintió ferido et vío que el portero tenía buena espada et buena maça et que él non tenía ninguna cosa con quel' pudiesse fazer mal, nin aun para se defender, cuidando que el portero era enloquecido, et que si más le dixiesse, quel' mataría por aventura, pensó de ir a casa del su mayordomo et de encobrirse y fasta que fuesse guarido, et después que tomaría vengança de todos aquellos traidores que tan grand escarnio le habían traído.

Et desque llegó a casa de su mayordomo, si mal le contesciera en su casa con el portero, muy peor le acaesció en casa de su mayordomo.

Et dende fuése lo más encubiertamente que pudo para casa de la reína, su muger, teniendo ciertamente que todo este mal, quel' vinía porque aquellas gentes non le conoscían; et tenía sin duda que cuando todo el mundo le desconosciesse, que non lo desconoscería la reína su muger. Et desque llegó ante ella et le dixo cuánto mal le habían fecho et cómo él era el rey, la reína, recelando que si el rey que ella cuidaba que estaba en casa sopiesse que ella oíe tal cosa, quel' pesaría ende, mandól' dar muchas palancadas, diziéndol' quel' echassen de casa aquel loco quel' dizía aquellas locuras.

El Rey desaventurado, de que se vío tan malandante, non sopo qué fazer et fuése echar en un hospital muy mal ferido et muy quebrantado, et estudo allí muchos días. Et cuando lo aquexaba la fambre iba demandando por las puertas et dizíanle las gentes, et fazíanle escarnio, que cómo andaba tan lazdrado siendo rey de aquella tierra. Et tantos homnes le dixieron esto et tantas vezes et en tantos logares, que ya él mismo cuidaba que era loco et que con locura pensaba que era rey de aquella tierra. Et desta guisa andudo muy grand tiempo, teniendo todos los quel' conoscían que era loco de una locura que contesció a muchos: que cuidan por sí mismos que son otra cosa o que son en otro estado.

Et estando aquel homne en tan mal estado, la bondat et la piedat de Dios, que siempre quiere la pro de los pecadores et los acarrea a la manera como se pueden salvar, si por grand culpa non fuere, obraron en tal guisa, que el cativo del rey, que por su soberbia era caído en tan grant perdimiento et a tan grand abaxamiento, començó a cuidar que este mal quel' viniera, que fuera por su pecado et por la grant soberbia que en él había, et, señaladamente, tovo que era por el viesso que mandara del cántico de Sancta María que de suso es dicho, que mudara con grant soberbia et por grant locura. Et desque esto fué entendiendo, començó a haber atán grant dolor et tan grant repentimiento en su coraçón, que homne del mundo non lo podría dezir por la boca; et era en tal guisa, que mayor dolor et mayor pesar había de los yerros que fiziera contra Nuestro Señor que del regno que había perdido, et vío cuánto malandante el su cuerpo estaba, et por ende, nunca ál fazía sinon llorar et matarse et pedir merced a Nuestro Señor Dios quel' perdonasse sus pecados, que solamente nunca se acordó nin puso en su talante de pedir merced a Nuestro Señor Dios quel' tornasse en su regno nin en su honra; ca todo esto preciaba él en nada, et non cobdiciaba otra cosa sinon haber perdón de sus pecados et poder salvar el alma.

Et bien creed, señor conde, que cuantos fazen romerías et ayunos et limosnas et oraciones o otros bienes cualesquier por que Dios les dé o los guarde o los acresciente en la salud de los cuerpos o en la honra o en los bienes temporales, yo non digo que fazen mal, mas digo que si todas estas cosas fiziessen por haber perdón de todos sus pecados o por haber la gracia de Dios, la cual se gana por buenas obras et buenas entenciones sin hipocrisía et sin infinta, que seríe muy mejor, et sin dubda habríen perdón de sus pecados et habríen la gracia de Dios, la cual se gana por buenas obras et buenas entenciones; ca la cosa que Dios más quiere del pecador es el coraçón quebrantado et homillado et la entención buena et derecha.

Et por ende, luego que por la merced de Dios el rey se arrepintió de su pecado et Dios vío el su grand repentimiento et la su buena entención, perdonól' luego. Et porque la voluntad de Dios es tamaña que non se puede medir, non tan solamente perdonó todos sus pecados al rey tan pecador, mas ante le tornó su regno et su honra más complidamente que nunca lo hobiera, et fízolo por esta manera:

El ángel que estaba en logar de aquel rey et tenía la su figura llamó un su portero et díxol':

–Dízenme que anda aquí un homne loco que dize que fue rey de aquesta tierra, et dize otras muchas buenas locuras. Que te vala Dios ¿qué homne es o qué cosas dize?

Et acaesció assí por aventura que el portero era aquel que firiera al rey el día que se desnudó cuando salió del baño. Et pues el ángel, quél cuidaba ser el rey, ge lo preguntaba todo lo quel' contesciera con aquel loco, él contól' cómo andaban las gentes riendo et trebejando con él, oyendo las locuras que dizíe. Et desque esto dixo el portero al rey, mandól' que fuesse llamar et ge lo troxiesse. Et desque el rey que andaba por loco vino ante el ángel que estaba en lugar del rey, apartóse con él et díxol':

–Amigo, a mí dizen que vos que dezides que sodes rey desta tierra et que la perdiestes non sé por cuál mala ventura et por qué ocasión. Ruégovos por la fe que debedes a Dios que me digades todo como cuidades que es, et que non me encubrades ninguna cosa, et yo vos prometo a buena fe que nunca desto vos venga daño.

Cuando el coitado del rey que andaba por loco et tan malandante oyó dezir aquellas cosas a aquel que cuidaba que era rey, non sopo qué responder, ca de una parte hobo miedo que ge lo preguntaba por lo sossacar, et si le dixiesse que era rey, quel' mataría et le faría más malandante de cuanto era, et por ende començó a llorar muy fieramente et díxole como homne que estaba muy coitado:

–Señor, yo non sé lo que vos responder a esto que me dezides, pero porque entiendo que me sería ya tan buena la muerte como la vida –et sabe Dios que non tengo mientes por cosa de bien nin de honra en este mundo–, non vos quiero encobrir ninguna cosa de como lo cuido en mi coraçón. Dígovos, señor, que yo veo que só loco, et todas las gentes me tienen por tal, et tales obras me fazen que yo por tal manera ando grand tiempo ha en esta tierra. Et comoquier que alguno errasse, non podría seer, si yo loco non fuesse, que todas las gentes, buenos et malos, grandes et pequeños, et de grand entendimiento et de pequeño, todos me toviessen por loco; pero, comoquier que yo esto veo et entiendo que es assí, ciertamente la mi entención et la mi creencia es que yo fuí rey desta tierra et que perdí el regno et la gracia de Dios con grand derecho por mis pecados, et señaladamente, por la grand soberbia et grand orgullo que en mí había.

Et entonce contó con muy grand cuita et con muchas

lágrimas todo quel' contesciera, tan bien del viesso que fiziera mudar como los otros pecados. Et pues el ángel, que Dios enviara tomar la su figura et estaba por rey, entendió que se dolía más de los yerros en que cayera que del regno et de la honra que había perdido, díxol' por mandado de Dios:

–Amigo, dígovos que dezides en todo muy grand verdat, que vos fuestes rey desta tierra. Et Nuestro Señor Dios tiróvoslo por estas razones mismas que vos dezides, et envió a mí que só su ángel que tomasse vuestra figura et estudiesse en vuestro lugar. Et porque la piadat de Dios es tan complida, et non quiere del pecador sinon que se arrepienta verdaderamente, este prodigio verdaderamente amostró dos cosas para seer el repentimiento verdadero: la una es que se arrepienta para nunca tornar a aquel pecado; et la otra que sea el repentimiento sin infinta. Et porque el Nuestro Señor Dios entendió que el vuestro repentimiento es tal, havos perdonado et mandó a mí que vos tornasse en vuestra figura et vos dexasse vuestro regno. Et ruégovos et conséjovos yo que entre todos los pecados vos guardedes del pecado de la soberbia, ca sabet que de los pecados en que segund natura los homnes caen, que es el que Dios más aborresce, ca es verdaderamente contra Dios et contra el su poder, et siempre es muy aparejado para fazer perder el alma. Seed cierto que nunca fué tierra, nin linaje, nin estado, nin persona en que este pecado regnasse, que non fuesse desfecho o muy mal derribado.

Cuando el rey que andaba por loco oyó dezir estas palabras al ángel, dexóse caer ante él llorando muy fieramente et creyó todo lo quel' dizía et adoról' por reverencia de Dios, cuyo ángel mensajero era, et pidiól' merced que se non partiesse ende fasta que todas las gentes se ayuntassen, por que publicasse este tan grant miraglo que Nuestro Señor Dios fiziera. Et el ángel fízolo assí. Et desque todos fueron ayuntados, el rey predicó et contó todo el pleito como passara. Et el ángel, por voluntad de Dios, paresció a todos manifiestamente et contóles eso mismo.

Entonce el rey fizo cuantas emiendas pudo a Nuestro Señor Dios; et entre las otras cosas, mandó que por remembrança desto, que en todo su regno para siempre fuesse escripto aquel viesso que él revesara con letras de oro. Et oí decir que hoy en día assí se guarda en aquel regno. Et esto acabado, fuése el ángel para Nuestro Señor Dios quel' enviara, et fincó el rey con sus gentes muy alegres et muy bienandantes. Et dallí adelante fué el rey muy bueno para servicio de Dios et pro del pueblo, et fizo muchos buenos fechos, por que hobo buena fama en este mundo et meresció la gloria del paraíso, la cual él nos quiera dar por la su merced.

Et vos, señor conde Lucanor, si queredes haber la gracia de Dios et buena fama del mundo, fazet buenas obras, et entre todas las cosas del mundo vos guardat de soberbia et set homildoso sin beguenería et sin hipocresía; pero la humildat sea siempre guardando vuestro estado en guisa que seades homildoso, mas non homillado. Et los poderosos soberbios nunca fallen en vos humildat con mengua, nin con vencimiento, mas todos los que se vos homillassen fallen en vos siempre homildat de vida, et de buenas obras complida.

Al conde plogo mucho con este consejo, et rogó a Dios quel' endereçasse por quel' pudiesse todo esto cumplir et guardar.

Et porque don Johán se pagó mucho además deste enxiemplo, fízolo poner en este libro et fizo estos viessos que dizen assí:

Los derechos homildosos Dios mucho los ensalça,
a los que son soberbios fiérelos peor que maça.

SEGUNDA PARTE DEL LIBRO DEL CONDE LUCANOR ET DE PATRONIO

Razonamiento que faze don Johán por amor de don Jaime, Señor de Xérica

Después que yo, don Johán, fijo del muy noble Infante don Manuel Adelantado mayor de la frontera et del regno de Murcia, hobe acabado este libro del conde Lucanor et de Patronio que fabla de enxiemplos, et de la manera que habedes oído, segund paresce por el libro et por el prólogo, fizlo en la manera que entendí más ligero de entender. Et esto fiz porque yo non só muy letrado, et queriendo que non dexassen de se aprovechar dél los que non fuessen muy letrados, assí como yo, por mengua de lo ser, fiz las razones et enxiemplos que en el libro se contienen assaz llanas et declaradas.

Et porque don Jaime, Señor de Xérica, que es uno de los homnes del mundo que yo más amo et por ventura non amo a otro tanto como a él, me dixo que quería que los mis libros fablassen más oscuro, et me rogó que si algund libro feziesse, que non fuesse tan declarado; et só cierto que esto me dixo porque es tan sotil et tan de buen entendimiento que tiene por mengua de sabiduría fablar en las cosas muy llana et declaradamente.

Et lo que yo fiz fasta agora, fizlo por las razones que de suso he dicho, et agora que yo só tenudo de complir en esto et en ál cuanto yo pudiesse su voluntad, fablaré en este libro en las cosas que yo entiendo que los homes se pueden aprovechar para salvamiento de las almas, et aprovechamiento de sus cuerpos, et mantenimiento de sus honras et de sus estados.

Et comoquier que estas cosas non son muy sotiles en sí, assí como si yo fablasse de la sciencia de teología, o metafísica, o filosofía natural, o aun moral, o otras sciencias muy sotiles, tengo que me cae más et más aprovechoso segund el mio estado fablar desta materia que de otra arte o sciencia. Et porque estas cosas de que yo cuido fablar non son en sí muy sotiles, diré yo con la merced de Dios lo que dixiere por palabras tales que los que fueren de tan buen entendimiento como don Jaime, que las entiendan muy bien, et los que non las entendieren non pongan la culpa a mí, ca ya non lo quería fazer sinon como fiz los otros libros, más pónganla a don Jaime que me lo fizo assí fazer, et a ellos porque lo non pueden o non quieren entender.

Et pues el prólogo es acabado en que se entiende la razón por que este libro cuido componer en esta guisa, daquí adelante començaré la materia del libro; et Dios por la su merced et piedat quiera que sea a su servicio et a pro de los que lo leyeren o oyeren et guarde a mí de dezir cosa de que sea reprehendido. Et bien cuido que el que leyere este libro et los otros que yo fiz, que pocas cosas puedan acaescer para las vidas et las faziendas de los homes que non fallen algo en ellos, ca yo non quis poner en este libro nada de lo que es puesto en los otros, mas qui de todos fiziere un libro fallarlo ha y más complido.

Et la manera del libro es que Patronio fabla con el conde Lucanor segund adelante veredes.

–Señor conde Lucanor –dixo Patronio–, yo vos fablé fasta agora lo más declaradamente que yo pude, et porque sé que lo queredes, fablarvos he daquí adelante esa misma materia, mas non por esa manera que en el otro libro ante déste.

Et pues el otro es acabado, este libro comiença assí:

–En las cosas que ha muchas sentencias non se puede dar regla general.

–El más complido de los homes es el que cognosce la verdat e la guarda.

–Del mal seso es el que dexa et pierde lo que dura et non ha precio por lo que non puede haber término a la su poca durada.

–Non es de buen seso el que cuida entender por su entendimiento lo que es sobre todo entendimiento.

–De mal seso es el que cuida que contescerá a él lo que non contesció a otri; de peor seso es si esto cuida por que non se guarde.

–¡Oh Dios, señor criador et complido!, ¡cómo me maravillo porque pusiestes vuestra semejança en homne nescio, ca cuando fabla yerra, cuando calla muestra su mengua, cuando es rico es orgulloso, cuando es pobre non le precian nada, si obra non fará obra de recabdo, si está de vagar pierde lo que ha, es soberbio sobre el que ha poder, et véncese por el que más puede, es ligero de forçar et malo de rogar, convídase de grado, convida mal et tarde, demanda quier et con porfía, da tarde et amidos et con lazerio, non se vergüença por sus yerros, et aborresce quil' castiga, el su falago es enojoso, la su saña es con denuesto. Es sospechoso et de mala poridat, espántase sin razón, toma esfuerço et non debe, do cuida fazer plazer faze pesar, es flaco en los bienes et rezio en los males, non se castiga por cosa quel' digan contra su voluntad. En grave día nasció quien oyó el su castigo, si lo acompañan non lo gradesce et fázelos lazdrar, nunca concierta en dicho nin en fecho nin yerra en lo quel' non cumple, lo quél dize non se entiende, nin entiende lo quel' dizen, siempre anda desavenido de su compaña, non se mesura en sus plazeres nin cata su mantenencia, non quiere perdonar et quiere quel' perdonen, es escarnidor e él es el escarnido, querría engañar si lo sopiesse fazer, de todo lo que se pagaría tiene que es lo mejor aunque lo non sea, querría folgar et que lazdrassen los otros!

¿Qué diré más? En los fechos et en los dichos, en todo yerra; en lo demás, en su vista paresce que es nescio, et muchos son nescios que non lo parescen, mas el que lo paresce nunca yerra de lo seer.

–Todas las cosas han fin et duran poco et se mantienen con grand trabajo et se dexan con gran dolor et non finca otra cosa para siempre sinon lo que se faze solamente por amor de Dios.

–Non es cuerdo el que solamente sabe ganar el haber, mas eslo el que se sabe servir et honrar él dél como debe.

–Non es de buen seso el que se tiene por pagado de dar o dezir buenos sesos, mas eslo el que los dize et los faze.

–En las cosas de poca fuerça cumplen las apuestas palabras, en las cosas de grand fuerça cumplen los apuestos et aprovechosos fechos.

–Más val al homne andar desnuyo que cubierto de malas obras.

–Quien ha fijo de malas maneras et desvergonçado et non recibidor de buen castigo, mucho le sería mejor nunca haber fijo.

–Mejor sería andar solo que mal acompañado.

–Más valdría seer homne soltero que casar con muger porfiosa.

–Non se ayunta el haber de torticería, et si se ayunta non dura.

–Non es de creer en fazienda agena el que en la suya pone mal recabdo.

–Unas cosas pueden seer a cerca et otras a lueñe, pues débese homne atener a lo cierto.

–Por rebato et por pereza yerra homne muchas cosas, pues de gran seso es el que se sabe guardar de amas.

–Sabio es el que sabe sofrir et guardar su estado en el tiempo que es turbio.

–En grant cuita et periglo vive qui recela que sus consejeros querrían más su pro que la suya.

–Quien siembra sin tiempo non se maraville de non seer buena la cogida.

–Todas las cosas parescen bien et son buenas, et paresce mal et son malas, et parescen bien et son malas, et parescen malas et son buenas.

–En mejor esperança está el que va por la carrera derecha et non falla lo que demanda, que el que va por la tuerta et se le faze lo que quiere.

–Más val alongarse homne del señor torticiero que seer mucho su privado.

–Quien desengaña con verdadero amor, ama; quien lesonja, aborrece.

–El que más sigue la voluntat que la razón trae el alma et el cuerpo en grand periglo.

–Usar más de razón el deleite de la carne mata el alma et destruye la fama et enflaquesce el cuerpo et mengua el seso et las buenas maneras.

–Todas las cosas yazen so la mesura; et la manera es el peso.

–Quien non ha amigos sinon por lo que les da, poco le durarán.

–Aborrescida cosa es qui quiere estar solo, e más quien quiere estar con malas compañas.

–El que quiere señorear los suyos por premia et non por buenas obras, los coraçones de los suyos demandan quien los señoree. Comoquier que contesce, grave cosa es seer desemejante a su linaje.

–Cual homne es, con tales se acompaña.

–Más vale seso que ventura, que riqueza, nin linaje.

–Cuidan que el peso et el esfuerço, que son desemejantes, et ellos son una cosa.

–Mejor es perder faziendo derecho, que ganar por fazer tuerto, ca el derecho ayuda al derecho.

–Non debe homne fiar en la ventura, ca múdanse los tiempos et cámbianse las venturas.

–Por riqueza nin pobreza, nin buena andança, nin contraria, non debe homne partirse del amor de Dios.

–Más daño recibe homne del estorbador que provecho del quel' ayuda.

–Non es sabio quien se puede desembargar de su enemigo et lo aluenga.

–Qui a sí mismo non endereça non podría endereçar a otri.

–El señor muy falaguero es despreciado; el bravo, aborrescido; el cuerdo guárdalo con la regla.

–Quien por poco aprovechamiento aventura grand cosa no es de muy buen seso.

–¡Cómo es aventurado qui sabe sofrir los espantos et non se quexa para fazer su daño!

–Si puede homne dezir o fazer su pro, fágalo, et si non, guárdese de dezir o fazer su daño.

–Homildat con razón es alabada.

–Cuanto es mayor el subimiento, tanto es peor la caída.

–Paresce la bondat del señor en cuales obras faze e cuales leyes pone.

–Por dexar el señor al pueblo lo que debe haber dellos, les tomará lo que non debe.

–Qui non faze buenas obras a los que las han mester, non le ayudarán cuando las hobier mester.

–Más vale sofrir fambre que tragar bocado dañoso.

–De los viles se sirve homne por premia, e de los buenos e honrados con amor et buenas obras.

–Hay verdat buena, hay verdat mala.

–Tanto empesce a vegadas la mala palabra como la mala obra.

–Non se escusa de ser menguado qui por otri faze su mengua.

–Qui ama más de cuanto debe, por amor será desamado.

–La mayor desconoscencia es quien non conosce a sí; pues ¿cómo conoscerá a otri?

–El que es sabio sabe ganar perdiendo et sabe perder ganando.

–El que sabe cuida que non sabe; el que non sabe cuida que sabe.

–La escalera del gualardón es el pensamiento, et los escalones son las obras.

–Quien non cata los fines fará los comienços errados.

–Qui quiere acabar lo que desea, desee lo que puede acabar.

–Cuando se non puede fazer lo que home quiere, quiera lo que se pueda fazer.

–El cuerdo sufre al loco, et non sufre el loco al cuerdo, ante le faz premia.

–El rey rey, reina; el rey non rey non reina, mas es reinado.

–Muchos nombran a Dios et fablan en él, et pocos andan por las sus carreras.

–Espantosa cosa es enseñar el mudo, guiar el ciego, saltar el contrecho; más lo es dezir buenas palabras et fazer malas obras.

–El que usa parar laços en que cayan los homnes, páralos a otri et él caerá en ellos.

–Despreciado debe seer el castigamiento del que non vive vida alabada.

–¡Cuántos nombran la verdat et non andan por sus carreras!

–Venturado et de buen seso es el que fizo caer a su contrario en el foyo que fiziera para que en él cayesse.

–Quien quiere que su casa esté firme, guarde sus cimientos et los pilares et el techo.

–Usar la verdat, seer fiel, et non fablar en lo que non aprovecha, faz llegar a homne a grand estado.

–El mejor pedaço que ha en el homne es el coraçón, e esse mismo es el peor.

–Qui non enseña et castiga sus fijos ante del tiempo de la desobediencia, para siempre ha dellos pecado.

–La mejor cosa que puede homne escoger para este mundo es la paz sin mengua et sin vergüença.

–Del fablar viene mucho bien; del fablar viene mucho mal.

–Del callar viene mucho bien; del callar viene mucho mal.

–El seso et la mesura et la razón departen et judgan las cosas.

–¡Cómo sería cuerdo qui sabe que ha de andar grand camino et passar fuerte puerto si aliviasse la carga et amuchiguasse la vianda!

–Cuando el rey es de buen seso et de buen consejo et sabio sin malicia, es bien del pueblo; et el contrario.

–Qui por cobdicia de haber dexa los non fieles en desobediencia de Dios, non es tuerto de seer su despagado.

–Al que Dios da vencimiento de su enemigo, guárdese de lo por que fué vencido.

–Si el fecho faz grand fecho et buen fecho et bien fecho, non es grand fecho. El fecho es fecho quando el fecho faze el fecho, es grand fecho et bien fecho si el non fecho faze grand fecho et bien fecho.

–Por naturales et batalla campal se destruyen et se conquieren los grandes regnos.

–Guiamiento de la nave, vencimiento de lid, melezinamiento de enfermo, sembramiento de cualquier semiente, ayuntamiento de novios, non se pueden fazer sin seso de homne et voluntat et gracia especial de Dios.

–Non será homne alabado de complida fialdat fasta que todos sus enemigos fíen dél sus cuerpos et sus fechos; pues cate homne por cuál es tenido si sus enemigos non osan fiar dél.

–Qui escoge morada en tierra do non es el señor derechurero, et fiel, et apremiador, et físico, e sabidor, et complimiento de agua, mete a sí et a su compaña en grand aventura.

–Todo homne es bueno, mas non para todas las cosas.

–Dios guarde a homne de fazer fecho malo, ca por lo encobrir habrá de fazer otros muchos malos fechos.

–Qui faze jurar al que vee que quiere mentir ha parte en el pecado.

–El que faze buenas obras a los buenos et a los malos recibe bien de los buenos et es guardado de los malos.

–Por homillarse al rey, et obedescer a los príncipes, et honrar a los mayores, et fazer bien a los menores, et consejarse con los leales, será homne seguro et non arrepentirá.

–Qui escarnesce de la lisión o mal que viene por obra de Dios, non es seguro de acaescer a él.

–Non debe homne alongar el bien, pues lo piensa por que non le estorbe la voluntat.

–Feo es ayunar con la boca sola et pecar con todo el cuerpo.

–Ante se deben escoger los amigos, que homne mucho fíe nin se aventure por ellos.

–Del que te alaba más de cuanto es verdad, non te assegures de te denostar más de cuanto es verdat.

TERCERA PARTE DEL LIBRO DEL CONDE LUCANOR ET DE PATRONIO

Escusación de Patronio al conde Lucanor

Señor conde Lucanor –dixo Patronio–, después que el otro libro fué acabado, porque entendí que lo queríades vos, comencé a fablar en este libro más abreviado et más oscuro que en el otro. Et comoquier que en esto que vos he dicho en este libro hay menos palabras que en el otro, sabet que non es menos el aprovechamiento et el entendimiento déste que del otro, ante es muy mayor para quien lo estudiare et lo entendiere; ca en el otro hay tantos enxiemplos que tengo que debedes tener por assaz, parésceme que faríades mesura si me dexássedes folgar daquí adelante.

–Patronio –dixo el conde Lucanor–, vos sabedes que naturalmente de tres cosas nunca los homes se pueden tener por pagados et siempre querrían más dellas: la una es saber, la otra es honra et preciamiento, la otra es abastamiento para en su vida. Et porque el saber es tan buena cosa, tengo que non me debedes culpar por querer ende haber yo la mayor parte que pudiere, et porque sé que de ninguno non lo puedo mejor saber que de vos, creed que en cuanto viva nunca dexaré de vos afincar que me amostredes lo más que yo pudiere aprender de lo que vos sabedes.

–Señor conde Lucanor –dixo Patronio–, pues veo que tan buena razón et tan buena entención vos mueve a esto, dígovos que tengo por razón de trabajar aún más, et dezirvos he lo que entendiere de lo que aún fasta aquí non vos dixe, que aquel que lo ha de oír es tan boto que lo non puede entender sin lo oír muchas vezes, e paresce que ha sabor de fenchir el libro non sabiendo qué poner en él. Et lo que daquí adelante vos he a dezir, comiença assí:

–Lo caro es caro, cuesta caro, guárdase caro, acábalo caro; lo rehez es rehez, cuesta rehez, acábalo rehez, gánase rehez; lo caro es rehez, lo rehez es caro.

–Grant maravilla será si bien se falla el que fía su fecho et faze mucho bien al que erró et se partió sin grand razón del con qui había mayor debdo.

–Non debe homne creer que non se atreva a él por esfuerço de otri el que se atreve a otri por esfuerço dél.

–El que quiere empescer a otri non debe cuidar que el otrie non empescerá a él.

–Por seso se mantiene el seso.

–El seso da seso al que non ha seso.

–Sin seso non se guarda el seso.

–Tal es Dios et los sus fechos, que señal es que poco lo conoscen los que mucho fablan en él.

–De buen seso es el que non puede fazer al otro su amigo, de non lo fazer su enemigo.

–Qui cuida aprender de los homnes todo lo que saben, yerra; qui aprende lo aprovechoso, acierta.

–El consejo, si es grand consejo, es buen consejo: faz buen consejo, da buen consejo; párase al consejo qui de mal consejo faz buen consejo: el mal consejo de buen consejo faz mal consejo.

–A grand consejo ha mester grand consejo.

–Grand bien es del qui ha et quiere et cree buen consejo.

–El mayor dolor faz olvidar al que non es tan grande.

–Qui ha de fablar de muchas cosas ayuntadas es como el que desvuelve grand oviello que ha muchos cabos.

–Todas las cosas nascen pequeñas et crescen; el pesar nasce grand et cada día mengua.

–Por honra recibe honra qui faz honra.

–La honra debe se fazer honra guardándola.

–El cuerdo, de la víbora faz triaca; et el de mal seso, de las gallinas faz vegambre.

–Qui se desapodera non es seguro de tornar a su poder cuando quisiere.

–Non es de buen seso qui mengua su honra por acrescer la agena.

–Qui faz bien por recebir bien non faz bien, porque el bien es carrera del complido bien e debe fazer el bien.

–Aquello es bien que se faz bien.

–Por fazer bien se ha el complido bien.

–Usar malas viandas et malas mugeres es carrera de traer el cuerpo et la fazienda et la fama en peligro.

–Qui se duele mucho de la cosa perdida que se non puede cobrar, et desmaya por la ocasión de que non puede foír, non faze buen seso.

–Muy caro cuesta recebir don del escaso, cuanto más pedir al avariento.

–La razón es razón de razón.

–Por razón es el homne cosa de razón.

–La razón da razón.

–La razón faz al homne ser homne, assí por razón es el homne menos; pues el homne sin razón non es homne, mas es de las cosas en que non ha razón.

–El sofrido sufre cuanto debe et después cóbrase con bien et con plazer.

–Razón es de vevir mal a los que son dobles de coraçón et sueltos para complir los desaguisados deseos.

–Los que non creen verdaderamente en Dios, razón es que non sean por él defendidos.

–Si el homne es homne, cuanto es más homne es mejor homne.

–Si el grand homne es bien homne, es buen homne et grand homne; cuanto el grand homne es menos homne es peor homne; non es grand homne sinon el buen homne; si el grand homne non es buen homne, nin es grand homne nin buen homne, mejor le sería nunca ser homne.

–Largueza en mengua, abstinencia en abondamiento, castidat en mancebía, homildat en grand honra, fazen al homne mártir sin esparcimiento de sangre.

–Qui demanda las cosas más altas que sí, et escodriña las más fuertes, non faze buen recabdo.

–Razón es que reciba home de sus fijos lo que su padre recibió dél.

–Lo mucho es para mucho; mucho sabi qui en lo mucho faz mucho, faze mucho por lo mucho, lo poco déxalo por lo mucho. Por mengua non pierde.

–Lo poco endereça lo mucho.

–Siempre ten el coraçón en lo mucho.

–Quanto es el homne mayor si es verdadero e homildoso, tanto fallará más gracia ante Dios.

–Lo que Dios quiso esconder non es aprovechoso de lo veer home con sus ojos.

–Por la bendición del padre se mantienen las cosas de los fijos; por la maldición de la madre se derriban los cimientos de raíz.

–Si el poder es grand poder, el grand poder ha grand saber.

–Con grand saber et grand querer, teniendo que de Dios es todo el poder, et de su gracia haber poder, debe crescer su grand poder.

–Qui quier honrar a sí et a su estado guise que sean seguros dél los buenos e que se recelen dél los malos.

–La dubda et la pregunta fazen llegar al homne a la verdat.

–Non debe homne aborrescer todos los homes por alguna tacha, ca non puede seer ninguno guardado de todas las tachas.

–El yerro es yerro; del yerro nasce yerro; del pequeño yerro nasce grande yerro; por un yerro viene otro yerro; si bien viene del yerro, siempre torna en yerro; nunca del yerro puede venir sinon yerro.

–Qui contiende con el que se paga del derecho et de la verdat et lo usa non es de buen seso.

–Los caballeros et el haber son ligeros de nombrar et de perder, et graves de ayuntar et más de mantener.

–El cuerdo tiene los contrarios et el su poder por más de cuanto es, et los ayudadores et el su poder por menos de cuanto es.

–Fuerça non fuerça a fuerça; fuerça se desfaz con fuerça, a vezes mejor sin fuerça; non se dize bien: fuerça a vezes presta la fuerça; do se puede escusar non es de probar fuerça.

–Cuerdo es quien se guía por lo que contesció a los que passaron.

–Como cresce el estado, assí cresce el pensamiento; si mengua el estado cresce el cuidado.

–Con dolor non guaresce la grand dolencia, mas con melezina sabrosa.

–Amor cresce amor; si amor es buen amor, es amor; amor más des amor non es amor; amor de grand amor faz desamor.

–Ha cuidados que ensanchan et cuidados que encogen.

–Mientre se puede fazer, mejor es la manera que la fuerça.

–Los leales dizen lo que es; los arteros, lo que quieren.

–Vida buena vida es; vida buena vida da.

–Qui non ha vida non da vida; qui es vida da vida.

–Non es vida la mala vida.

–Vida sin vida non es vida.

–Qui non puede haber vida cate que haya complida vida.

CUARTA PARTE DEL LIBRO DEL CONDE LUCANOR ET DE PATRONIO

Razonamiento de Patronio al conde Lucanor

Señor conde Lucanor –dixo Patronio–, porque entendí que era vuestra voluntad, et por el afincamiento que me fiziestes, et porque entendí que vos movíades por buena entención, trabajé de vos dezir algunas cosas más de las que vos había dicho en los enxiemplos que vos dixe en la primera parte deste libro en que ha cincuenta enxiemplos que son muy llanos et muy declarados, et pues en la segunda parte ha cient proverbios, et algunos fueron ya cuanto oscuros, et los más assaz declarados, en esta tercera parte puse cincuenta proverbios, et son más oscuros que los primeros cincuenta enxiemplos nin los cient proverbios. Et assí con los exiemplos et con los proverbios hevos puesto en este libro CC entre proverbios et exiemplos, et más: ca en los L exiemplos primeros, encontrando el exiemplo fallaredes en muchos lugares algunos proverbios tan buenos et tan provechosos como en las otras partes deste libro en que todos son proverbios. Et bien vos digo que cualquier homne que todos estos proverbios et enxiemplos sopiesse, et los guardasse et se aprovechasse dellos, quel' cumplirían assaz para salvar el alma et guardar su fazienda et su fama et su honra et su estado. Et pues tengo que en lo que vos he puesto en este libro ha tanto que cumple para estas cosas, tengo que si aguisado quisiérades catar, que me debedes ya dexar folgar.

–Patronio –dixo el conde–, ya vos he dicho que por tan buena cosa tengo el saber, et tanto querría dél haber lo más que pudiesse, que por ninguna guisa nunca he de partir mano de fazer todo mio poder por saber ende lo que más yo pudiere. Et porque yo sé que non podría fallar otro de quien más pueda saber que de vos, dígovos que en toda mi vida nunca dexaré de vos preguntar et afincar por saber de vos lo que más yo pudiere.

–Señor conde Lucanor –dixo Patronio–, pues assí es et assí lo queredes, yo dezirvos he algo segund lo entendiere de lo que fasta aquí non vos dixe; mas, pues veo que lo que vos he dicho se vos faze muy ligero de entender, daquí adelante dezirvos he algunas más oscuras que fasta aquí et algunas assaz llanas. Et si más me afincássedes, habervos he a fablar en tal manera que vos converná de aguçar el entendimiento para las entender.

–Patronio –dixo el conde–, bien entiendo que esto me dezides con saña et con enojo por el afincamiento que vos fago; pero comoquier que segund el mio flaco saber querría más que me hablássedes claro que oscuro, pero tanto tengo que me cumple lo que vos dezides, que querría ante que me fablássedes cuanto oscuro vos quisierdes, que non dexar de me mostrar algo de cuanto vos sabedes.

–Señor conde Lucanor –dixo Patronio–, pues assí lo queredes, daquí adelante parad bien mientes a lo que vos díré.

–En el presente muchas cosas grandes son un tiempo grandes et non parescen et homne nada en el passado las tiene.

–Todos los homnes se engañan en sus fijos en su apostura, et en sus bondades, et en su canto. Do mengua seso, es muy grande por los agenos grandes tener los yerros pequeños por los suyos.[1]

1. Equivale: «Muy grande mengua de seso es tener los ajenos yerros por grandes [et los] suyos por pequeños.»

–Del grand afazimiento nasce menosprecio. En el medrosas debe señor idas primero et las apresuradas ser sin el que saliere lugar, empero fata grand periglo que sea.[2]

–Non debe homne fablar ante otro muy sueltamente fasta que entienda qué comparación ha entre el su saber et el del otro. El mal por que toviere lo otro en que vee guardar en el que se non debe querer caya.[3]

–Non se debe homne tener por sabio nin encobrir su saber más de razón. Non la salut siente nin el su bien, el siente su contrario.[4]

–Non faze buen seso el señor que se quiere servir o se paga del homne que es malicioso, nin mintroso. Con más mansedumbre sabios soberbia, con que cosas falago con braveza los acaba.[5]

–De buen seso es qui se guarda de se desavenir con aquel sobre qui ha poder, cuanto más con el que lo ha mayor que él. Aponen que todo homne debe alongar de sí el sabio, ca los faze con el mal los malos homes.[6]

–Quien toma contienda con el que más puede métese en gran periglo; qui la toma con su egual métese en aventura; qui la toma con el que menos puede métese en menosprecio; pues lo mejor es qui puede haber paz a su pro et a su honra.

–El que se guía por su seso non es alabado, et el que

2. Tal vez signifique: «Empero, el señor debe ser [el] primero que saliere en las medrosas e apresuradas idas, fasta que sea el lugar sin grand peligro.»

3. «El que vee el mal que otro toviere lo debe querer guardar por que en [él] non se caya.»

4. «Él non siente la salud nin el su bien; siente [los de] su contrario.»

5. «Los sabios acaba [n] las cosas más con mansedumbre [et] falago, que con braveza [et] soberbia.»

6. Quizá sea: «El sabio debe alongar de sí los homnes, ca los malos oponen que todo homne faze mal con él.»

non fía mucho de su seso descubre su poridat al que es flaco.

–Mas aprovechoso es a muchos homnes haber algún recelo que muy grand paz sin ninguna contienda.

–Grand bien es al señor que non haya el coraçón esforçado, et si hobiere de seer de todo coraçón fuerte, cúmplel' cuerpo assaz lo esforçado.

–El más complido et alabado para consejero es el que guarda bien la poridat et es de muertas cobdicias et de vivo entendimiento.

–Más tiempos aprovecha paral continuado deleite, que a la fazienda pensamiento e alegría.

–Por fuertes ánimos, por mengua de haber, por usar mucho mugeres, et vino, et malos plazeres, por ser torticiero e cruel, por haber muchos contrarios et pocos amigos, se pierden los señoríos e la vida.

–Errar para perdonar de ligero da atrevimiento a los homnes.

–El plazer faze sin saber las viandas que lo non son: el pesar faze sabrosas las viandas.

–Grand vengança para menester luengo tiempo para encobrir la madureza seso es.[7]

–Assí es locura si el de muy grand seso se quiere mostrar por non lo seer, como es de poco seso si el cuerdo se muestra cuerdo algunas vezes.

–Por fuerte voluntat que sea, contender con su enemigo luengo tiempo más fuerte cosa es con su homne.[8]

–Dizen por mal uso complir mester por tu talante ver-

7. «Grand madureza [del] seso es mester para encobrir luengo tiempo la vengança.»

8. «Por fuerte que sea contender luengo tiempo con su enemigo, más fuerte cosa es [contender] homne con su voluntad.»

dat de cuanto menos por fablar lo de los homnes es o por más saber.[9]

–De buen seso es qui non quiere fazer grand obra, non teniendo aparejado lo que ha mester para la acabar.[10]

–Más fechos debe homne acomendar a un homne de a cuantos non puede poner recabdo.

–Luengos tiempos ha homne obrado dallí adelante que creer en cuál manera obrar deben assí.

9. Acaso quiere significar: «Es mal uso de verdat cuanto los homnes dizen, por complir su talante, por lo mester, por fablar de más, o por menos saber.»

10. «De buen seso es qui non quiere fazer para grand obra lo que la ha, non teniendo acabar mester aparejado.»

QUINTA PARTE DEL LIBRO DEL CONDE LUCANOR ET DE PATRONIO

Señor conde Lucanor –dixo Patronio–, ya de suso vos dixe muchas vezes que tantos enxiemplos et proverbios, dellos muy declarados, et dellos ya cuanto más oscuros, vos había puesto en este libro que tenía que vos cumplían assaz, et por el afincamiento que me fiziestes hobe de poner en este postrimero treinta proverbios, algunos tan oscuramente, que será maravilla si bien los pudierdes entender si yo o alguno de aquellos a qui los yo mostré non vos los declararen, pero seet bien cierto que aquellos que parescen más oscuros o más sin razón, que desque los entendiéredes, que fallaredes que non son menos aprovechosos que cualesquier de los otros que son ligeros de entender. Et pues tantas cosas son escriptas en este libro sotiles et oscuras et abreviadas, por talante que don Johán hobo de complir talante de don Jaime, dígovos que non quiero fablar ya en este libro de enxiemplos, nin de proverbios, más fablaré un poco en otra cosa que es muy más aprovechosa.

Vos, señor conde, sabedes que cuanto las cosas espirituales son mejores et más nobles que las corporales, señaladamente porque las espirituales son duraderas et las corporales se han de corromper, tanto es mejor cosa et más noble el alma cosa duradera; pues si el alma es más noble et mejor cosa que el cuerpo, et la cosa mejor debe ser más preciada et más guardada, por esta manera non puede ninguno negar que el alma non debe seer más preciada et más guardada que el cuerpo.

Et para seer las almas guardadas, ha mester muchas cosas, et entender que en dezir guardar las almas non quiere ál dezir sinon fazer tales obras por que se salven las almas; ca por dezir guardar las almas non se entiende que las meten en un castillo, nin en un arca en que estén guardadas, mas quiere dezir que por fazer homne malas obras van las almas al infierno. Pues para las guardar que non cayan al infierno, conviene que se guarde las malas obras que son carrera para ir al infierno, et guardándose destas malas obras se guarde del infierno.

Pero debedes saber que para ganar la gloria del paraíso, que ha guardarse homne de malas obras, que mester es de fazer buenas obras, et estas buenas obras para guardar las almas et guisar que vayan a paraíso ha mester y cuatro cosas: la primera, que haya homne fee et viva en ley de salvación; la segunda, que desque es en tiempo para lo entender, que crea toda su ley et todos sus articlos et que non dubde en ninguna cosa dellos; la tercera, que fará buenas obras et a buena entención por que gane el paraíso; la cuarta, que se guarde fazer malas obras, por que sea guardada la su alma de ir al infierno.

A la primera, que haya homne fee et viva en ley de salvación: a ésta vos digo que segund verdad la ley de salvación es la sancta fe católica segund la tiene et la cree la sancta Madre Eclesia de Roma. Et bien creed que en aquella manera que lo tiene la vejezuela que está filando a su puerta al sol, que assí es verdaderamente; ca ella cree que Dios es Padre et Fijo et Spíritu Sancto, que son tres personas et un Dios; et cree que Jesu-Cristo es verdadero Dios et verdadero homne; et que fué fijo de Dios et que fué engendrado por el Spíritu Sancto en el vientre de la bienaventurada Virgo Sancta María; et que nasció della Dios et homne verdadero, et que fincó ella virgen cuando concibió, et virgen seyendo preñada, et virgen después que parió; et que Jesu-Cristo se crió et cresció como otro moço; et después que predicó, et que fué preso, et tormentado, et después puesto en la cruz, et que tomó y muerte por redemir los pecadores, et que descendió a los infiernos, et que sacó ende los Padres Sanctos que sabían que había de venir et esperaban la su venida, et que resucitó al tercer día; et aparesció a muchos, et que subió a los cielos en cuerpo et en alma, et que envió a los apóstoles el Spíritu Sancto que los confirmó et los fizo saber las escripturas et los lenguajes, et los envió por el mundo a predigar el su Sancto Evangelio. Et cree que Él ordenó los sacramentos de Sancta Iglesia et que lo son verdaderamente assí como Él ordenó, et que ha de venir a nos judgar, et nos dará lo que cada uno meresció, et que resucitaremos, et que en cuerpo et en alma habremos después gloria o pena segund nuestros merescimientos. Et ciertamente cualquier vejezuela cree esto, et esso mismo cree cualquier cristiano.

Et, señor conde Lucanor, bien cred por cierto que todas estas cosas bien assí como los cristianos las creen, que bien assí son, mas los cristianos que non son muy sabios, nin muy letrados, créenlas simplemente como las cree la Sancta Madre Eglesia et en esta fe et en esta creencia se salvan; mas, si lo quisiéredes saber, cómo es et cómo puede seer et cómo debía seer, fallarlo hedes más declarado que por dicho et por seso de homne se puede dezir et entender en el libro que don Johán fizo, a que llaman *De los Estados*, et tracta de cómo se prueba por razón que ningún cristiano nin pagano, nin herege, nin judío, nin moro, nin homne del mundo non pueda dezir con razón que el mundo non sea criatura de Dios, et que de necessidat conviene que sea Dios fazedor, et criador, et obrador de todos et en todas cosas; et que ninguna non obra en Él. Et otrossí tracta cómo puede ser et cómo et por cuáles razones puede seer et debe seer que Jesu-Cristo fuesse et es verdadero Dios et verdadero homne; et cómo puede ser que los sacramentos de Sancta Eclesia hayan aquella virtud que Sancta Eglesia dize et cree. Et otrossí, tracta de cómo se prueba por razón que el homne es compuesto de alma et de cuerpo, et que las almas ante de la resurrección habrán gloria o pena por las obras buenas o malas que hobieron fechas seyendo ayuntadas con los cuerpos, segund sus merescimientos, et después de la resurrección que la haberán ayuntadamente el alma et el cuerpo; et que assí como ayuntadamente fizieron el bien o el mal, que assí ayuntadamente hayan el gualardón o la pena.

Et señor conde Lucanor, en esto que vos he dicho que fallaredes en aquel libro, vos digo assaz de las dos cosas primeras que convienen para salvamiento de las almas, que son: la primera, que haya homne et viva en ley de salvación; et la segunda, que crea toda su ley et todos sus articlos et que non dubde en ninguno dellos. Et porque las otras dos, que son: cómo puede homne et debe fazer buenas obras para salvar el alma et guardarse de fazer las malas por escusar las penas del infierno, comoquier que en aquel mismo libro tracta desto assaz complidamente, pero, porque esto es tan mester de saber et complir tanto, et porque por aventura algunos leerán este libro et non leerán el otro, quiero yo aquí fablar desto; pero só cierto que non podría dezir complidamente todo lo que para esto sería mester, pero diré ende segund el mio poco saber lo que Dios me enderece a dezir, et quiera Él por la su piedat que diga lo que fuere su servicio et aprovechamiento de los que lo leyeren et lo oyeren.

Pero ante que fable en estas dos maneras –cómo se puede et debe homne guardar de fazer malas obras, para escusar las penas del infierno, et fazer las buenas para ganar la gloria del paraíso– diré un poco cómo es et cómo puede seer que los sacramentos sean verdaderamente assí como lo tiene la Sancta Eglesia de Roma. Et esto diré aquí, porque non fabla en ello tan declaradamente el dicho libro que don Johán fizo.

Et fablaré primero en el sacramento del cuerpo de Dios, que es el sacramento de la hostia que se consagra en el altar; et comienço en éste, porque es el más grave de lo creer que todos los sacramentos: et probándose éste por buena et por derecha razón todos los otros se prueban. Et con la merced de Dios, desque éste hobiere probado, yo probaré tanto de los otros con buena razón, que todo homne, aunque non sea cristiano, et haya en sí razón et buen entendemiento, entendrá que se prueba con razón que para los cristianos non cumple de catar razón, ca tenudos son de lo creer, pues es verdat et lo cree Sancta Eglesia, et comoquier que esto les cumple assaz, pero non les empesce saber estas razones, que ya de suso en aquel libro se prueba por razón que forçadamente habemos a saber et creer que Dios es criador et fazedor de todas las cosas et ninguna non obra en Él.

Et otrossí es probado que Dios crió el homne et que non fué criado solamente por su naturaleza, mas que lo crió Dios de su propia voluntad; et otrossí que lo crió compuesto de alma et de cuerpo, que es cosa corporal et cosa espiritual, et que es compuesto de cosa duradera et cosa que se ha de corromper, si éstas son el alma et el cuerpo, et que para éstas haber amas gloria o pena convinía que Dios fuese Dios et homne; et todo esto se muestra muy complidamente en aquel libro que dicho es.

Et pues es probado que Jesu-Cristo fué et es verdaderamente Dios, et Dios es todo poder complido, non puede ninguno negar que el sacramento que Él ordenó, que lo non sea, et que non haya aquella virtud que Él en el sacramento puso; pero que si alguno dixiere que esto tañe en fe et que él non quiere haber fe sinon en cuanto se mostrare por razón, digo yo que, demás de muchas razones que los Sanctos et los Doctores de Sancta Eglesia ponen, que digo yo esta razón:

Cierto es que Nuestro Señor Jesu-Cristo, verdadero

Dios et verdadero homne, seyendo el jueves de la cena a la mesa con sus apóstoles, sabiendo que otro día debía seer fecho sacrificio del su cuerpo, et sabiendo que los homnes non podían seer salvos del poder del Diablo, en cuyo poder eran caídos por el pecado del primer home, nin podían seer redemidos sinon por el sacrificio que dél se había de fazer, quiso por la su grant bondat sofrir tan grant pena como sufrió en la su passión, et por aquel sacrificio que fué fecho del su cuerpo fueron redemidos todos los sanctos que eran en el Limbo, ca nunca ellos pudieran ir al paraíso sinon por el sacrificio que se fizo del cuerpo de Jesu-Cristo; et assín tienen los Sanctos et los Doctores de Sancta Eglesia, et es verdat, que tan grande es el bien et la gloria del paraíso que nunca lo podría homne haber, nin alcançar, sinon por la passión de Jesu-Cristo, e por los merecimientos de Sancta María et de los otros Sanctos. Et por aquella sancta et aprovechosa passión fueron salvos et redemidos todos los que fasta entonce eran en el Limbo et serán redemidos todos los que murieren et acabaren derechamente en la sancta fe católica. Et porque Jesu-Cristo segund homne había de morir, et non podía fincar en el mundo, et Él era el verdadero cuerpo por que los homnes habían a seer salvos, quísonos dexar el su cuerpo verdadero assí complido como lo Él era en que se salvassen todos los derechos et verdaderos cristianos, et por esta razón tomó el pan et bendíxolo et partiólo et diólo a sus disciplos et dixo: «Tomad et comet, ca éste es el mio cuerpo»; et después tomó el cáliz et dió gracias a Dios et dixo: «Bebed todos éste, ca ésta es la mi sangre»; et allí ordenó el sacramento del su cuerpo. Et debedes saber que la razón por que dizen que tomó el pan et bendíxolo et partiólo es ésta: cada que Jesu-Cristo bendizía el pan, luego el pan era partido tan egual como si lo partiesse con el más agudo cochiello que pudiesse seer. Et por esto dize el Evangelio quel conoscieron los apóstoles después que resucitó en el partir del pan, ca por partir el pan en otra manera que como todos lo parten non había la Sancta Escriptura por qué fazer mención del partir del pan, mas fázelo porque Jesu-Cristo partía siempre el pan mostrando cómo lo podía fazer tan maravillosamente.

Et otrossí dexó este sancto sacramento por que fincasse en su remembrança. Et pues assí se prueba que Jesu-Cristo es verdadero Dios et assí como Dios pudo fazer todas las cosas, et es cierto que fizo et ordenó este sacramento, non puede dezir ninguno con razón que non lo debía ordenar assí como lo fizo; et que non ha complidamente aquella virtud que Jesú, verdadero Dios, en él puso.

Et el baptismo, otrossí, todo homne que buen entendimiento haya, por razón debe entender que este sacramento se debió fazer et era muy grand mester, ca bien entendedes vos que comoquier que el casamiento sea fecho por mandado de Dios et sea uno de los sacramentos, pero, porque en la manera de la engendración non se puede escusar algún deleite, por ventura non tan ordenado como sería mester, por ende todos los que nascieron et nascerán por engendramiento de homne et de muger nunca fué nin será ninguno escusado de no nascer en el pecado deste deleite. Et a este pecado llamó la Escriptura pecado original, que quiere dezir, segund nuestro lenguaje, pecado del nascimiento; et porque ningund homne que esté en pecado non puede ir a paraíso, por ende fué la merced de Dios de dar manera como se alimpiasse este pecado; et para lo alimpiar ordenó nuestro Señor Dios en la primera ley la circuncisión; et comoquier que en cuanto duró aquella ley cumplían aquel sacramento, por que entendades que todo lo que en aquella ley fué ordenado, que todo fué por figura de esta sancta ley que agora habemos, debédeslo entender señaladamente en este sacramento del baptismo, ca entonce circuncidaban los homnes et ya en esto paresce que esa figura que de otra guisa había de seer, ca vos entendedes que el sacramento complido egualmente se debe fazer, pues el circuncidar non se puede fazer sinon a los varones; pues si non se puede ninguno salvar del pecado original sinon por la circuncisión, cierto es que las mugeres que non pueden este sacramento haber non pueden seer alimpiadas del pecado original. Et assí, entendet que la circuncisión, que fué figura del alimpiamiento que se había de ordenar en la sancta fe católica que nuestro señor Jesu-Cristo ordenó assí como Dios. Et cuando Él ordenó este sancto sacramento quísolo ordenar habiendo recebido en sí el sacramento de la circuncisión, et dixo que non viniera él por menguar, nin por desfazer la ley, sinon por la complir, et cumplió la primera ley en la circuncisión, et la segunda, que él ordenó, recibiendo el baptismo de otri, como lo recibió de Sant Johán Baptista.

Et por que entendades que el sacramento que él ordenó del baptismo es derechamente ordenado para alimpiar el pecado original, parad en ello bien mientes et entendredes cuanto con razón es ordenado:

Ya de suso es dicho que en la manera del engendramiento non se puede escusar algún deleite; contra este deleite, do conviene de haber alguna cosa non muy limpia, es puesto uno de los elementos que es el más limpio, et señaladamente para alimpiar, ca las más de las cosas non limpias, todas se alimpian con el agua; otrossí en bapteando la criatura dizen: «Yo te bapteo en el nombre del Padre et del Fijo et del Spíritu Sancto», et métenlo en el agua. Pues veet si es este sacramento fecho con razón, ca en diziendo «yo te bateo en el nombre del Padre, del Fijo et del Spíritu Sancto», y mismo dize et nombra toda la Trinidad et muestra el poder del Padre et el saber del Fijo et la bondat del Spíritu Sancto; et dize que por estas tres cosas, que son Dios et en Dios, sea alimpiada aquella criatura de aquel pecado original en que nasció; et la palabra llega al agua que es elemento et fázese sacramento. Et este ordenamiento deste sancto sacramento que Jesu-Cristo ordenó es egual et complido, ca tan bien lo pueden recebir, et lo reciben, las mugeres como los homnes, et assí, pues este sancto sacramento es tan mester, et fué ordenado tan con razón, et lo ordenó Jesu-Cristo, que lo podía ordenar assí como verdadero Dios, non puede con razón dezir homne del mundo que este sancto sacramento non sea tal et tan complido como lo tiene la madre sancta Eglesia de Roma.

Et cuanto de los otros cinco sacramentos, que son: penitencia, confirmación, casamiento, orden, postrimera unción, bien vos diría tantas et tan buenas razones en cada uno dellos que vos entendríades que eran assaz; más déxolo por dos cosas: la una, por non alongar mucho el libro; et lo ál, porque sé que vos et quienquier que esto oya entendrá que tan con razón se prueba lo ál como esto.

Et pues esta razón es acabada assí como la yo pude acabar, tórnase a fablar de las dos maneras en cómo se puede homne et debe guardar de fazer malas obras para se guardar de ir a las penas del infierno, et podrá fazer et fará buenas obras para la gloria del paraíso.

Señor conde Lucanor, segund de suso es dicho, sería muy grave cosa de se poner por escripto todas las cosas que homne debía fazer para se guardar de ir a las penas del infierno et para ganar la gloria del paraíso, pero quien lo quisiesse dezir abreviadamente podría dezir que para esto non ha mester él sinon fazer bien et non fazer mal. Et esto sería verdat, mas porque esto sería como algunos dizen grant verdat et poco seso, por ende conviene que, pues me atreví a tan grand atrevimiento de fablar en fechos que cuido que me non pertenescía segunda la mengua del mio saber, que declare más cómo se pueden fazer estas dos cosas; por ende, digo assí: que las obras que homne ha de fazer para que haya por ellas la gloria del paraíso, lo primero, conviene que las faga estando en estado de salvación. Et debedes saber que el estado de salvación es cuando el homne está en verdadera penitencia, ca todos los bienes que el homne faze non estando en verdadera penitencia, non gana homne por ellos la gloria del paraíso, et razón et derecho es, ca el paraíso, que es veer a Dios et es la mayor gloria que seer puede, non es razón et derecho que la gane homne estando en pecado mortal, mas lo que homne gana por ellas es que aquellas buenas obras lo traen más aína a verdadera penitencia, et esto es muy grand bien. Otrossí, le ayudan a los bienes deste mundo para haber salud et honra et riqueza et las otras bienandanças del mundo. Et estando en este bienaventurado estado, las obras que homne ha de fazer para haber la gloria del paraíso son assí como limosna, et ayuno, et oración, et romería, et todas obras de misericordia, pero todas estas buenas obras, para que homne por ellas haya la gloria del paraíso, ha mester que se fagan en tres maneras: lo primero, que faga homne buena obra; lo segundo, que la faga bien; lo tercero, que la faga por escogimiento. Et, señor conde Lucanor, comoquier que esto se puede assaz bien entender, pero, por que sea más ligero aún, dezirvos lo he más declarado.

Fazer homne buena obra es toda cosa que homne faze por Dios, mas es mester que se faga bien, et esto es que se faga a buena entención, non por vanagloria, nin por hipocresía, nin por otra entención, sinon solamente por servicio de Dios; otrossí, que lo faga por escogimiento, esto es, que cuando hubiere de fazer alguna obra, que escoja en su talante si es aquella buena obra o non, et desque viere que es buena obra, que escoja aquella porque es buena et dexe la otra que él entiende et escoge que es mala. Et faziendo homne estas buenas obras, et en esta manera, fará las obras que homne debe fazer para haber la gloria de paraíso; mas por fazer homne buena obra, si la faz por vanagloria o por hipocresía o por haber la fama del mundo, maguer que faz buena obra, non la faz bien nin la faz por escogimiento, ca el su entendimiento bien escoge que non es aquello lo mejor nin la derecha et verdadera entención. Et a este tal contescerá lo que contesció al senescal de Carcassona, que maguer a su muerte fizo muchas buenas obras, porque non las fizo a buena nin a derecha entención, non le prestaron para ir a paraíso et fuése para el infierno. Et si quisiéredes saber cómo fué esto deste senescal, fallarlo hedes en este libro en el capítulo XL.

Otrossí, para se guardar homne de las obras que homne puede fazer para ir al infierno, ha mester de se guardar y de tres cosas: lo primero, que non faga homne mala obra; lo segundo, que la non faga mal; lo tercero, que la non faga por escogimiento; ca non puede homne fazer cosa que de todo en todo sea mal sinon faziéndose assí: que sea mala obra, et que se faga mal, et que se faga escogiendo en su entendimiento homne que es mala, et entendiendo que es tal fazerla a sabiendas, ca non seyendo y estas tres cosas, non sería la obra del todo mala; ca puesto que la obra fuesse en sí mala; si non fuesse mal fecha, non faziéndola escogiendo que era mala, non sería del todo mala; ca bien assí como non sería la obra buena por seer buena en sí, si non fuesse bien fecha et por escogimiento, bien assí, aunque la obra fuesse en sí mala, non lo sería del todo si non fuese mal fecha et por escogimiento. Et assí como vos digo por enxiemplo del senescal de Carcassona que fizo buena obra, pero porque la non fizo bien non meresció haber nin hobo por ello gualardón, assí vos daré otro enxiemplo de un caballero que fué ocasionado et mató a su señor et a su padre; comoquier que fizo mala obra, porque la non fizo mal nin por escogimiento, non fizo mal nin meresció haber por ello pena, nin la hobo. Et porque en este libro non está escripto este enxiemplo, contarvos lo he aquí, et non escribo aquí el enxiemplo del Senescal porque está escripto, como de suso es dicho:

–Assí acaesció: que un caballero había un fijo que era assaz buen escudero. Et porque aquel señor con quien su padre vivía non se guisó de fazer contra el escudero en guisa por que pudiesse fincar con él, hobo el escudero entre tanto de catar otro señor con quien visquiesse. Et por las bondades que en el escudero había et por cuanto bien le sirvió, ante de poco tiempo fízol' caballero. Et llegó a muy buen estado. Et porque las maneras et los fechos del mundo duran poco en un estado, acaesció assí: que hobo desavenencia entre aquellos dos señores con quien vivía el padre et el fijo, et fué en guisa que hobieron de lidiar en uno.

Et el padre et el fijo cada uno dellos estaba con su señor, et como las aventuras acaescen en las lides, acaesció assí que el caballero, padre del otro, topó en lit con aquel señor con quien el su señor lidiaba et con quien vivía su fijo, et por servir a su señor, et porque entendió que si aquél fuesse muerto o preso, que su señor sería muy bienandante et mucho honrado, fué trabar dél tan rezio que cayeron entramos en tierra. Et estando sobre él por prenderle o por matarle, su fijo, que andaba guardando a su señor et serviéndol' cuanto podía, desque vío a su señor en tierra, conosció que aquel quel' tenía era su padre.

Si hobo ende grand pesar, non lo debedes poner en dubda, pero doliéndose del mal de su señor començó a dar muy grandes vozes a su padre et a dezirle, llamándol' por su nombre, que dexasse a su señor, ca comoquier que él era su fijo, que era otrossí vassallo de aquel señor que él tenía de aquella guisa; que si non lo dexasse, que fuesse cierto quel' mataría.

Et el padre, porque non lo oyó, o non lo guisó fazer, non lo dexó. Et desquel fijo vío a su señor en tal periglo, et que su padre non lo quería dexar, membrándose de la lealtad que había de fazer, olvidó et echó tras las cuestas el debdo et la naturaleza de su padre, et entendió que si descendiesse del caballo, que con la priessa de los caballos que y estaban que por aventura ante que él pudiesse acorrer, que su señor que sería muerto; et llegó assí de caballo como estaba, todavía dando vozes a su padre que dexasse a su señor, et nombrando a su padre et a sí mismo. Et desque vío que en ninguna guisa non le quería dexar, tan grand fué la cuita et el pesar et la saña que hobo, que como vío que estaba su señor, que dió tan grand ferida a su padre por las espaldas que pasó todas las armaduras et todo el cuerpo. Et aun tan grand fué aquel desaventurado golpe, que passó a su señor el cuerpo et las armas assí como a su padre, et murieron entramos de aquel golpe.

Otrossí, otro caballero de parte de aquel señor que era muerto, ante que sopiesse de la muerte de su señor, había muerto el señor de la otra parte. Et assí fue aquélla lit de todas partes mala et ocasionada.

Et desque la lit fué passada et el caballero sopo la desaventura quel' acaesciera por matar en aquella ocasión a su señor et a su padre, endereçó a casa de todos los reyes et grandes señores que había en aquellas comarcas, et trahendo las manos atadas et una soga a la garganta, dizía a los reyes et señores que iba: que si ningún homne merescía muerte de traidor por matar su señor et su padre, que la merescía él; et que les pidía él por merced que cumpliessen en él lo que fallassen quél merescía, pero si alguno dixiera que los matara por talante de fazer traición, que él se salvaría ende como ellos fallassen que lo debía fazer.

Et desque los reyes et los señores sopieron cómo acaesciera el fecho, todos vieron que, comoquier que él fuera muy mal ocasionado, que non fiziera cosa por que meresciera haber ninguna pena, ante le preciaron mucho et le fezieron mucho bien por la grand lealtad que fiziera en ferir a su padre por escapar a su señor. Et todo esto fué porque, comoquier que él fizo mala obra, non la fizo mal nin por escogimiento de fazer mal.

Et assí, señor conde Lucanor, debedes entender por estos enxiemplos la razón por que las obras para que el homne vaya a paraíso es mester que sean buenas, et bien fechas, et por escogimiento. Et las por quel homne ha de ir al infierno conviene que sean malas, et mal fechas, et por escogimiento; et esto que dize que sean bien fechas, o mal, et por escogimiento es en la entención; ca siquier dixo el poeta: «Quicquid agant homines intentio iudicat omnes», que quiere dezir: quequier que los homnes fagan todos serán juzgados por la entención a que lo fizieren.

Agora, señor conde Lucanor, vos he dicho las maneras por que yo entiendo que el homne puede guisar que vaya a la gloria del paraíso et sea guardado de ir a las penas del infierno. Et aún por que entendades cuánto engañado es el homne en fiar del mundo, nin tomar loçanía, nin soberbia, nin poner grand esperança en su honra, nin en su linaje, nin en su riqueza, nin en su mancebía, nin en ninguna buena andança que en el mundo pueda haber, fablarvos he un poco de dos cosas por que entendades que todo homne que buen entendimiento hobiesse debía fazer esto que yo digo.

La primera, qué cosa es el homne en sí: et quien en esto cuidare entendrá que non se debe el homne mucho preciar; la otra, qué cosa es el mundo et cómo passan los homnes en él, et qué gualardón les da de lo que por él fazen; quien de esto cuidare, si de buen entendimiento fuere, entendrá que non debría fazer por él cosa por que perdiesse el otro que dura sin fin.

La primera, qué cosa es el homne en sí: ciertamente esto tengo que sería muy grande de dezir todo, pero con la merced de Dios dezirvos he yo tanto que cumpla assaz para que entendades lo que yo vos quiero dar a entender.

Bien cred, señor conde, que entre todas las animalias que Dios crió en el mundo, nin aun de las corporales, non crió ninguna tan complida ni tan menguada como el homne. Et el complimiento que Dios en él puso non es por ál sinon porquel' dió entendimiento, et razón, et libre albedrío, porque quiso que fuesse compuesto de alma et de cuerpo; mas desta razón non vos fablaré más, que es ya puesto en otros logares assaz complidamente en otros libros que don Johán fizo; mas fablarvos he en las menguas et vilezas que el homne ha en sí: en cosas, tanto como otras animalias; et en cosas, más que otra animalia ninguna.

Sin dubda, la primera vileza que el homne ha en sí es la manera de que se engendra, tan bien de parte del padre como de parte de la madre, et otrossí la manera como se engendra. Et porque este libro es fecho en romance –que lo podrían leer muchas personas, tan bien homnes como mugeres que tomarían vergüença en leerlo, et aun non ternían por muy guardado de torpedat al que lo mandó escribir–, por ende non fablaré en ello tan declaradamente como podría, pero el que lo leyere, si muy menguado non fuere de entendimiento, assaz entendrá lo que a esto cumple.

Otrossí, después que es engendrado en el vientre de su madre, non es el su gobierno sinon de cosas tan sobejanas, que naturalmente non pueden fincar en el cuerpo de la muger sinon en cuanto está preñada. Et esto quiso Dios que naturalmente hobiessen las mugeres aquellos humores sobejanos en los cuerpos, de que se gobernassen las criaturas: otrossí, el logar en que están es tan cercado de malas humidades et corrompidas, que si non por una teliella muy delgado que crió Dios que está entre el cuerpo de la criatura et aquellas humidades, que non podría vevir en ninguna manera.

Otrossí, conviene que sufra muchos trabajos et muchas cuitas en cuanto está en el vientre de su madre. Otrossí, porque a cabo de los siete meses es todo el homne complido et non le cumple el gobierno de aquellos humores sobejanos de que se gobernaba en cuanto non había mester tanto dél, por la mengua que siente del gobierno, quéxase; et si es tan rezio que pueda quebrantar aquellas telas de que está cercado, non finca más en el vientre de su madre. Et estos tales son los que nascen a siete meses et pueden tan bien vevir como si nasciessen a nueve meses, pero si entonce non pueden quebrantar aquellas telas de que está cercado, finca cansado et como doliente del grant trabajo que levó, et finca todo el ochavo mes flaco et menguado de gobierno. Et si en aquel ochavo mes nasce, en ninguna guisa non puede vevir. Mas, de que entra en el noveno mes, porque ha estado un mes complido es ya descansado et cobrado en su fuerça, et [en] cualquier tiempo que nasca en el noveno mes, cuanto por las razones dichas non debe morir; pero, cuanto más tomare del noveno mes, tanto es más sano et más seguro de su vida; et aun dizen que puede tomar el dezeno mes fasta diez días, et los que a este tiempo llegan son muy más rezios et más sanos, comoquier que sean más periglosos para sus madres. Et assí bien podedes entender que por cualquier destas maneras, por fuerça ha de sufrir muchas lazerias et muchos enojos et muchos periglos.

Otrossí, el periglo et la cuita que passa en su nascimiento, en esto non he por qué fablar, ca non ha homne que non sepa que es muy grande a maravilla. Otrossí, comoquier que cuando la criatura nasce non ha entendimiento porque lo sepa esse fazer por sí mismo, pero Nuestro Señor Dios quiso que naturalmente todas las criaturas fagan tres cosas: la una es llorar: la otra es que tremen: la otra es que tienen las manos cerradas. Por el llorar se entiende, que vienen a morada en que ha de vevir siempre con pesar et con dolor et que lo ha de dexar aún con mayor pesar et con mayor dolor. Por el tremer se entiende que viene a morada muy espantosa, en que siempre ha de vivir con grandes espantos et con grandes recelos, de que es cierto que ha de salir aún con mayor espanto. Por el cerrar de las manos se entiende que viene a morada en que ha de vivir siempre cobdiciando más de lo que puede haber, et que nunca puede en ella haber ningund complimiento acabado.

Otrossí, luego que el homne es nascido, ha por fuerça de sofrir muchos enojos et mucha lazeria, ca aquellos paños con que los han de cobrir por los guardar del frío, et de la calentura, et del aire a comparación del cuero del su cuerpo, non ha paño nin cosa que a él llegue por blanda que sea, que non le paresca tan áspero como si fuesse todo de espinas. Otrossí, porque ellos non han entendimiento, nin los sus miembros no son en estado, nin han complisión por que puedan fazer sus obras como deben, non pueden dezir nin aun dar a entender lo que sienten. Et los que los guardan et lazerian cuidan que lloran por una cosa, et por aventura ellos lloran por otra, et todo esto les es muy grant enojo et muy grant quexa. Otrossí, de que comiençan a querer fablar, passan muy fuerte vida, ca non pueden dezir nada de cuanto quieren nin les dexan complir ninguna cosa de su voluntad, assí que en todas las cosas han de passar a fuerça de sí et contra su talante.

Otrossí, de que van entendiendo, porque el su entendimiento non es aún complido, cobdician et quieren siempre lo que les non aprovecha o por aventura que les es dañoso. Et los que los tienen en poder non ge lo consienten, et fázenles fazer lo contrario de lo que ellos querrían, porque de los enojos non hay ninguno mayor que el de la voluntad; por ende passan ellos muy grand enojo et grand pesar.

Otrossí, de que son homnes, et en su entendimiento complidos, lo uno por las enfermedades, lo ál por ocasiones et por pesares et por daños que les vienen, passan siempre grandes recelos et grandes enojos. Et ponga cada uno la mano en su coraçón, si verdat quisiere decir, bien fallará que nunca passó día que non hobiesse más enojos et pesares que plazeres.

Otrossí, de que va entrando la vejedat, ya esto non es de dezir, ca también del su cuerpo mismo como de todas las cosas que vee, de todas toma enojo, et por aventura todos los quel' veen toman enojo dél. Et cuanto más dura la vejez, tanto más dura et cresce esto, et en cabo de todo viene la muerte, que se non puede escusar, et ella lo faze partir de sí mismo et de todas las cosas que bien quiere, con grand pesar et con grand quebranto.

Et desto non se puede ninguno escusar et nunca se puede fallar buen tiempo para la muerte; ca si muere el homne moço, o mancebo, o viejo, en cualquier tiempo le es la muerte muy cruel et muy fuerte para sí mismo et para los quel quieren bien. Et si muere pobre o lazdrado, de amigos et de contrarios es despreciado; et si muere rico et honrado, toman sus amigos grand quebranto, et sus contrarios grand plazer, que es tan mal como el quebranto de sus amigos. Et demás al rico contesce como dixo el poeta: «Diues diuitias», etc., que quiere dezir: «Que el rico ayunta las riquezas con grand trabajo, et poséelas con grand temor, et déxalas con grand dolor.»

Et assí podedes entender que por todas estas razones todo homne de buen entendimiento que bien parasse mientes en todas sus condiciones debía entender que non son tales de que se debiesse mucho preciar.

Demás desto, segund es dicho de suso, el homne es más menguado que ninguna otra animalia, ca el homne no ha ninguna cosa de suyo con que pueda vevir, et las animalias todas son vestidas o de cueros, o de cabellos, o de conchas, o de péñolas, con que se pueden defender del frío, et de la calentura et de los contrarios, mas el homne desto non ha ninguna cosa, nin podría vevir si de cosas agenas non fuese cubierto et vestido.

Otrossí, todas las animalias, ellas se gobiernan que non han mester que ninguno ge lo apareje, mas los homnes non se pueden gobernar sin ayuda de otri, nin pueden saber cómo pueden vevir si otri non ge lo muestra. Et aun en la vida que fazen, non saben en ella guardar tan complidamente como las animalias lo que les cumple para pro et para salut de sus cuerpos.

Et assí, señor conde Lucanor, pues veedes manifiestamente que el homne ha en sí todas estas menguas, parad mientes si faze muy desaguisado en tomar en sí soberbia nin loçanía desaguisada.

La otra: que fabla del mundo se parte en tres partes: la primera, qué cosa es el mundo; la segunda, cómo passan los homnes en él; la tercera, qué gualardón les da de lo que por él fazen.

Ciertamente, señor conde, quien quisiesse fablar en estas tres maneras complidamente, habría manera assaz para fazer un libro; mas, porque he tanto fablado, tomo recelo que vos et los que este libro leyeren me ternedes por muy fablador o tomaredes dello enojo, por ende non vos fablaré sinon lo menos que yo pudiere en esto, et fazervos he fin a este libro, et ruégovos que non me afinquedes más, ca en ninguna manera non vos respondería más a ello, nin vos diría otra razón más de las que vos he dicho. Et lo que agora vos quiero dezir es esto: que la primera de las tres cosas, qué cosa es el mundo, ciertamente esto seríe grand cosa de dezir, mas yo dezirvos he lo que entiendo lo más brevemente que pudiere.

Este nombre del mundo tómase de movimiento et de mudamiento, porque el mundo siempre se mueve et siempre se muda, et nunca está en un estado, nin él, nin las cosas que están en él son, et por esto ha este nombre. Et todas las cosas que son criadas son mundo, mas él es criatura de Dios et Él lo crió cuando Él tovo por bien, et durará cuanto Él toviere por bien. Et Dios sólo es el que sabe cuándo se ha de acabar et qué será después que se acabare.

La segunda, cómo passan en él los homnes, otrossí sin dubda sería muy grave de se dezir complidamente. Et los homnes todos passan en el mundo en tres maneras: la una es que algunos ponen todo su talante et su entendimiento en las cosas del mundo, como en riquezas, et en honras, et en deleites, et en complir sus voluntades en cualquier manera que pueden non catando ál sinon a esto, assí que dizen que en este mundo passassen ellos bien, ca del otro nunca vieron ninguno que les dixiesse cómo passaban los que allá eran. La otra manera es que otros passan en el mundo cobdiciando fazer tales obras por que hobiessen la gloria del paraíso, pero non pueden partirse del todo de fazer lo que les cumple para guardar sus faziendas et sus estados, et fazen por ello cuanto pueden, et otrossí guardan sus almas cuanto pueden. La tercera manera es que otros passan en este mundo teniéndose en él por estraños et entendiendo que la principal razón para que el homne fué criado es para salvar el alma, et pues nascen en el mundo para esto, que non deben fazer ál sinon aquellas cosas por que mejor et más seguramente pueden salvar las almas.

La primera manera, de los que ponen todo su talante et su entendimiento en las cosas del mundo, ciertamente son éstos tan engeñados et fazen en ello tan sin razón et tan grand su daño et tan grand poco seso, que non ha homne en el mundo que complidamente lo pudiese dezir; ca vos sabedes que non ha homne del mundo que diesse por una cosa que valiesse diez marcos ciento, que todos non toviessen que era assaz de mal recabdo; pues el que da el alma, que es tan noble criatura de Dios, al Diablo que es enemigo de Dios, et dal' el alma por un plazer o por una honra que por aventura non le durará dos días –et por mucho quel' dure, en comparación de la pena del infierno en que siempre ha de durar, non es tanto como un día–, demás, que aun en este mundo aquel plazer o aquella honra o aquel deleite por que todo esto quiere perder, es cierto quel' durará muy poco, ca non ha deleite, por grande que sea, que, de que es passado, que non tome enojo dél, nin ha plazer por grande que sea que mucho pueda durar et que se non haya a partir tarde o aína con grand pesar; nin honra, por grande que sea, que non cueste muy cara, si homne quisiere parar mientes a los cuidados et trabajos et enojos que homne ha de sofrir por la acrescentar et por la mantener. Et cate cada uno et acuérdese lo quel' contesció en cada una destas cosas; si quisiere decir verdat, fallará que todo es assí como yo digo.

Otrossí, los que passan en el mundo cobdiciando fazer por que salven las almas, pero non se pueden partir de guardar sus honras et sus estados: estos tales pueden errar et pueden acertar en lo mejor; ca si guardaren todas estas cosas que ellos quieren guardar, guardando todo lo que cumple para salvamiento de las almas aciertan en lo mejor, et puédenlo muy bien fazer, ca cierto es que muchos reys et grandes homnes et otros de muchos estados guardaron sus honras et mantenieron sus estados et faziéndolo todo sopieron obrar en guisa que salvaron las almas et aun fueron sanctos, et tales como éstos non pudo engañar el mundo, nin les hobo a dar el gualardón que el mundo suele dar a los que non ponen su esperança en ál sinon en él, et éstos guardan las dos vidas que dizen activa et contemplativa.

Otrossí, los que passan en este mundo teniéndose en él por estraños et non ponen su talante en ál sinon en las cosas por que mejor puedan salvar las almas, sin dubda éstos escogen la mejor carrera, et digo et atrévome a dezir que cierto éstos escogen la mejor carrera, porque desta vida se dize en el Evangelio: que María escogió la mejor parte porque la cual nuncal' sería tirada. Et si todas las gentes pudiessen mantener esta carrera, sin dubda ésta sería la más segura et la más aprovechosa para aquellos que lo guardassen; mas, porque si todos lo fiziessen sería desfazimiento del mundo, et Nuestro Señor non quiere del todo que el mundo sea de los homnes desamparado, por ende non se puede escusar que muchos homnes non passan en el mundo por estas tres maneras dichas.

Mas Dios por la su merced quiera que passemos non por la segunda o por la tercera destas tres maneras, et que vos guarde de passar por la primera; ca cierto es que nunca homne por ella quiso passar que non hobiesse mal acabamiento. Et dígovos que desde los reys fasta los homnes de menores estados, que nunca vi homne que por esta manera quisiesse pasar que non hobiesse mal acabamiento paral su cuerpo et que non fuesse en sospecha de ir la su alma a mal logar. Et siempre el Diablo, que trabaja cuanto puede en guisar que los homnes dexen la carrera de Dios por las cosas del mundo, guisa de les dar tal gualardón –como cuenta en este libro el capítulo tal que dió el Diablo don Martín al que era mucho su amigo.

Agora, señor conde Lucanor, demás de los enxiemplos et proverbios que son en este libro, vos he dicho assaz a mi cuidar para poder guardar el alma, et aun el cuerpo, et la honra, et la fazienda, et el estado, et, loado sea Dios, segund el mio flaco entendimiento tengo que vos he complido et acabado todo lo que vos dixe.

Et assí, pues, en esto fago fin a este libro: et acabólo don Johán en Salmerón, lunes XII días de junio. Era de mil et CCC et LXX et tres años.[1]

---

1. Esta fecha corresponde a 1335, porque el calendario de España estaba adelantado con relación al de Roma.

ÍNDICE

Colección Clásicos Universales

Títulos publicados

1.	Anónimo	*Vida de Lazarillo de Tormes*
2.	Federico García Lorca	*Romancero gitano*
3.	Franz Kafka	*La metamorfosis*
4.	William Shakespeare	*Romeo y Julieta*
5.	Pablo Neruda	*20 poemas de amor y una canción desesperada*
6.	Fernando de Rojas	*La Celestina*
7.	J. L. Borges, Bioy Casares	*Crónicas de Bustos Domecq*
8.	Antonio Machado	*Poesías*
9.	Gustavo Adolfo Bécquer	*Leyendas*
10.	Lope de Vega	*Fuenteovejuna*
11.	Charles Baudelaire	*Las flores del mal*
12.	Arthur Miller	*La muerte de un viajante*
13.	Don Juan Manuel	*El Conde Lucanor*
14.	Rosalía de Castro	*Antología poética*

En preparación

15.	Miguel de Cervantes	*Novelas ejemplares I*
16.	Miguel de Cervantes	*Novelas ejemplares II*
17.	Rubén Darío	*Antología poética*
18.	José Zorrilla	*Don Juan Tenorio*
19.	Anónimo	*Amadís de Gaula*
20.	Federico García Lorca	*Poeta en Nueva York*